TIEFENZONE

ANDREAS J. SCHULTE

TIE
FEN
ZONE

THRILLER

emons:

Lust auf mehr? Laden Sie sich die »LChoice«-App
runter, scannen Sie den QR-Code und bestellen Sie
weitere Bücher direkt in Ihrer Buchhandlung.

Bibliografische Information der Deutschen Nationalbibliothek
Die Deutsche Nationalbibliothek verzeichnet diese Publikation
in der Deutschen Nationalbibliografie; detaillierte bibliografische
Daten sind im Internet über http://dnb.d-nb.de abrufbar.

© Emons Verlag GmbH
Alle Rechte vorbehalten
Umschlagmotiv: Soren Egeberg/Stocksy United
Umschlaggestaltung: Nina Schäfer
Gestaltung Innenteil: César Satz & Grafik GmbH, Köln
Lektorat: Lothar Strüh
Druck und Bindung: CPI – Clausen & Bosse, Leck
Printed in Germany 2020
ISBN 978-3-7408-0903-4
Thriller
Originalausgabe

Unser Newsletter informiert Sie
regelmäßig über Neues von emons:
Kostenlos bestellen unter
www.emons-verlag.de

Dieser Roman wurde vermittelt durch die
Literaturagentur Lesen&Hören, Berlin.

Für Anke,
ohne deren Weihnachtsgeschenk diese Geschichte
nicht entstanden wäre

PROLOG

Deutsch-französische Gemeinschaftsstation AWIPEV
Ny-Ålesund/Spitzbergen

»Merde.« Pierre Remy fluchte leise vor sich hin, zog die Kapuze seines Parkas über den Kopf und stapfte durch den Schnee. Mit hochgezogenen Schultern, den Kopf nach unten gebeugt, stemmte er sich gegen die Sturmböen. Eiskristalle stachen wie Nadeln in seine Wangen.

Im Strahl der LED-Taschenlampe wurden die Schneeflocken zu einer blendend weißen Wand. Das störte ihn nicht weiter, den Weg zur Messstation kannte er auswendig. Den hätte er auch mit verbundenen Augen gefunden. Aber die Lampe diente auch seiner eigenen Sicherheit. So war er für seine Kollegen sichtbar, wie ein einsames Positionslicht mitten im grauweißen Nichts. Als Remy links von sich schemenhaft den großen Lagerschuppen auftauchen sah, wusste er, dass er fast am Ziel war. In den letzten Wochen war er diesen Weg im milchig blauen Schimmer der Polarnacht Dutzende Male gegangen.

Minus fünfzehn Grad Celsius, für eine arktische Winternacht ausgesprochen mild. Remy hatte bei seinen Forschungsarbeiten schon andere Temperaturen überstanden. Es überraschte ihn immer wieder, dass es hier oben in Ny-Ålesund bei Weitem nicht so kalt war wie beispielsweise in Alaska, wo er mehr als zwei Jahre lang gearbeitet hatte.

Markus, sein deutscher Kollege, hatte es ihm wenige Tage nach seiner Ankunft auf Spitzbergen erklärt: Der Westspitzbergenstrom sorgte auch im Winter für moderate Temperaturen. Na ja, sofern man minus fünfzehn Grad und Sturmböen der Windstärke 9 noch moderat nennen konnte, dachte Remy. Was da an seinem Parka zerrte, ihm die Eiskristalle schmerzhaft ins Gesicht trieb, waren allerdings nur noch die Ausläufer des Orkans. Der hatte drei Tage lang gewütet.

In der ersten Nacht hatte Remy bei dem Heulen des Orkans kaum geschlafen. Die Sensoren hatten Windgeschwindigkeiten von mehr als hundertsechzig Stundenkilometern registriert. Selbst seine beiden erfahrenen deutschen Kollegen hatten hier auf Spitzbergen mitten im Nordpolarmeer einen solchen Orkan noch nicht erlebt. Irgendwann am zweiten Tag war die Messstation aus ihren schweren Verankerungen gerissen und weggefegt worden. Remy wollte jetzt den Festplattenspeicher bergen, der in einem Stahlkasten im Fundament der Station untergebracht war.

Der Sturm hatte den Sockel nahezu freigelegt. Remy bückte sich und wischte mit seinem Handschuh die vergleichsweise dünne Schneeschicht auf dem Fundamentsockel zur Seite. Im Licht der Taschenlampe wirkte der orange gestrichene Deckel des Stahlkastens merkwürdig fremd. Ein bunter Farbfleck im Weiß. Sichtbares Zeichen dafür, dass es hier noch mehr gab als Kälte, Schottersteine, Eis, Schnee und Eisbären.

Eisbären! Unwillkürlich schaute er hoch und sah sich prüfend um. Jeder, der außerhalb des Dreißig-Seelen-Dorfes Ny-Ålesund unterwegs war, musste eine Waffe tragen. Das galt auch für Remy und seine Kollegen. Vorschrift war Vorschrift. Das oder eine bewaffnete Eisbärenwache. Da sie aber lediglich zu dritt das Überwinterungsteam bildeten, blieb nur die eigene Waffe. Auf die hatte Remy allerdings heute Nacht verzichtet. Ohne den Schneefall hätte er das große holzverkleidete Wohnhaus der Forschungsstation von hier aus leicht sehen können. Kein Grund zur Sorge.

Remy widmete sich wieder seiner Aufgabe. Er zog seinen schweren Fäustling aus, um den Vierkantschlüssel aus seiner Parkatasche zu fischen, entriegelte den Stahldeckel, kniete sich hin und griff in den Kasten.

Der Tod traf ihn völlig überraschend. Er hörte keinen Schuss, sah kein Mündungsfeuer. Da war nur für einen Wimpernschlag dieser alles überwältigende Schmerz. Die Kugel riss seinen Hinterkopf in Stücke. Remy war schon tot, bevor er auf den Betonsockel der zerstörten Messstation kippte. Sein

Blut wurde zu einem neuen, großen Farbfleck inmitten von Eis und Schnee.

Schemenhafte Schatten in weiß-grau gefleckten Tarnanzügen folgten stumm der bereits leicht zugewehten Spur, die Remy im Schnee hinterlassen hatte.

Fünf Minuten später erschütterte eine Explosion die kleine Siedlung am Meer, übertönte für einen Moment sogar das Heulen der Sturmböen. Stichflammen erhellten die arktische Nacht, fraßen sich gierig durch Holzwände und Dächer. Ny-Ålesund hatte ein ruhiges Leben geführt. Ruhig und vorhersehbar.

Nach dieser Nacht war es nicht mehr dasselbe.

1

Eine Wohnung in Bonn/Deutschland

Das helle Kreischen von Metall klang wie der Schrei eines gequälten Tieres. Der Ton bohrte sich in die Ohren. Schrill und schmerzhaft. Für endlos lange Sekunden war er überall, füllte den ganzen Innenraum des Kettenfahrzeugs aus. Dann herrschte plötzlich Ruhe. Eine unnatürliche Stille, die lediglich von hektischen Atemzügen unterbrochen wurde. Es war ihr eigenes Atmen, voller Panik. Einatmen. Ausatmen. Einatmen. Das laute Stöhnen kam vom Vordersitz.

»Verdammte Scheiße. Christian! He, Christian! Oh Gott! Fuck, Fuck! Julia, alles klar bei dir dahinten? Kannst du dich –«

Der Rest der Frage ging in einem dumpfen Krachen unter. Mehr als zwei Tonnen Metall gerieten in Bewegung. Schneller und schneller, rutschten unaufhaltsam weiter. Angstschreie, splitterndes Glas. Kälte, Blut – ihr Blut.

»Ahhhh!«

Mit einem Ruck setzte sich Julia auf. Ihr Atem flog, als sei sie gespurtet. Kalter Schweiß ließ ihr Nachthemd am Körper kleben. Fröstelnd zog sie die Bettdecke vor die Brust. Schloss die Augen und versuchte die Bilder in ihrem Kopf zu löschen. Einatmen. Ausatmen. Einatmen.

Sie konnte sich nicht mehr erinnern, wann sie das letzte Mal davon geträumt hatte. Hatte gehofft, der Alptraum würde nie wiederkommen. Doch das war ein Irrtum gewesen. Er hatte einfach nur tief in ihr darauf gelauert, sie wieder heimsuchen zu können. Julia schaltete ihre Nachttischlampe an, griff nach dem Glas Wasser neben ihrem Bett. Hastig trank sie, Wasser rann ihr das Kinn herunter, tropfte auf die Bettdecke.

Ihr Digitalwecker zeigte kurz nach drei Uhr.

Du kannst noch vier Stunden schlafen.

Julia seufzte. So schnell würde sie nicht wieder einschlafen können. Das hatte noch nie geklappt. Nicht nach diesem Traum.

Du bist da rausgekommen. Es ist vorbei. Es war nur ein Alptraum. Du weißt genau, warum er wieder zurück ist.

2

Fünfzehn Stunden vorher …

»Das wird das größte Abenteuer deines Lebens, Julia. Ich verspreche es dir.«

Julia schaute Michael Beller, ihren Redaktionsleiter, misstrauisch an. »Und wer sagt dir, dass ich auf der Suche nach dem größten Abenteuer meines Lebens bin?«

»Sehr witzig, Frau Kern. Ich wollte ja nur zuvorkommend sein und nicht gleich den Boss raushängen lassen. Aber bitte – es geht auch anders.« Beller räusperte sich, bevor er in gespielt ernstem Tonfall sagte: »Frau Kern, ab zum Chef. Es geht um eine ganz große Sache. Alles andere erfahren Sie im fünfzehnten Stock. Na los – hopp, hopp, Harry wartet schon.« Beller grinste. »Und, besser so?«

Julia lachte. »Nee, lass mal, da war mir das mit dem Abenteuer schon lieber. Kannst du denn nicht verraten, worum es geht?«

»Nein, kann ich nicht, aber das wird ein ganz großes Ding.« Der Redaktionsleiter machte ein Gesicht, als hätte er gerade erfahren, dass das Finale der Champions League und Weihnachten auf einen Tag fielen. »Wie gesagt, Harry will dich in seinem Büro sehen, er wird dir alles erklären.«

Julia nahm ihr Notizbuch und ihren Füller. Sie spürte die neugierigen Blicke von den anderen Schreibtischen, die sagten: Warum will der Chef ausgerechnet die Neue sehen? Was kann die, was ich nicht kann?

Julia ignorierte das alles und lächelte unverbindlich, während sie durch das Großraumbüro, in dem sie eine winzige Arbeitsnische besaß, zu den Aufzügen ging. Ihre Nische reichte gerade für einen kleinen Schreibtisch mit Laptop, einem Telefon und ein paar Aktenordnern. So war das hier im Gantman-Tower. Wer neu dazukam, musste sich hocharbeiten, bekam einen größeren Schreibtisch und vielleicht irgendwann einmal ein eigenes Büro. Dann hatte man es definitiv geschafft.

Auf dem Flur kam ihr Susanne Reinhard – von allen nur kurz Sue genannt – entgegen.

»Na, musst du nicht brav am Schreibtisch sitzen und für den neuen Vergleichstest der Espressomaschinen recherchieren?«, fragte Sue mit einem breiten Lächeln.

»Wer weiß, ob ich dir deinen Vergleichstest überhaupt noch schreiben kann. Michael hat mich gerade losgeschickt. Harry Gantman will mich sprechen.«

Julia sah, wie Verblüffung das Lächeln in Sues Gesicht ablöste.

»Im Ernst? Harry will dich sehen? Das ist ja super, dann bist du also auch dabei. Mensch, ich freu mich.«

»Ähm, Sue.«

»Ja?«

»Wo bin ich dabei?«

Sue lachte auf. »Ich und mein vorschnelles Mundwerk. Nee, das soll dir unser Boss selber verraten. Ich habe als Regisseurin und Produktionsleiterin schließlich Verantwortung für so junges Gemüse wie dich.«

Julia streckte Sue kurz die Zunge raus und drückte dann den Aufzugknopf.

Junges Gemüse, von wegen, dachte Julia. Tatsächlich war Sue nur vier Monate älter. Allerdings hatte sie schon vor fünf Jahren bei Harry Gantman angefangen und war mittlerweile Produktionsleiterin – eigenes Büro inklusive.

»Sehen wir uns heute Abend beim Sport in Beuel?«, fragte Julia über die Schulter hinweg.

Sue blieb kurz stehen und drehte sich um. »Klar, lass uns ordentlich ins Schwitzen kommen, und dann will ich alle Details bei einem dieser sündhaft köstlichen Cocktails in Bernies Bar erfahren.«

»Abgemacht!«

Julia stieg in den Aufzug. Auf dem Weg in den fünfzehnten

Stock wunderte sie sich einmal mehr, wie schnell sich ihre Freundschaft mit Sue entwickelt hatte. In den ersten zwei Wochen, nachdem sie bei Harry Gantman angefangen hatte, war Sue diejenige gewesen, die ihr die Abläufe erklärt hatte. Ihre interne Firmenpatin sozusagen. Vielleicht liegt es ja daran, dass ich Sue nie das Gefühl gegeben habe, ich wäre scharf auf ihren Job, dachte Julia. Alle weiteren Überlegungen verschob sie auf später. Ein leiser Gong signalisierte, dass sie die gewünschte Etage erreicht hatte – das Allerheiligste, Harry Gantmans privates Büro.

Das Großraumbüro lag im ersten Stock, der fünfzehnte war der Olymp. Julia wurde von einer Sekretärin, die sie nur vom Sehen her kannte, in ein Büro geführt, das die halbe Etage einnahm. Himmel, dachte Julia, dieses Büro ist mindestens viermal so groß wie mein Apartment in Godesberg oder Sues Wohnung in Tannenbusch.

Auf drei Seiten boten die bodentiefen Fensterscheiben einen atemberaubenden Blick über den Rhein und die Kölner Altstadt samt Dom.

Der »Gantman-Tower«, wie das Gebäude intern mit einer Mischung aus Spott und Stolz genannt wurde, war sicher nicht das höchste Haus in Köln. Aber im Gegensatz zu anderen Medienunternehmen hatte Harry Gantman nicht ein gesichtsloses Industriegebiet für seinen Firmensitz gewählt, sondern bewusst das ehemalige Versicherungsgebäude am Zoo mit Nähe zur Innenstadt. Gantman wollte Teil von Köln sein, jeder sollte »Gantman-TV-Produktion« in großen Leuchtbuchstaben auf dem Dach sehen können. Da kam der stolze Amerikaner in ihm durch, der allen zeigen wollte, dass er es geschafft hatte.

Der Ausblick von hier oben lohnte sich, das musste Julia neidlos zugeben. Der Rhein glitzerte in der Mittagssonne, ausnahmsweise war heute mal ein klarer Novembertag, das trübgraue Wetter der letzten Tage verschwunden. Julia konnte das Rheinufer sehen, wo sie am letzten Freitag direkt nach der Arbeit ihre Trainingsrunde gelaufen war. Jetzt, wo es immer früher dunkel wurde, wollte sie nicht durch einen schlecht beleuchteten Park in Bad Godesberg stolpern, da war ihr das hell erleuchtete Rheinufer lieber. Auch wenn das bedeutete, dass sie ihre Sportsachen mit zur Arbeit nehmen musste.

Julia schaute sich in dem großen Raum um.

Ein Teil der hinteren Wand war mit Fotos übersät. Neugierig trat sie näher. Die Fotos zeigten alle dasselbe Motiv: Harry Gantman, gut gelaunt, das schwarze, volle Haar zur Seite gekämmt, ein strahlendes, makelloses Lächeln. Was wechselte, waren die Kulissen. Harry auf einem Tempelfelsen im Dschungel Mexikos – von der Geschichte hatte sie schon gehört. Harry in Taucherausrüstung, wahrscheinlich vor der Unterwasserdokumentation in Caesarea, Harry vor einer Pyramide. Und natürlich die Promi-Fotos. Harry mit Günther Jauch, Markus Lanz, Til Schweiger, an der Seite von Anne Will. Es gab sogar einen Schnappschuss mit Angela Merkel. Harry Gantman, ein Meister der inszenierten Augenblicke. Trophäen eines Lebens voller Erfolge. Trophäen im Format dreizehn mal achtzehn.

»Gefällt Ihnen, was Sie da sehen, Julia?«

Julia fuhr herum. Harry Gantman stand breit lächelnd hinter ihr, und irgendwie fühlte sie sich ertappt.

»Schön, dass Sie so schnell Zeit gefunden haben. Setzen Sie sich doch.« Harry Gantman wies auf ein paar tiefe Ledersessel.

»Sie sind der Boss, Sie wollten mich sehen, da bin ich.«

Gantman lachte auf. »Eine tolle Einstellung, die mag ich. Julia, ich habe mir Ihren Lebenslauf angesehen. Geboren in Boston, aufgewachsen in Deutschland. Doppelte Staatsbürgerschaft, Studium, Abschluss mit Spitzennoten. Sie haben schon während des Studiums für die ARD gearbeitet, waren sogar ein halbes Jahr in Washington. Das Zeugnis, das Ihnen die Kollegen ausgestellt haben, liest sich geradezu euphorisch. Trotzdem sind Sie nicht bei den Öffentlich-Rechtlichen geblieben, sondern haben bei uns angefangen. Sozusagen ganz unten, haben sich durchgebissen.«

Durchgebissen, das klang ja so, als hätte Harry extra fürs Großraumbüro einen Drillsergeant aus der U.S. Army engagiert. Julia ließ sich ihre Belustigung jedoch nicht anmerken.

»Was ich sagen will: Mir gefällt die Kombination in Ihrer Vita«, fuhr Gantman fort, »eine junge Naturwissenschaftlerin, die sich im TV-Business auskennt. Solche Frauen wie Sie, Julia, brauch ich in meinem Team.«

Worauf lief das alles hier nur hinaus? Wenn Julia in den letzten Jahren eines gelernt hatte, dann, dass man einfach fragen sollte, statt herumzurätseln.

»Warum wollten Sie mich sprechen, Herr Gantman?«

»Herr Gantman? Ich bitte Sie. Harry, sagen Sie bitte Harry, wir sind hier schließlich eine große TV-Familie.«

Da war er wieder, der typische Amerikaner. Harry Gantman, der joviale Boss. Gantman sprach immer noch mit leichtem amerikanischen Akzent. Möglicherweise wurde der sogar kultiviert, sozusagen als akustisches Harry-Gantman-Markenzeichen. Mit einer kurzen Bewegung zupfte Gantman seine Manschetten zurecht, die unter dem dunkelblauen Jackett hervorschauten. Julia kam sich in ihren Jeans und dem Rollkragenpulli plötzlich unpassend gekleidet vor.

Sie holte tief Luft. »Also gut, Harry, warum wollten Sie mich sprechen? Ich arbeite schließlich schon fast ein Jahr in Ihrer Firma und –«

»Und bislang hatten wir noch keine Gelegenheit, uns persönlich auszutauschen. Das stimmt, Julia. Aber Sie haben in Ihrem Lebenslauf etwas stehen, das niemand sonst unten in der Redaktion vorweisen kann. Sie haben während Ihres Biologiestudiums drei Monate in der Arktis gearbeitet.«

Julia hatte mit einem Mal ein flaues Gefühl im Magen. Drei Monate Arktis – warum war das hier in Köln plötzlich wichtig?

»Ich glaube, ich verstehe immer noch nicht, Harry. Ja, ich bin wirklich in der Arktis gewesen, ich habe dort mit dem

Alfred-Wegener-Institut zusammengearbeitet, aber das ist sechs Jahre her.«

Sechs Jahre. Noch lieber wären mir sechzig.

Harry machte eine wegwerfende Handbewegung. »Sechs Jahre, egal. Fakt ist, Sie haben Arktis-Erfahrung, Sie wissen, wie man in dieser Eishölle überlebt. Es sind die Fakten, die hier bei uns zählen.«

Aus dem flauen Gefühl war mittlerweile ein fester Knoten geworden. Am liebsten wäre Julia aufgestanden und hinausgerannt. *Sie wissen, wie man in dieser Eishölle überlebt* – Harry Gantman hatte ja keine Ahnung.

»Meine Show, sorry, ich meinte *unsere* Show, hat die Einladung bekommen, zusammen mit ein paar anderen Journalisten dabei zu sein, wenn Geschichte geschrieben wird.«

»Geschichte? In der Arktis?«

»Oh nein, nicht in der Arktis. Es geht in die Antarktis. Wir werden die neue Internationale Antarktis-Station Terra Nova II besuchen. Wir werden das erste Fernsehteam der Welt sein, das live vom Nordpol –«

»Südpol, Sie sagten ja, es geht in die Antarktis«, rutschte es Julia heraus. Sie biss sich sofort auf die Lippen.

»Stimmt, hab mich versprochen.« Harry schien über ihren Einwurf nicht verärgert zu sein. »Also, wir werden eine einzigartige Harry-Gantman-Show dort unten produzieren. Inmitten von blutrünstigen Eisbären, umgeben von Eis und Schnee.«

Julia verkniff sich den Einwand, dass in der Antarktis keine Eisbären lebten. Das würde Harry noch früh genug erfahren.

»Ich sehe, die Idee gefällt Ihnen, Julia. Also, in gut vierzehn Tagen geht es los. Harry Gantman wird die Antarktis erobern, und Sie gehören jetzt zum Team.«

»Harry, ich kann … leider … also, ich –«

»Ich weiß, das kommt jetzt alles etwas überraschend, aber das ist doch das Großartige an unserem Business. Wir wissen heute noch nicht, was uns morgen erwartet. So, und nun müssen Sie mich leider entschuldigen, ich hab doch noch ein paar wichtige Anrufe vor der Brust.«

Julia stand auf und ging wie ferngesteuert aus dem Büro zurück zum Aufzug. Als sie allein in der Kabine stand, kamen das Zittern und der Schweißausbruch. Sie presste die Augen zu und ballte die Fäuste.

Wir wissen heute noch nicht, was uns morgen erwartet.

Falsch. Julia wusste genau, was sie erwartete: das Grauen.

3

»Michael, ich will nicht in die Antarktis. Schick bitte jemand anders dorthin. Beispielsweise Dennis, Dennis ist ganz scharf auf Außendrehtermine. Oder die Ute, die hat mir erst neulich in der Kaffeeküche die Ohren vollgejammert, sie käme nicht zum Zug.«

»Sag mal, Julia, spinnst du jetzt komplett? Was hast du denn in den letzten Monaten nach deiner Einarbeitung gemacht?« Beller warf einen kurzen Blick auf sein Notepad und rief eine Datei auf. »Da haben wir es doch schon. Korrigiere mich, wenn ich das falsch sehe. Deine Top drei waren bislang ›Keine Falten durch Schokolade?‹, ›So starben die Dinosaurier‹ und ›Die Top Ten der besten Küchenmesser‹. Okay, du hast dich nicht beschwert, weil du wusstest, was dich als Newcomerin bei der Harry-Gantman-Show erwartet. Aber erzähl mir doch bitte nicht, dass du auf diesen Verbraucherscheiß stehst. Was ist dein aktuelles Thema? Kaffeevollautomaten. Klar, wir brauchen solche Beiträge, schon wegen der Werbekohle im Hintergrund, aber das hat doch nichts mit den Dingen zu tun, mit denen wir berühmt wurden. Wir drehen im Dschungel, wir tauchen nach verborgenen Schätzen, und wenn das verdammte Bernsteinzimmer irgendwo im Schnee vergraben liegt, fangen wir eben mit dem Schneeschaufeln an.«

Julia wischte die schweißnasse Hand an ihrer Hose trocken. »Ja, das verstehe ich alles gut, und ich fühl mich auch geehrt.«

»Toll, dann trete dieses Gefühl nicht mit Füßen. Außerdem, was du über Dennis und Ute gesagt hast, das will ich besser überhört haben. Echt jetzt, wir sind hier ein Team, da finde ich Sätze wie ›ganz scharf auf Außentermine‹ oder ›Ohren vollgejammert‹ mehr als unpassend.«

Bellers Stimme hatte zum Schluss den sonst eher flapsigen Unterton verloren. Julia spürte, wie ihr bei der Zurechtweisung das Blut ins Gesicht schoss. Sie war eindeutig zu weit gegangen und hatte bei ihrem Redaktionsleiter eine rote Linie überschritten. Harry Gantman wollte sie in seinem Team haben, und sie wehrte sich mit Händen und Füßen – so was kam gar nicht gut an.

Beller stand auf. Ein deutliches Zeichen, dass für ihn die Debatte zu Ende war. »Wir verlangen ja nicht, dass du an einem Himmelfahrtskommando teilnimmst. Du fährst mit einem professionellen Team und internationalen Pressevertretern in die Antarktis zu dieser neuen Station. Der Flug wird sogar in einem VIP-Flugzeug stattfinden, habe ich gehört. Wahrscheinlich merkt ihr erst, dass ihr im ewigen Eis seid, wenn die Maschine landet und die Bordhäppchen weggepackt werden. So, das war's mit meiner Ansprache. Die Anweisung vom Boss liegt auf dem Tisch, niemand kann dich zwingen, deine Entscheidung. Aber ich glaube kaum, dass du hier noch einen Fuß auf den Boden bekommst, wenn du die Nummer sausen lässt.«

»Hab ich verstanden, Michael. Und – wegen eben: Ich hab das nicht so gemeint, sorry.«

Michael Beller stieß sich vom Schreibtisch ab, an dem er sich angelehnt hatte. »Okay, Julia, Entschuldigung angenommen. Und denk drüber nach, was ich gerade gesagt habe.«

Julia saß in ihrer Arbeitsnische und starrte auf die graue Holzwand. Ihr Gespräch mit Michael würde den übrigen Redakteuren Stoff für mehrere Tage Bürotratsch bieten. Laut genug waren sie ja gewesen. Jede Wette, dass jetzt schon die ersten WhatsApp-Konten heiß liefen.

Julia wischte sich über die Augen. Zumindest zitterten ihre Hände nicht mehr. Michael hatte recht, die Entscheidung lag bei ihr. Dieses Projekt konnte ihr Durchbruch in der Redaktion der Harry-Gantman-Show sein, oder sie packte ihre paar Habseligkeiten in einen Karton und ging.

Stell dich nicht so an, du dummes Huhn. Nur für so eine Chance hast du doch vor einem Jahr hier angefangen.

Julia atmete tief durch. Sie brauchte jetzt einen Kaffee. Noch lieber wäre ihr der Cocktail mit Sue gewesen, aber der musste warten.

Fünf Minuten später hatte sie ihren Kaffeebecher aufgefüllt und den Rechner wieder hochgefahren.

Sie öffnete die Datei mit ihrem aktuellen Projekt und begann zu arbeiten. Nach einer Stunde erschien selbst ihr die Panikattacke absurd und lächerlich.

4

»Willkommen im Team!« Sue hob ihr Cocktailglas und prostete Julia zu. »Hab schon gehört, dass du Michael überreden wolltest, jemand anderes mitzuschicken. Hast du wirklich gesagt, dass Ute geil auf Außentermine ist und sich bei dir die Seele aus dem Leib jammert?«

Julia hatte Mühe, sich nicht an ihrem Cocktail zu verschlucken.

»Nein, natürlich nicht. Ist es das, was man so tuschelt? Ja, sicher, ich hab Michael gefragt, ob nicht jemand anders mitfahren könnte. Er hat aber keinen Zweifel daran gelassen, dass ich dann genauso gut einpacken kann. Ich glaube, morgen muss ich mich bei Ute entschuldigen, sonst streut die mir noch Glasscherben auf die Pizza.«

Sue lächelte hinter ihrem Cocktailschirmchen. »Ist wahrscheinlich besser, wenn du das klarstellst, bevor der Flurfunk alles noch mehr aufbauscht. Was ich nicht verstehe, ist, warum du überhaupt ablehnen wolltest. Du glaubst gar nicht, wie froh ich war, als ich gehört habe, dass du mitfliegen sollst. Nicht nur, weil ich in der Antarktis gerne eine Freundin an meiner Seite hätte. Du hast eine gute Schreibe, den richtigen wissenschaftlichen Background, und du kennst dich aus.«

Julia winkte ab. »Lass gut sein, habe ich alles schon von Harry gehört, das mit der Freundin mal ausgenommen.«

»Und?«

»Was, und?«

»Und warum wolltest du nicht mit?«

Niemand wurde Produktionsleiterin ohne eine gesunde Portion Hartnäckigkeit. Julia sah sich unbehaglich um. Jetzt, kurz vor zehn Uhr abends, herrschte in Bernies Bar Hochbetrieb. Niemand nahm von ihnen Notiz. Trotzdem fühlte sich Julia wie auf dem Präsentierteller.

»Ich … also … ich mag einfach keinen Schnee.«

»Im Ernst? Du setzt deinen Job aufs Spiel, weil du Schnee nicht magst?«

»Mhm.«

Das und den ganzen Rest, aber darüber wollte sie hier in Bernies Bar nicht reden.

Sue blies die Wangen auf und stieß die Luft in einem stummen Pfiff aus. »Julia, du machst mich fertig. Ist dir eigentlich klar, dass du eine Gewinnerin bist?«

»Was soll denn das jetzt heißen?«

»Gewinnerin eben. So habe ich immer die Mädchen in der Schule genannt, denen alles zuflog. Gute Noten, tolle Jungs, kein Stress zu Hause, klare Ziele, was sie später tun werden.«

»Ach, und so jemand bin ich in deinen Augen?«

»Hundertpro. Schau dich an. Du bist schlank, sportlich, ich würde übrigens für deine Figur morden, aber das nur am Rande. Du musst dir keine Mühe mit Make-up geben, und wahrscheinlich sind die blonden Locken auch noch echt.«

Julia ertappte sich dabei, wie sie unbewusst nickte, bevor sie halbherzig protestierte: »Ich muss regelmäßig joggen, und ich hab Sommersprossen.«

Sue lächelte. »Geschenkt. Du bist hübsch, vor allem mit den Sommersprossen, und du bist richtig gut in deinem Job. Obendrauf hast du einen tollen Uniabschluss in der Tasche. Und deshalb will ich in den nächsten Wochen keinen Scheiß hören, zum Beispiel, dass du keinen Schnee magst oder dass dir kalt ist oder was da sonst noch so kommen könnte. Du wirst diesen Job professionell durchziehen und die großartigste Redakteurin bei Gantman werden, weil ich als Produktionsleiterin nämlich so eine dringend brauche. Ende der freundschaftlichen Durchsage.«

Sue hob ihr Glas und prostete Julia zu. »Trink aus, dann bestellen wir uns noch einen. Dafür, dass da kein Alkohol drin ist, sind die wirklich lecker.«

Sue winkte einem Kellner zu und deutete mit dem Finger auf beide Gläser. Der nahm mit einem kurzen Nicken die stumme Bestellung zur Kenntnis.

Julia schlürfte mit einem Strohhalm den Rest aus ihrem Glas. »Du weißt aber schon, dass du unmöglich bist, Sue.«

»Nö, nur eine gute Freundin.«

Julia begann sich zu entspannen. Vielleicht geht ja alles gut, dachte sie.

In dieser Nacht kehrte der Alptraum zurück.

5

Am nächsten Morgen erfuhr Julia in der Redaktionssitzung, dass sie von allen anderen Projekten und Terminen abgezogen war.

»Also, Leute, ihr habt es wahrscheinlich schon mitbekommen: Julia ist im Antarktis-Team«, sagte Michael. »Harry will verschiedene Beiträge vorbereitet mitnehmen, das wird dein Job sein, Julia. Um den Rest musst du dich nicht kümmern. Das Stück mit den Vollautomaten geht an dich, Rafael. Julia, bitte speichere alles, was du dazu hast, auf dem öffentlichen Redaktionslaufwerk, und wenn es noch handschriftliche Notizen geben sollte, die Rafael entziffern kann, scann sie ein. Ach, und bleib doch bitte gleich noch kurz da.«

Julia ließ ihren Blick über die Runde schweifen. War das Neid in einigen Gesichtern oder eher Mitleid? Zum Glück war sie heute früh als Erstes zu Ute gegangen und hatte sich entschuldigt. Und zum Glück war Ute von Natur aus nicht nachtragend.

Die weitere Redaktionssitzung verlief wie gewohnt – Julia war so in ihren Gedanken versunken, dass sie das Ganze nur wie durch Watte mitbekam. Themen wurden vergeben, Drehtermine angekündigt und miteinander abgestimmt. Nichts, was sie betraf.

Harry wollte verschiedene Beiträge vorbereitet mitnehmen. Was wollte der Boss denn hier in Köln vorbereiten?

»Julia? Alles okay bei dir?«

Michaels Frage riss sie zurück an den Sitzungstisch.

»Was? Jaja, bei mir ist alles okay. Wieso?«

»Weil wir längst fertig sind und du immer noch da hockst und geistesabwesend aus dem Fenster starrst.«

Gott, wie peinlich war das denn? Tatsächlich waren alle anderen bereits aufgestanden und manche schon im Begriff, den Konferenzraum zu verlassen. Michael schien ihre offensichtliche Tagträumerei eher zu amüsieren. Besser so, als wenn er mir einen Vortrag über Konzentration hält, dachte Julia.

»Hier«, Michael holte aus einer Mappe drei eng bedruckte Blätter, »das sollen alle Teilnehmer bekommen. Da ist der Zeitplan, dann eine Liste der Sachen, die du einpacken solltest. Außerdem, aber das steht auch noch mal auf Seite drei, musst du dich ärztlich untersuchen lassen. Das gehört sozusagen zu den Einreisebestimmungen. Ist praktisch wie eine Sportuntersuchung. Da ihr nur kurz in der Antarktis bleibt, wird auch nicht alles unter die Lupe genommen. Ich vermute mal, die wollen keine Blinddarmreizung oder eine Zahnwurzelentzündung in ihrer Station behandeln müssen. Ach ja, dass Sue als Produktionsleiterin dabei sein wird, weißt du sicher schon. Als Kameramann wird Roy mitfliegen. Der ist in Ordnung und hat bereits mit Harry im Außeneinsatz gearbeitet. Roy weiß, worauf der Boss Wert legt.«

Julia nahm die Papiere, widerstand aber der Versuchung, sie gleich zu lesen.

»Gut, ich werde sehen, dass ich rasch einen Termin bekomme.«

Michael drehte sich in der Tür noch einmal um. »Ich bin froh, dass du die richtige Entscheidung getroffen hast, Julia. Und denk daran, für Harry ist das ein Prestigeprojekt. Er will dich übrigens in zehn Minuten oben sehen.«

Julia blieb allein im Konferenzraum zurück.

Für Harry ist das ein Prestigeprojekt – das klang verlockend und furchterregend zugleich.

Sie stand auf und legte die drei Seiten in ihr großes Notizbuch. Die würde sie sich später genau durchlesen. Jetzt war es erst einmal Zeit, herauszufinden, was genau der Boss von ihr wollte.

»Julia, ich habe das klar vor Augen.« Harry war in seinem Büro herumgewandert, jetzt stellte er sich in Positur. »Die Kamera, close auf mich, ganz nah. Ich begrüße die Zuschauer. Dafür brauche ich von Ihnen drei, vier knackige Sätze. Die sollten Spannung rüberbringen, neugierig machen, aber nicht zu viel verraten. Notieren Sie sich das ruhig. Nach der Begrüßung Kamerafahrt in die Totale.«

Julia schrieb mit und warf, als sie sicher sein konnte, dass ihr Boss gerade mal nicht hinsah, einen schnellen Blick auf ihre Armbanduhr. Dreißig Minuten. Dreißig endlose Minuten, und sie waren immer noch bei der ersten Einstellung des ersten Einspielers. »Okay, und weiter. Was hatten wir gerade?«

»Begrüßung, vier knackige Sätze, Kamerafahrt in die Totale«, zitierte Julia.

»Richtig. Also, in der Totalen haben wir Gletscher im Hintergrund, die ganze Eiswildnis der Antarktis und zu meinen Füßen ein paar von diesen kleinen Pinguinen.«

»Ähm, Harry, das sind enorm sensible Tiere, die reagieren schon gestresst auf Menschen, wenn man nur in die Nähe ihrer Kolonie kommt, ich glaube nicht, dass wir das hinkriegen. Außerdem ist Terra Nova II mehr als einhundert Kilometer von der nächsten Pinguinkolonie entfernt.«

»Was? Ach, das sind doch nur Details. Besprechen Sie das mit Sue, die soll sich darum kümmern. Und dann brauche ich einen guten Gag, also, Sie wissen schon, so ein Augenzwinkern in der momentanen Situation. Schließlich befinde ich mich in einer tödlichen Umgebung von minus zehn Grad Celsius. Und das nur, um meine Fans zu unterhalten und zu informieren.«

»Ähm, Harry.«

»Was denn?«

»Ach, nichts.«

»Nein, bitte, sagen Sie es, Julia. Ich bestehe darauf.«

»Wir haben zwar zurzeit Sommer in der Antarktis, aber die Durchschnittstemperaturen liegen bei minus dreißig Grad.«

»Im Ernst? Und das nennen die Sommer? Na, ein Glück, dass wir nicht im Herbst oder Winter dahin müssen.«

»Es gibt nur zwei Jahreszeiten am Südpol. Und im Winter liegen die Durchschnittstemperaturen bei minus sechzig Grad. In der Antarktis befindet sich der kälteste Ort der Welt.

Die russische Wostok-Station hat im Juli '83 minus neunundachtzig Komma zwei Grad Celsius gemessen.«

»Wow, das ist gut, das ist sehr gut. Das müssen Sie unbedingt einbauen. Sie wissen schon, so ein Satz wie: ›Sie glauben, minus fünfzehn Grad Celsius wären kalt? Nun, ich wäre nicht Harry Gantman, wenn ich Sie nicht zu dem kältesten Ort der Welt bringen würde.‹ So in der Art hätte ich das gern.«

»Aber wir werden gar nicht zur Wostok-Station kommen.«

»Hören Sie mal, Julia. Ich schätze Ihre Fakten wirklich, aber Sie müssen sich ein bisschen lockerer machen. Wir haben bei der Harry-Gantman-Show eine Mission. Und diese Mission heißt: Zuschauer unterhalten. Haben Sie mich verstanden?«

»Ja, Harry. Wir unterhalten die Zuschauer.«

»Exakt. Bestellen Sie Sue: Ich will diese Pinguine. Aber die kleinen, niedlichen. Da geht denen am Fernseher das Herz auf. So weit mitgekommen? Gut!«

Harry schaute auf seine Uhr und seufzte. »Sorry, Julia, dass ich hier unterbreche. Es gibt da noch ein Treffen mit Investoren, das ich vorbereiten muss. Morgen Vormittag bin ich unterwegs, aber entweder am Nachmittag oder übermorgen machen wir weiter. Könnten Sie schon mal weitere Ideenskizzen erstellen, erste Skripte, damit wir schneller vorankommen?«

»Geht klar, Harry.«

6

Nordpolarmeer 85°40´43˝ Nord und 135°39´36˝ Ost,
rund 259 Seemeilen vom Nordpol

Kapitän Alexej Somokow faltete die Seekarte auf dem kleinen
Tisch auf der Brücke zusammen. Zehn Minuten lang hatte er
den Kurs der »Lenin« abgesteckt und im Kopf die aktuelle
Position berechnet. Das war mittlerweile eine nutzlose Fähigkeit. Sowohl der GPS-Empfänger als auch das GLONASS-
Navigationssystem lieferten die aktuellen Daten in Sekunden.
Doch Somokow ließ es sich nicht nehmen, selbst nachzurech-
nen – eben weil er es konnte. Für viele waren die Seekarten
nutzloses Zeug, sentimentaler Quatsch. Somokow aber liebte
die Arbeit am Kartentisch. Also prüfte er die Route, auch weil
ihm langweilig war. Die Pornos, die auf dem Schiffsserver
zur Verfügung standen, reizten ihn schon lange nicht mehr.

Im vergangenen Spätsommer hatte die »Venta Maersk« als
erstes Containerschiff und drittes großes Frachtschiff überhaupt die Nordostpassage durch das Nordpolarmeer ohne
Eisbrecher gemeistert. Sollte ihn das freuen? Zum Teufel,
nein! Das war in seinen Augen der Anfang vom Ende.

Die Nordostpassage weckte Begehrlichkeiten. Europa–
Asien in kürzester Zeit. Die Strecke Rotterdam–Tokio betrug
dann nur noch knapp siebentausendfünfhundert Seemeilen.
Wer durch den Suezkanal fuhr, musste für die gleiche Strecke
mit mehr als elftausenddreihundert Seemeilen rechnen. Bislang hatte aber das Eis der Arktis dafür gesorgt, dass diese
»Abkürzung« wirtschaftlich unattraktiv war. Er fuhr jetzt
seit fünfunddreißig Jahren zur See, hatte in der Kriegsma-
rine gedient, war seit vier Jahren Kommandant der »Lenin«.
Für ihn war dieser Schiffsweg etwas Besonderes, hier hatten
Containerschiffe ohne Eisbrecher nichts zu suchen. Mit den
antriebsstarken Maschinen und der dicken Panzerung am

Bug konnte sein Schiff bis zu fünf Meter starke Eisplatten zerstören. Was sich seiner »Lenin« in den Weg stellte, wurde durchschnitten wie Butter von einem heißen Messer. Verdammt, wenn das so weiterging, waren er und sein Schiff bald Relikte. Ein Containerschiff ohne Eisbrecher auf der Nordostpassage – Drecks-Klimaerwärmung.

Somokow kratzte sich nachdenklich den Vollbart, der mittlerweile mehr grau als braun war. Weiter vorne am Steuerpult saß Jegor. Somokow fuhr jetzt seit zwei Jahren mit ihm und vertraute seinem Steuermann blind. Auch Jegor langweilte sich, weil der Bordcomputer das Schiff auf dem eingegebenen Kurs hielt. Lustlos blätterte der junge Offizier in einer Autozeitschrift. Im letzten Jahr hatte Jegor geheiratet, er suchte gerade einen größeren Kombi, weil seine Frau schwanger war und der Kleinwagen des Paares für einen Großeinkauf samt Windeln und Kindersitz nicht geeignet. Das alles wusste Somokow, weil er einer der Trauzeugen gewesen war und Irina, Jegors Frau, gut kannte.

Auf der Brücke brannten nur ein paar Lampen. Der Blick durch die Fenster bot wenig Aufregendes. In der dämmerigen Polarnacht sah das Wasser trüb-grau aus. Geringer Seegang, vereinzelte Eisschollen.

»Jegor, ich geh in meine Kabine und leg mich schlafen. Wenn etwas sein sollte, ruf mich an.«

»Sicher, Kapitän, aber was soll heute Nacht noch passieren?«

Insgeheim stimmte Somokow seinem Steuermann zu. Er befand sich schon fast an der Tür, als das schrille Klingeln des Bordtelefons ihn innehalten ließ.

Der Kapitän bedeutete seinem Offizier, sitzen zu bleiben. »Somokow hier.«

»Kapitän, ich bin's, Wladimir. Ich weiß nicht, was los ist, aber hier im Maschinenraum 3 riecht es irgendwie verschmort. So als würde Kunststoff schmelzen. Ich könnte zwei –«

Wladimirs Satz wurde von einem Knall unterbrochen. Somokow zuckte erschrocken zusammen. »Wladimir? Wladimir, was war das?«

Jegor war aufgesprungen. »Kapitän, wir haben einen Wassereinbruch in Sektor 3. Das muss in der Nähe des Maschinenraums sein.«

Alexej Somokow reagierte sofort. Er stürzte zum Kontrollpult, öffnete eine Abdeckung und löste den Feueralarm aus. »Die Funkzentrale soll einen Notruf absetzen. Ich will außerdem zehn Mann da unten in Sektor 3 haben. Was ist mit Wladimir? Sind die Sicherheitstüren geschlossen? Wie schlimm ist der Schaden?«

Der Steuermann nickte und beeilte sich, die einzelnen Befehle auszuführen. Somokow überlegte, ob er zu dem beschädigten Sektor laufen sollte, um sich selbst ein Bild von der Lage zu machen. »Gott steh uns bei«, murmelte er und starrte aus dem Fenster. In diesem Moment erschütterte eine heftige Explosion das Schiff. Die Druckwelle ließ die Glasscheiben der Brücke zerbersten. Splitter flogen wie Geschosse durch den Raum. Somokow, der sich instinktiv geduckt und die Hände vor das Gesicht gehalten hatte, spürte, wie er aus mehreren Schnitten blutete. Jegor röchelte hinter ihm, eine große Glasscherbe steckte im Hals des Mannes. Somokow kam wankend auf die Beine. Nur um zu sehen, wie das Heck der »Lenin« in einem gleißenden Explosionsblitz verschwand.

7

Linienflug Frankfurt-Sydney, irgendwo über dem Indischen Ozean

In den zurückliegenden Tagen war Julia eines klar geworden. Harry Gantman brauchte so dringend eine Redakteurin an seiner Seite wie ein Junkie den nächsten Schuss. Ihr Boss hatte gleich zu Anfang erklärt, dass er lieber mit Redakteurinnen zusammenarbeitete. Zum Glück ist mir seine Begründung dazu erspart geblieben, dachte Julia.

Fakt war: Der große Harry Gantman war nicht willens oder auch nicht fähig, mehr als zwei, drei Sätze am Stück frei vor laufender Kamera zu sprechen. Immer gab es einen kleinen Teleprompter mit dem vorformulierten Text.

Julia hatte vor ihrer engen Zusammenarbeit mit Harry angenommen, der Mini-Bildschirm diene nur der Sicherheit – schließlich hat jeder mal einen Hänger –, aber da hatte sie sich gewaltig getäuscht.

»Darf ich Sie auf unser Bordprogramm hinweisen? Wenn Sie möchten, nutzen Sie ruhig die Kopfhörer in der Sitztasche vor Ihnen.« Die Bemerkung der Stewardess ließ Julia aufblicken. Trotz der vielen Stunden, die der Flug nach Australien bereits dauerte, gelang der Stewardess immer noch ein professionelles Lächeln.

»Herzlichen Dank, die werde ich sicher noch nehmen.«

Julia blätterte im Bordmagazin und versuchte nicht daran zu denken, was sie am Ende dieser Reise erwartete. *So schlimm kann es gar nicht werden. Der Blitz schlägt niemals zweimal an der gleichen Stelle ein. Du bist eine professionelle Redakteurin, und du ziehst das durch.* Diese drei Sätze waren in den letzten Tagen zu ihrem persönlichen Mantra geworden.

»Ich sitze fest. Drei Tage und Nächte harre ich aus. Mit einer Handvoll Männer bin ich da oben in mehr als sechstausendfünfhundert Metern Höhe. Um unser Lager tobt ein höllischer Schneesturm, der Wind reißt an den Zeltwänden. Man versteht kaum sein eigenes Wort bei dem Lärm. Ich denke, jeden Moment muss der Stoff in Fetzen davonfliegen, und dann ist es aus und vorbei. Schlafen? Ha, ich sag Ihnen, an Schlaf war da kaum zu denken.«

Julia legte das Bordmagazin zur Seite. Ja, schlafen würde sie auch gern. Aber Harry sorgte dafür, dass sie hellwach war. Schade, dass Harry mein Boss ist, dachte Julia. Bei jedem anderen wäre sie längst aufgestanden und hätte um ein wenig Ruhe gebeten. Die BBC-Redakteurin, die neben Harry saß und ihm praktisch an den Lippen hing, hatte offensichtlich mit der Lautstärke seines Monologs kein Problem.

»Meinst du, er hört auf zu quatschen, wenn ich ihm meine Wasserflasche über den Schädel ziehe?« Sue beugte sich über den Mittelsitz zu Julia herüber und verdrehte die Augen.

»Aber nein, das wird ihn zwar kurz ins Stocken bringen, aber die Story wird er zu Ende erzählen. Solange eine langbeinige Schwarzhaarige neben ihm sitzt und ihn so bewundert, hast du da keine Chance. Was findet die nur an ihm?«

»Na, was wohl? Medienrummel, Abenteuer an exotischen Plätzen, die ganzen Stars, such dir was aus. Egal, lange kann es nicht mehr dauern, wir sind ja schon beim Schneesturm«, seufzte Sue. »Gleich ist es wieder so weit.« Sues Stimme wurde tiefer und bekam eine erstaunliche Ähnlichkeit mit Harrys Tonlage. »*Sie wollen alle aufgeben, aber nicht mit mir.*«

»Nach drei Tagen Sturm wollen sie alle aufgeben, meine Liebe, aber ich sage dem Expeditionsleiter, nicht mit mir«, tönte es von weiter vorne.

Julia hielt sich die Hand vor den Mund, um nicht laut rauszuplatzen. Sue dagegen lehnte sich in ihrem Flugzeugsitz zurück und murmelte: »Bingo, wusste ich's doch. Gott, die Kleine könnte auch mit ihm nach hinten gehen und ihm einen blasen, dann hätte er endlich sein Ziel erreicht, und wir hätten Ruhe.«

»He, bist du mies drauf, wenn du mal nicht schlafen kannst,

so kenn ich dich ja gar nicht.« Sue zuckte nur mit den Schultern.

»Also gut, das war gemein, aber findet eine so hübsche Frau keinen besseren Mann zum Anhimmeln? Wer weiß, welche Heldentat Harry als Nächstes ausgräbt.«

Sue setzte sich ihre Kopfhörer auf und zog eine Schlafbrille über die Augen. »Vielleicht klappt es ja so«, brummelte sie.

Julia streckte die Beine aus und suchte eine einigermaßen bequeme Stellung in dem Flugzeugsitz. Bis zur Landung in Hobart, der Hauptstadt der australischen Insel Tasmanien, konnte es noch eine Weile dauern. Julia fischte aus der Sitztasche die billigen Einwegkopfhörer heraus. Warum eigentlich nicht? Sie stöpselte den Stecker in die Buchse in der Armlehne ein. Eine Jazz-Combo spielte leise Late-Night-Jazz. Fast wie in Bernies Bar. Nicht unbedingt ihr Geschmack, aber okay. Belanglose Fahrstuhlmusik in mehr als dreißigtausend Fuß Höhe. Die Musik übertönte Harrys Erzählung und das Brummen der Triebwerke.

Ihr Bild vom großen Harry Gantman hatte in den letzten Tagen heftige Risse bekommen. Julia blinzelte zu den Nachbarsitzen hinüber. Harry vorne, Sue in ihrer Sitzreihe am Fensterplatz und der Kameramann Roy Decker eine Reihe weiter.

Harry hatte sich vorgenommen, mit einem ziemlich kleinen und überschaubaren Team die Antarktis zu erobern.

Roy, das hatte Julia rasch begriffen, war ein erfahrener Kameramann, der mit seinen vierzig Jahren schon in allen Ecken der Welt gedreht hatte. Was Julia an ihm besonders schätzte, war die unerschütterliche Ruhe, die er ausstrahlte. Ihm schien es überhaupt nichts auszumachen, dass Harry praktisch im Minutentakt eine neue Idee aus dem Hut zog. Wie Michael bereits gesagt hatte, arbeitete Roy schon seit ein paar Jahren mit Harry zusammen und hatte dabei offenbar die Fähigkeit erworben, in dessen Anweisungen die Spreu vom Weizen zu trennen. Bei dieser Reise war Roy Kameramann und Tontechniker in einer Person, aber er beschwerte sich nicht.

Sue hatte bei den ganzen Vorbereitungen die Zügel fest in der Hand behalten. Julia glaubte nicht, dass ihre Freundin viel Zeit zum Entspannen gefunden hatte. Ihr Abend in Bernies Bar war jedenfalls das letzte gemeinsame Treffen der beiden Frauen außerhalb des Gantman-Towers gewesen. Wahrscheinlich ist sie deshalb gerade so sauer geworden, dachte Julia. Ein kurzes Schnarchen ließ sie zur Seite schauen. Sues Kopf lehnte an der Bordwand. Sie schlief mit offenem Mund.

Der Flug ging von Frankfurt nach Sydney. Rund einundzwanzig Stunden Reisedauer. Dreieinhalb Stunden hatten sie am Flughafen in Dubai verbracht. Und von Sydney flogen sie weiter nach Hobart. Julia hatte längst aufgegeben, darüber nachzudenken, welcher Tag war. Für sie zählte jetzt nur noch die Ankunft in Hobart. Hier würde es einen Zwischenstopp von fast einem Tag geben, denn es sollten weitere Teilnehmer zu der Reisegruppe stoßen. Von Tasmanien aus führte dann die letzte Etappe mit einer Spezialmaschine direkt in die Antarktis.

Julia war tief dankbar dafür, dass diese Etappe nur noch aus einem siebenstündigen Flug bestand. Sieben Stunden in einem VIP-Flieger, wohlbemerkt. Schade eigentlich, dass man in Australien noch Journalisten aufnehmen wollte. Ansonsten hätte die Gruppe über Kapstadt anreisen können. Julia wollte sich nicht beklagen. Noch vor wenigen Jahren hatte jeder, der von Tasmanien in die Antarktis reiste, mehrere Tage auf einem Frachtschiff verbringen müssen.

Nein, das Vergnügen, den kältesten und menschenfeindlichsten Fleck der Erde zu besuchen, war einem damals wirklich nicht leicht gemacht worden. Die Journalistengruppe bekam jetzt dagegen den Prominentenzugang zum Eiskontinent. Die Australier hatten vor wenigen Jahren im Eis eine Landebahn angelegt. Jetzt konnte sogar ein Airbus A319 dort landen. Julia hatte davon gelesen und war gespannt darauf, das Ganze mit eigenen Augen zu sehen. Aber erst mal mussten sie in Tasmanien ankommen.

8

Hotel Grand Chancellor, Hobart/Tasmanien

»*Ein Kreml-Sprecher bestätigte heute Vormittag, was seit Tagen als Gerücht in Moskau die Runde macht: Die ›Lenin‹, ein russischer Eisbrecher der neuesten Generation, gilt weiterhin als verschollen. Regierungsvertreter gehen mittlerweile davon aus, dass das Schiff im Nordpolarmeer gesunken ist. Vor drei Tagen gab es den letzten Funkkontakt mit dem Schiff. Gestern wurde im Internet eine Videobotschaft veröffentlicht, die Sicherheitsexperten als glaubwürdig einschätzen.*

In der Botschaft bekennt sich eine Terroristengruppe, die sich WDI-Aktivisten nennt, zu einem Sprengstoffanschlag auf die ›Lenin‹. WDI, das steht nach Aussagen der Gruppe für ›We Do It‹. Die Gruppe hat bereits einen Anschlag auf die Greenpeace-Basis in der Antarktis verübt, und sie hat die deutsch-französische Forschungsstation auf Spitzbergen überfallen und zerstört. Bei diesem Überfall wurden drei Forscher erschossen und die Forschungsstation gesprengt. Sowohl die deutsche als auch die französische Regierung hatten diesen Überfall als einen feigen terroristischen Akt verurteilt. Die internationale Staatengemeinschaft hatte beide Länder in ihren Forderungen bestärkt, dass die Täter zur Rechenschaft gezogen werden müssen. Mit ihrem aktuellen Anschlag wären die Terroristen auch für den Tod der vierzigköpfigen Besatzung verantwortlich.

Zu seinen weiteren Maßnahmen und Reaktionen auf die jüngsten Verlautbarungen will sich der Kreml in einer gesonderten Pressekonferenz äußern. Mehr dazu in unserer anschließenden CNN-Sondersendung.«

Julia starrte auf den großen Fernseher, der schräg an der Wand der Hotelbar hing, und vergaß dabei ihr Sandwich und das Glas Weißwein.

»Was für Idioten!«

Sie schaute zur Seite. Ein Mann hatte sich mit seinem Whiskyglas in der Hand zu ihr an die Theke gestellt, um den CNN-Bericht besser verfolgen zu können. Er war mittelgroß, hatte blondes, volles Haar mit einem längst herausgewachsenen Haarschnitt und sah mit seinem Dreitagebart gleichzeitig ungepflegt und verwegen aus. Ein wenig erinnerte er sie an Robert Redford in »Jenseits von Afrika«.

»Glauben Sie wirklich, dass diese Aktivisten einen Eisbrecher versenkt haben?«, fragte Julia. Bei der Frage schaute er sie an, als ob er zum ersten Mal wahrgenommen hätte, dass hier an der Bar noch ein menschliches Wesen saß.

»Jede Wette. So schwer ist das gar nicht. Man muss nur eine ausreichend große Menge Sprengstoff und einen Funkzünder an Bord schmuggeln. Alles andere erledigt sich dann von alleine. Spitzbergen und die Greenpeace-Station, okay, das waren zwei andere Nummern. Dafür muss man vor Ort sein. Aber Idioten sind sie trotzdem.«

Julia nippte an ihrem Weißwein. »Ich verstehe nicht, was das Ganze soll. Wer kann Interesse an der Zerstörung von Forschungsstationen und einem Eisbrecher haben? Die Forschungsarbeit wird doch weitergehen, und auch die Seerouten werden weiter genutzt.«

»Für die ist jede Forschung in der Arktis oder Antarktis ein Eingriff in die Natur. Das sind Fanatiker, denen kann man nicht mit Argumenten kommen. Was die Stationen leisten, interessiert die nicht, die unersetzliche Forschungsarbeit, die Menschenleben – alles unwichtig. Und jetzt sind diese Aktivisten nicht nur Mörder, sondern haben auch noch die Verschmutzung einer ganzen Region zu verantworten. Die ›Lenin‹ wurde mit Dieselmotoren angetrieben. Ich möchte nicht wissen, wie viele tausend Liter Treibstoff gerade das arktische Meer verseuchen.«

Bevor Julia etwas darauf antworten konnte, hörte sie aus dem Hintergrund eine wohlvertraute Stimme.

»Obwohl wir zurzeit in der Antarktis Sommer haben, dürften dort wohl gut und gerne im Schnitt minus dreißig Grad Celsius herrschen. Und das ist dort der Sommer. Nun, darauf werde ich vorbereitet sein. Das bin ich natürlich meinem Publikum schuldig. Die Zuschauer erwarten von Harry Gantman hundertfünfzigprozentigen Einsatz, und ich habe nicht vor, sie zu enttäuschen.«

Julia konnte Harry zwar nicht sehen, weil er in einer der schwarzen Ledersitzgruppen mit Blick auf den Hafen saß, aber seine Ausführungen waren nicht zu überhören. Der Mann neben ihr trank sein Glas aus und murmelte zwischen zwei Schlucken: »Harry Gantman, was für ein furchtbarer Angeber. Möchte bloß mal wissen, welches arme Schwein dem immer seine Texte schreiben muss. Von nichts eine Ahnung, aber eine große Klappe für drei. So blöd muss man erst mal sein, um für diesen Idioten zu arbeiten.«

Dass Harry ein furchtbarer Angeber war, konnte Julia mittlerweile unterschreiben, aber die Loyalität zu ihrem Boss war groß genug, um diese Bemerkungen nicht unkommentiert stehen zu lassen.

»Harry Gantman hat jedenfalls Woche für Woche ein Millionenpublikum, und er weiß genau, was dieses Publikum sehen will.«

Ihr Nebenmann grinste schief. »Woher wollen Sie das so genau wissen?«

Sie rutschte von dem Barhocker, trank den Rest Weißwein aus und nahm ihr Sandwich vom Teller. Den Rest würde sie in ihrem Zimmer essen. Die Müdigkeit saß ihr in den Knochen, und sie hatte keine Lust, mit einem Fremden über ihren Boss zu diskutieren.

»Weil ich das arme Schwein bin, das ihm die Texte schreibt. Ich bin so blöd, für Harry Gantman zu arbeiten. Guten Abend.«

Julia drehte sich um und verließ die Bar. In einem Wandspiegel sah sie das Erstaunen des Fremden, und das Letzte, was sie hörte, war das dröhnende Lachen ihres Bosses, der sich wahrscheinlich gerade über einen seiner eigenen Witze amüsierte.

9

Ein Apartment in London/Großbritannien

Die Töne perlten durch den großen, beinahe leeren Raum. Ein enorm schnelles Solo, während im Hintergrund verhalten, fast schüchtern die Streicher einen Klangteppich schufen, auf dem dieses Klaviersolo strahlen konnte. Der Doc schloss genüsslich die Augen und konzentrierte sich ganz auf die Musik.

»Wir müssen reden, Doc!«

Der Angesprochene holte tief Luft, ließ aber die Augen weiterhin geschlossen. Reglos saß er da, nur die Finger beider Hände spielten einzelne Noten auf den Sessellehnen mit.

»Wir wollen nicht mehr länger warten. Hörst du überhaupt zu?«

Ja, er hörte zu. Er hörte nur zu gut. Da war diese Stimme, die es wagte, in das Solo von Mozarts Klavierkonzert in d-Moll hineinzusprechen. Ordinär und ungehobelt hineinzupoltern in das, was Christopher Park so meisterhaft aus dem Konzertflügel hervorzauberte.

»He, Doc!«

Die tanzenden Finger ballten sich zur Faust. Die einzige Regung in dem schlanken, aber durchtrainierten Körper. Eine Regung, die auch eine Warnung war, man musste sie nur zu deuten wissen.

Erik hatte dafür leider keinen Blick, völlig unwissend stolperte er in sein Verderben.

Mit einem kurzen Druck auf die Fernbedienung stoppte der Doc die CD. In die plötzliche Stille hinein sagte er sanft: »Bereits einen Tag nach der Fertigstellung wurde das Klavierkonzert in d-Moll uraufgeführt, wobei Mozart selbst den Solopart übernahm. Damals war er kein Wunderkind mehr, sondern neunundzwanzig Jahre alt. Sechs Jahre später war Mozart schon tot. Ein wunderbares Konzert. Hatte ich nicht gesagt, dass ich in den nächsten zwei Stunden nicht gestört werden möchte? Doch, ich bin mir sicher, ich hatte das gesagt.«

»Schon klar. Aber ich will jetzt wissen, wie es weitergeht. Wir haben uns besprochen. Die Leute sind wach, die Zeitungen und Fernsehsender haben begriffen, dass es uns gibt. Den Regierungen geht der Arsch auf Grundeis, die haben gecheckt, dass wir eine Gefahr für sie sind. Jetzt müssen wir noch einen drauflegen, jetzt ist die Zeit, unsere Forderungen zu veröffentlichen. Die Welt soll wissen, was wir wollen.«

Der Doc hätte fast gelächelt. Wenn Aktivisten, die die Polregionen schützen wollten, davon sprachen, dass anderen »der Arsch auf Grundeis« ging, hatte das eine gewisse Komik. »Fast lächeln« war bei ihm schon ziemlich weit oben auf der Skala.

»So, das alles habt ihr besprochen? Ohne mich, ohne den Kopf, der das alles erst möglich gemacht hat? Und die Übrigen in unserer Gruppe haben dich zum Sprecher ernannt, oder was?«

Erik, der mit seinen ein Meter fünfundneunzig und den breiten Schultern eines Bodybuilders jeden Türrahmen ausfüllte, trat bei der Frage verlegen von einem Fuß auf den anderen. »Na ja, was heißt hier Sprecher? Ich meine, wir alle wollen doch, dass wir vorankommen.«

Das klang mehr nach Rückzug als nach Angriff.

Der Doc erhob sich aus seinem Sessel und trat näher an Erik heran, der ihn um fast einen halben Kopf überragte. »Soll das bedeuten, dass ihr nicht mehr daran glaubt, dass ich einen Plan habe? Wollt ihr es lieber selbst versuchen?«

Die Fragen waren beinahe geflüstert, aber Erik zuckte zurück, als hätte man sie ihm ins Gesicht gebrüllt. Dann straffte er die Schultern. »Auf jeden Fall werden wir jetzt weitermachen, egal, was du sagst.«

Der Doc nickte bedächtig. Er war jemand, der stets genau abwog, was er tun und sagen wollte. Der Schlag seiner rechten Hand kam ohne Vorwarnung. Kein Ausholen mit dem

Arm, nur ein Stoß aus der Hüfte, die flache Hand gerade nach oben, direkt auf die Nase. Bei seinem täglichen Training zertrümmerte der Doc mit diesem Schlag Bretter. Alles nur eine Frage von Geschwindigkeit und Kraft. Das Nasenbein eines Menschen ist viel empfindlicher als ein Brett. Der Schlag brach den Knochen, Blut spritzte aus der Nase.

Es war ein Ammenmärchen, dass das Nasenbein auf diese Weise todbringend ins Gehirn getrieben würde. Das war auch gar nicht nötig, denn noch bevor Erik reagieren konnte, stand der Doc hinter ihm. Ein Tritt in die Kniekehle, ein Hieb an die Schläfe. Der große Mann fiel auf die Knie, kippte seitlich um.

Der Doc setzte sich zurück in seinen Sessel und stellte die Musik wieder an. Aber er konnte Mozarts Komposition nicht mehr genießen. Missbilligend schüttelte er den Kopf und lehnte sich zurück. Zwei Stunden Ruhe, war das denn zu viel verlangt gewesen? Er seufzte schwer. Er wollte sowieso von hier verschwinden, Eriks Auftritt und das Aufbegehren der anderen hatten den Zeitplan nur beschleunigt. Er würde dem Apartment, Erik und den Übrigen den Rücken kehren. Für seine neue Aufgabe hatte er bereits ein anderes Team zusammengestellt. Für jede Aktion ein neues Team, niemand kannte die jeweils anderen. Teile und herrsche.

Das Blut auf dem Teppich war ärgerlich, aber dieses Apartment war nur vorübergehend gemietet. Sollte sich doch der Wohnungsbesitzer über die Sauerei aufregen. Der Doc schloss die Augen. Seine Finger tanzten vergeblich über die Lehnen, die Musik erreichte sie nicht mehr. Es war Zeit, aufzubrechen.

Niemand in der Gruppe wusste, warum alle den Doc nur Doc nannten. Dabei hätten sie nur fragen müssen, er hätte es ihnen erzählt. Er hätte ihnen von dem Jungen erzählt, der sich selbst mit drei Jahren das Lesen und mit vier Jahren das Schreiben beigebracht hatte. Der Junge, der herumgeschubst wurde, weil er klüger war als alle anderen zusammen. Sogar seine ältere Schwester hatte sich über ihn lustig gemacht. Als sie achtzehn war und er gerade mal fünfzehn, zog sie ihn wegen seiner Pickel auf. Gegen die Pickel konnte er nicht viel tun, aber das heimliche Kampfsporttraining half ihm dabei, sich gegen ältere, vermeintlich stärkere Gegner durchzusetzen. Gegen seine ständig stichelnde Schwester musste er nicht kämpfen. Seine Schwester ließ er einfach verbrennen. Der Brandsatz, den er in ihrem alten Golf versteckte, war so wirksam, dass am Ende nur noch ein Klumpen geschmolzenes Metall übrig war. Ende vom Golf. Ende der Pickel-Witze.

Der Doc erinnerte sich noch an die Polizisten, die seine Eltern besucht hatten, an den Zusammenbruch der Mutter, die verzweifelten Tränen des Vaters. Wenn er Sorgen hatte, waren sie nie so verzweifelt. Der Doc behielt das in Erinnerung. Mit sechzehn Jahren machte er Abitur, mit achtzehn Jahren verschwand er. Er plünderte das Bankkonto der Eltern und tauchte unter. Studierte Physik und Biologie. Damals wurde er zum ersten Mal Doc genannt. Das Studium war rascher vorbei, als ihm lieb war. Der Name blieb. Er war klüger als die meisten Menschen, und er war schneller als sie. Vor allem aber – er interessierte sich für niemanden. Die anderen waren Ameisen. Sie konnten ihm nicht mehr schaden, ihn herumschubsen, ihn lächerlich machen. Er aber konnte sie einfach mit seinem Schuh zertreten.

Und noch etwas wurde ihm klar: Wenn er Veränderungen wollte, musste er handeln. Er suchte sich Verbündete, die seine Ideale und Ziele teilten. Der einst schmächtige Junge hatte seine Bestimmung gefunden.

Die letzten Akkorde des Orchesters erfüllten den Raum. Der Doc öffnete die Augen. Es war Zeit. Auf dem Tisch stand ein Laptop, die Verschlüsselungssoftware hatte er eigenhändig geschrieben. Jedes Telefonat, das er über den Computer führte, war absolut abhörsicher. Er wählte eine Nummer.

»Morgen, zehn Uhr, ich möchte, dass alle sechs dabei sind.«

Er wartete die Antwort nicht ab, sondern beendete das kurze, einseitige Telefonat gleich wieder.

Der einzige Luxus, den das Apartment bot, waren die Stereoanlage und ein Wandtresor. Aus dem Tresor holte er einen

USB-Stick und lud ein letztes Mal die Daten auf den Computer. Seine Planung war makellos, daran gab es keinen Zweifel. Aber Michelangelo hatte sich bestimmt seinen David auch mehr als einmal angesehen. Der Plan war sein persönlicher David. Die zwingend notwendige vierte Stufe.

Auf dem Monitor baute sich ein großer Gebäudekomplex als dreidimensionales Modell auf, das er mit Hilfe der Maus in alle Richtungen drehen und bewegen konnte.

Das Ganze sah aus wie die Kreuzung aus einem Iglu und einer futuristischen Raumstation auf einem fernen Planeten.

Der Komplex hatte einen Namen: Terra Nova II.

10

Tag 1: Abflug Hobart/Tasmanien – Ankunft antarktischer Kontinent

Als Julia am nächsten Morgen aufwachte, brauchte sie eine Weile, bis ihr einfiel, wo sie war. Sie hatte tief und fest geschlafen, so tief, dass sie den Wecker auf ihrem Smartphone nicht gehört hatte. Das wurde ihr klar, als sie einen Blick auf die Uhr warf. Oh nein, in zehn Minuten sollte das Treffen unten im Konferenzraum stattfinden. Zehn Minuten – sie sprang aus dem Bett und rannte ins Badezimmer.

Zum Glück hatte sie sich die Kleidung, die sie heute anziehen wollte, schon gestern Abend vor dem Einschlafen rausgesucht, das sparte nach der Blitzdusche wertvolle Zeit. Einpacken musste sie auch nicht viel, für die eine Nacht hatte sie natürlich alles in der Tasche gelassen.

Als sie aus dem Aufzug trat, ging Sue bereits ungeduldig vor dem Konferenzraum auf und ab.

»Da bist du ja endlich. Noch zwei Minuten, und ich hätte dir deine Hotelzimmertür eintreten lassen. Wo warst du denn beim Frühstück? Nein, sag nichts, Julia. Ich weiß, du hast dir keinen Weckruf vom Hotel eingerichtet, und der Wecker auf deinem Smartphone war wieder dieses Vogelgezwitscher und das Bachplätschern. Julia, ich habe es dir gesagt, von diesem Naturgemurmel wird kein normaler Mensch wach.«

Seit Sue mal bei ihr in Godesberg übernachtet hatte, zog sie sie mit dem dezenten Weckton auf, sobald sie auch nur ein paar Minuten zu spät kam. Diesmal aber musste Julia ihrer Freundin leider recht geben.

»Ich bekenne mich in allen Anklagepunkten schuldig, Euer Ehren. Ich habe tatsächlich keinen Weckruf geordert, und ich habe mir nicht die Posaunen von Jericho auf meinem Handy gespeichert.« Julia unterdrückte ein Gähnen. »Aber ich habe dafür gebüßt, weil ich mir nicht den Bauch an dem erstklassigen Frühstücksbüfett dieses Hotels vollgeschlagen habe.«

Lächelnd drückte Sue ihr einen großen Pappbecher in die Hand. »Hier, Milchkaffee, ein Stück Zucker und sogar heiß. Als du nicht aufgetaucht bist, dachte ich mir, dass du den gebrauchen könntest. Und eine gute Nachricht: Ich habe mal in den Konferenzraum geschaut. Da gibt es ein paar Platten mit Gebäck und Croissants.«

»Wie kann ich dir, meiner Lebensretterin, danken?«

»Ändere deinen Wecker. Zum Glück ist Harry ja auch noch nicht da. Ich hätte es wirklich nicht witzig gefunden, das Vorbereitungstreffen ohne dich zu bestreiten.«

»Ich hab's ja gerade rechtzeitig geschafft. Und Harry hat bestimmt Schlaf nachzuholen, wo er doch die meiste Zeit im Flugzeug von seinen bisherigen Außensendungen geschwärmt hat. Außerdem hat er gestern Abend in der Hotelbar mit irgendjemandem über die Antarktis und ihre Schrecken gesprochen. War nicht zu überhören.«

Sue seufzte leise. »Wenn das so ist, sollten wir uns schon mal darauf einstellen, dass wir das Briefing ohne ihn machen. Harry hat mit Sicherheit zwar kein Vogelgezwitscher auf seinem Smartphone, aber wenn unser Boss den Abend tatsächlich in weiblicher Begleitung verbracht hat, dann wird er so schnell nicht auftauchen.«

Sue kannte Harry Gantman besser als viele andere. Julia wäre es nicht im Traum eingefallen, zu widersprechen.

Ein paar Minuten und zwei Croissants später war klar: Sue sollte recht behalten. Harry, aber auch Roy tauchten nicht auf. Dafür füllte sich der Raum mit dem Rest der kleinen Truppe, die hier von Hobart aus in die Antarktis starten sollte. Sie trafen einzeln ein: eine weitere deutsche Journalistin, die für verschiedene Radiosender arbeitete, ein japanisches Kamerateam, ein Mitarbeiter der New York Times und ein freier Journalist aus Sydney.

»Einer fehlt noch, abgesehen von Harry und Roy, was ich von den beiden unmöglich finde«, raunte Sue Julia zu und tippte dabei mit ihrem Kugelschreiber auf die Namensliste in ihrer Pressemappe. »George O'Connor, Hamburg/London. Mhm, offenbar ein deutscher Fotojournalist mit britischen Wurzeln. Und mir scheint, er hat auch keinen Wecker.«

In diesem Moment betrat eine zierliche, kleine Frau den Konferenzraum. Jeans, schwere Schuhe, heller Rollkragenpulli – sozusagen Antarktis-Businesslook. Die Frau war nur knapp einen Meter sechzig groß, aber umgeben von einer Aura natürlicher Autorität, fand Julia. Und das schien nicht nur ihr aufzufallen. Beinahe schlagartig verstummten alle Gespräche im Raum.

Die Frau griff nach einem Mikrofon, klopfte kurz dagegen, um zu prüfen, ob es eingeschaltet war, und räusperte sich. »Nun, guten Morgen, Ladys und Gentlemen. Mein Name ist Anne Bergström, ich bin die Sicherheitschefin der Internationalen Antarktis-Station Terra Nova II, und ich freue mich, dass ich Sie auf Ihrer letzten Etappe –«

Das Quietschen einer Saaltür unterbrach Anne Bergström. Alle Köpfe drehten sich herum. Julia schloss genervt die Augen. Im Stillen erwartete sie, dass ihr Boss den Gang entlangkommen würde, doch da hatte sie sich getäuscht.

»Sorry, Leute, ich habe den Raum nicht gleich gefunden. Ich hoffe, ich bin noch nicht zu spät.«

Anne Bergström nahm die Unterbrechung gelassen hin, sie lächelte sogar. »Nein, ich habe gerade erst angefangen. Ladys und Gentlemen, ich darf Ihnen Ihren britischen Kollegen George O'Connor vorstellen. Setzen Sie sich doch bitte, Mr. O'Connor.«

»Na, der bietet doch mal was fürs Auge«, wisperte Sue. »Schon wahr«, flüsterte Julia zurück, »aber ich weiß verlässlich, dass er von uns und unserer Arbeit wenig hält.« Anne Bergström warf einen scharfen Blick in ihre Richtung. Sue hob erstaunt eine Augenbraue, wagte aber nicht mehr, nachzubohren. Julia musterte George O'Connor mit einem grimmigen Gesichtsausdruck. Er war der Fremde aus der Bar.

Julia nahm sich vor, Sue später von der gestrigen Begegnung

zu erzählen. Der Flug in die Antarktis würde schließlich lang genug dauern.

Anne Bergström nahm ihren Vortrag wieder auf. »Licht aus!«, kommandierte Bergström in Richtung eines unsichtbaren Technikers, und augenblicklich reduzierte sich die Raumbeleuchtung auf ein schummeriges Dämmerlicht, während gleichzeitig eine dünne, halb durchsichtige Leinwand von der Decke herunterfuhr. Bergström nahm eine kleine Fernbedienung vom Tisch und startete eine Projektion.

Julia hielt vor Überraschung die Luft an. Einzelne erstaunte »Ahs« und »Ohs« waren zu hören.

Mitten im Raum schwebte ein futuristischer Gebäudekomplex, dank einer ausgeklügelten 3D-Projektion hatte man den Eindruck, man könne mit den Händen nach diesem Gebäude greifen. In der Luft schwebten zwei große, offenbar mehrstöckige Iglus, die mittels Gängen verbunden waren und um die sich weitere kleinere Iglus gruppierten. Wie groß der Komplex wirklich war, ließ sich unmöglich sagen, da jeder Größenvergleich fehlte. Insgesamt gab es neben den beiden großen Gebäuden noch vier kleinere.

»Das ist Ihr Ziel. Darf ich vorstellen: die Internationale Antarktis-Station Terra Nova II. Benannt nach dem Flaggschiff des großen britischen Polarforschers Robert Falcon Scott. Die Europäer, allen voran Großbritannien und Deutschland, die USA, Australien und Japan haben in diese Station investiert. Wir möchten aber betonen, dass wir für das Engagement weiterer Nationen offen sind. Natürlich betreiben die beteiligten Länder weiterhin ihre nationalen Aktivitäten in der Antarktis, aber Terra Nova II wäre als Projekt für ein einzelnes Land nicht umsetzbar gewesen. Nun, was wir dort vor Ort genau erforschen, wird Ihnen unser Stationsleiter Dr. Winston MacCullum noch im Detail erklären. Sie haben sicher Verständnis dafür, dass ich meinem Chef nicht vorgreifen möchte. In der Beziehung ist Winston so empfindlich wie jeder andere Chef.«

Vereinzeltes Lachen im Konferenzraum.

»Meine Aufgabe besteht darin, Sie sicher dorthin zu bringen und dafür zu sorgen, dass Sie wohlbehalten zurückkehren, um Ihre Geschichte schreiben zu können. Und diese Aufgabe nehme ich sehr ernst.«

»Das ist ja das Mindeste, was man erwarten darf«, murmelte Sue so leise, dass nur Julia sie verstehen konnte. Etwas an Bergströms Tonfall störte Julia, Bergström klang so ernst und entschlossen, als wäre die Gruppe dabei, in ein Krisengebiet zu reisen, wo es von Aufständischen nur so wimmelte. Das gefiel ihr gar nicht. Die Erklärung lieferte die Sicherheitschefin auch prompt nach.

»Leider mussten wir in den letzten Wochen unsere Sicherheitsvorkehrungen deutlich erhöhen. Sie alle haben von den schrecklichen Anschlägen der jüngsten Zeit gehört. Wir fürchten, dass Terra Nova II ein – nun, ich nenne es mal – Objekt der Begierde sein könnte. Ich kann Ihnen aber versichern, dass mein Team und ich alles tun werden, damit Ihr Aufenthalt bei uns sicher und im Sinne Ihrer Arbeit erfolgreich sein wird.«

Irgendjemand im Konferenzraum klatschte Beifall. In dem abgedunkelten Raum war nicht auszumachen, woher der vermeintliche Applaus kam, aber das Ganze klang wie ein ironischer Kommentar zu dem, was Anne Bergström gerade gesagt hatte.

Julia hatte den Eindruck, dass die Sicherheitschefin ähnlich dachte, denn ihr Tonfall verlor deutlich an Herzlichkeit.

»Wir werden in einer Stunde mit dem Shuttlebus zum Flughafen fahren, bitte seien Sie pünktlich. Es gibt in dieser Woche nur den einen Flug, und nach der Landung sind wir schließlich noch nicht am Ziel.«

Auf der Leinwand wechselte das Bild. Anstelle der Station schwebte jetzt ein schmales schwarzes Armband mitten im Raum.

»Was Sie hier sehen, ist ein wichtiger Bestandteil unserer Sicherheitsvorkehrungen. Ihnen allen wird gleich beim Verlassen des Konferenzraums ein Armband ausgehändigt. Ich möchte Sie bitten, Ihr Armband während Ihres gesamten Aufenthalts in Terra Nova II zu tragen. Und zwar Tag und

Nacht, es ist stoßunempfindlich, absolut wasserdicht und antiallergen.«

»Und was kann das Ding?« Der Mitarbeiter der Times war aufgestanden, um seine Frage zu stellen.

»Das *Ding*«, Bergström betonte das Wort Ding überdeutlich, »sichert Ihr Überleben. Wir haben innerhalb und außerhalb der Station ein Netzwerk von Sensoren installiert. Das Armband ist im Grunde GPS-Tracker, Fitnessuhr und digitale Zugangskarte in einem Gerät. Es übermittelt Ihre Position, Ihre Pulsfrequenz und die Körpertemperatur. Niemand kann ohne dieses Armband die Station betreten, einzelne sicherheitsrelevante Bereiche der Station sind darüber hinaus gesondert geschützt, da kommen Sie auch mit diesem Armband nicht hinein. Und sollten Sie sich außerhalb der Gebäude aufhalten, zum Beispiel zu Dreharbeiten, wissen wir, wo wir Sie suchen müssen. Glauben Sie mir, inmitten von Eis und Schnee sieht eine Schneekuppe wie die andere aus, bei uns haben sich schon Mitarbeiter verirrt, die nur knapp außerhalb der Sichtweite der Station waren. Damit aber«, Bergström nickte in Richtung Armband, »finden wir Sie, bevor Sie bei minus dreißig Grad für immer in der Antarktis bleiben.«

Mit nachdenklichem Gesicht setzte sich der Mann wieder auf seinen Platz. Julia schluckte trocken. Die Panik, die sie in den letzten Tagen erfolgreich unterdrückt hatte, brannte wieder heiß in ihrem Magen. Das schwarze Armband hatte die Gefahr mitten in den Konferenzraum geholt. Ihre Hände zitterten. Sie nahm sie eilig unter den Tisch, damit Sue das Zittern nicht bemerkte.

Bergström fuhr fort. »Die Anschläge der letzten Wochen sind Ihnen allen vielleicht surreal erschienen, bloß Nachrichtenmeldungen, ohne Bedeutung. Aber wir nehmen das alles sehr ernst.«

Sie schwieg und ließ ihren Blick ruhig über die Anwesenden wandern. »Ich denke, das war erst einmal alles. Am Ausgang finden Sie Ihr persönlich codiertes Armband. Wir haben die Schachteln mit Ihren Namen versehen. Am besten, Sie legen

Ihr Armband gleich an, damit es nicht verloren geht. Und noch ein guter Rat: Denken Sie daran, dass Sie Ihre warmen Jacken aus den Koffern holen und im Flugzeug greifbar haben. Da, wo wir landen, wird es keinen beheizten Terminal zum Auspacken und Umziehen geben. Arktis-Schutzkleidung für die kommenden Tage steht Ihnen später in Terra Nova II zur Verfügung. Und noch einmal: Seien Sie bitte pünktlich, ich möchte nur ungern auf einzelne Teilnehmer warten. Danke für Ihre Aufmerksamkeit.«

Hab ich mir das nur eingebildet, oder hat die Sicherheitschefin gerade in Sues und meine Richtung geschaut?, fragte sich Julia. Dass Harry nicht im Saal war, musste Bergström doch auch aufgefallen sein. Zum flauen Gefühl im Magen gesellte sich auch noch eine peinliche Verlegenheit. *Herzlichen Dank, Harry!*

»Entschuldigung, Sie müssen Susanne Reinhard und Julia Kern sein, nicht wahr?«

Die beiden Frauen drehten sich bei dieser Frage um. Lächelnd kam Anne Bergström auf sie zu.

»Ihr Chef, Harry Gantman –«

»Es tut mir schrecklich leid, ich kann leider auch nicht sagen, was Mr. Gantman davon abgehalten hat, zu Ihrem Briefing zu kommen«, beteuerte Sue.

Bergström schüttelte den Kopf. »Darum geht es gar nicht. Mr. Gantman hat mich vorher schon informiert, dass er zusammen mit seinem Kameramann noch erste Dreharbeiten unten am Hafen umsetzen muss. Es soll der Einstieg in seine geplante Sendung werden. Er hat nur darum gebeten, dass Sie die Unterlagen mitbringen, und er lässt Ihnen ausrichten, dass er direkt zum Flughafen kommen wird.« Anne Bergström hielt Sue eine Mappe und zwei beschriftete Schachteln entgegen. »Hier, bitte, erinnern Sie die beiden unbedingt daran, die Armbänder anzulegen.«

Sue nahm die Schachteln und Julia die zusätzliche Mappe.

»Natürlich, das machen wir doch gerne«, versicherte Julia.

Bergström nickte. »Wir sehen uns dann gleich beim Bus.«

Als die Sicherheitschefin außer Hörweite war, fragte Julia ungläubig: »Harry ist schon auf den Beinen, und er dreht bereits?«

»Ich kann es kaum glauben. Obwohl, ich hatte Roy auch schon vermisst«, erwiderte Sue. »Aber als seine Regisseurin müsste ich eigentlich wissen, was wir zu drehen haben. Von irgendwelchen Aufnahmen am Hafen war nie die Rede. Harry baut ja immer noch auf die Pinguine für den Teaser. Einstiegssequenz – von wegen. Ich wette mit dir um eine große Lasagne bei Vittorio, dass Harry einfach nur ausschlafen wollte und jetzt mit Roy gemütlich seinen Kaffee in der Morgensonne schlürft.«

»Vittorio« am Chlodwigplatz war Sues Lieblingsitaliener in Köln. Wenn sie so eine Wette aussprach, war sie sich ihrer Sache sehr sicher, dachte Julia. Julia hatte Harry Gantman gut genug kennengelernt, um nicht dagegenzuhalten. Die Wette würde sie garantiert verlieren.

11

Internationaler Flughafen Hobart/Tasmanien

»Wo bleibt ihr denn? Das wird aber auch Zeit.« Lässig, mit übergeschlagenen Beinen saß Harry Gantman im Abflugbereich des Flughafens. Natürlich gab es hier keine VIP-Lounge, da musste sich selbst der große Harry Gantman mit einem einfachen Schalensitz aus Kunststoff und einem Pappbecher Kaffee aus dem Automaten begnügen. Am Eingang der Halle waren laut und vernehmlich Anne Bergströms Anweisungen zu hören. Die Sicherheitschefin hielt die Pressegruppe zusammen wie ein Hirtenhund seine Schafherde.

»Bitte gehen Sie alle zum Gate 3a. Gate 3a. Bitte bleiben Sie dort, in spätestens zehn Minuten beginnt das Boarding.«

Kein Ausreißen möglich, keine individuellen Abstecher in Richtung Kiosk.

Bevor Julia auf Harrys Frage etwas erwidern konnte, rauschte Sue an ihr vorbei und baute sich vor Harry auf. Sie warf ihm die beiden Schachteln und die Mappe in den Schoß. Der hatte Mühe, mit dem Becher in der Hand alles festzuhalten.

»Sue, pass doch auf. Himmel, fast hätte ich mir den heißen Kaffee aufs Bein gekippt.«

»Sei froh, wenn es nur dabei bleibt, Harry«, zischte Sue wütend. »Ich habe in den letzten Tagen ja alles brav geschluckt, aber du treibst es wirklich auf die Spitze. Einstiegsdreh am Hafen, das Märchen kannst du anderen erzählen. Du wolltest nur ausschlafen und gemütlich deinen Kaffee trinken. Klar, wozu sich auch Arbeit machen, wenn die gute alte Sue sich doch um alles kümmert. Irrtum, Harry, ich werde mich nicht mehr um alles kümmern. Ich bin deine Regisseurin, nicht dein Kindermädchen. Leg das verdammte Armband da an, bevor die dich für vermisst erklären, und lies dir die Mappe durch, damit du wenigstens ansatzweise den Anschein erweckst, als wüsstest du, wo es hingeht.«

Sue machte auf dem Absatz kehrt und ging in Richtung Damentoiletten davon. Mit halb geöffnetem Mund staunte Harry ihr hinterher. Julia vermutete, dass in den letzten Jahren niemand mehr so mit ihm gesprochen hatte. *Na toll, Sue macht unserem Boss eine Szene, und ich stehe wie ein Schulmädchen daneben.* Julia spürte, wie die Verlegenheit ihr den Hals zuschnürte. *Das war's für dich, Julia. Mitgefangen, mitgehangen.*

»Harry … ich, also ich …« Julia wusste nicht, was sie sagen sollte. Ihr Gestammel machte es in ihren Augen auch nicht besser.

»Was? Ach, Julia, seien Sie so gut und vergessen Sie bitte alles, was Sue da gerade gesagt hat. Sie ist überarbeitet, hat wahrscheinlich schlecht geschlafen.«

Harry Gantman, der Erfinder des aufgesetzten Lächelns. Er legte die Schachteln und die Mappe auf einen Nachbarsitz, stand auf und tätschelte Julias Arm.

»Ich vertraue darauf, dass Sie sich hundertprozentig reinhängen, das hier wird ein Meilenstein in unserer Geschichte, Julia.« Harrys Stimme schmeichelte, beschwor. »Sie werden nicht immer in der Redaktion bleiben, das weiß ich jetzt schon, Julia. Sie haben das Zeug dazu, weiterzukommen, vergessen Sie das nicht. Sue wird nicht immer bei uns bleiben.«

Julia schluckte und brachte immerhin ein Nicken zustande. Sie sah Harry nach. Tief in ihr mischte sich Verlegenheit mit der Erleichterung, noch einen Job zu haben. Ein widerlicher Gefühlscocktail.

»Wo will denn Harry hin?«

Bei der Frage zuckte sie überrascht zusammen. Roy stand hinter ihr.

»Wenn er klug ist, sucht er Sue und glättet die Wogen«, sagte Julia, ohne zu wissen, ob Harry und Roy miteinander befreundet waren. Sie musterte seine Mimik, versuchte Parteilichkeit herauszulesen und tastete sich mit sorgfältig gewählten Worten auf dünnem Eis weiter. »Also, Sue hat sich gerade mit Harry, ähm, gestritten. Ich weiß auch nicht, warum sie so explodiert ist. Ich meine, dafür hätte es doch andere Anlässe gegeben. Also, glaube ich zumindest ...«

Roy sah sie erheitert an, aber jetzt war da auch Tiefe und Wärme in seinem Blick. »Keine Sorge, das wird schon. Mit den beiden ist das wie bei einem Geysir. Es brodelt, und irgendwann – bumm – geht alles hoch, bevor wieder Ruhe einkehrt und es erneut anfängt zu brodeln. Hätte mir denken können, dass unser kurzer Dreh am Hafen nur Show war. Aber Harry ist der Boss. Wenn er will, dass ich Yachten filme, filme ich halt Yachten.«

»Aber ich habe Sue noch nie so aufgebracht erlebt wie eben.«

»Du warst ja auch noch nie bei einem Außendreh dabei. Harry hat übrigens deine Texte gelobt, die kleinen Pointen, die du für ihn vorbereitet hast. Mach weiter so. Sollte mich nicht wundern, wenn wir in Zukunft öfter zusammenarbeiten.« Roy zwinkerte ihr zu und schlenderte dann leise pfeifend in Richtung Gate davon.

Julia blies die Wangen auf. Zu ihrem Gefühlscocktail kam jetzt noch ein Spritzer Scham hinzu. War sie Sue in den Rücken gefallen? Nein! Trotzdem blieb das Gefühl, an Sues Stuhl zu sägen, weil sie nicht Partei ergriffen hatte.

12

Internationale Forschungsstation »Terra Nova II«/Antarktis

Ben Foster hielt es nicht mehr auf seinem Stuhl. Er sprang auf und rang aufgeregt die Hände. »Winston, ich glaube fast, du willst mich nicht verstehen.«

»Doch, doch, Ben, ich versteh dich nur zu gut.« Im Gegensatz zu Foster war Winston MacCullum die Ruhe in Person. Sein Lächeln wirkte großväterlich, beruhigend, doch erreichte er damit genau das Gegenteil bei seinem Gegenüber.

»Dieses Buddha-Lächeln kannst du dir sparen, Winston. Sag mir einfach, ob wir nun den Testlauf starten oder nicht.«

»Entschuldige bitte, Ben, aber die Antwort kennst du doch. Natürlich werden wir keinen Testlauf durchführen. Wenn wir einen Testlauf machen, wäre das ganze Event keine Premiere mehr. Ich bitte dich. Ich lade doch nicht die internationale Presse ein, verspreche ihnen eine Weltpremiere, um dann kleinlaut einzuräumen, dass wir das schon ein paarmal vorher gemacht haben.« Winston schüttelte missbilligend den Kopf, so als würde er einem begriffsstutzigen Schüler eine längst bekannte Aufgabe noch ein weiteres Mal erklären.

Ben presste die Lippen aufeinander, beugte sich vor und schlug mit der Faust auf den Tisch. »Winston, das ist Wahnsinn. Wir wissen nicht, was uns erwartet, wir wissen nicht, wie es ausgehen wird, und du willst in Gegenwart von Journalisten alles aufs Spiel setzen? Wofür? Für deinen kleinen Moment Weltruhm. Du spielst mit der Zukunft dieser Station.«

»Ben, Ben, ich bitte dich. Du bist der technische Leiter, also sag mir: Ist T-4 sicher? Haben wir, hast *du* alles geprüft?«

»Natürlich habe ich alles geprüft, aber darum geht es doch gar nicht. Alles, was nach T-4 kommt, ist Neuland, Terra incognita, verstehst du denn nicht? Was du vorhast, ist unverantwortlich.«

»Doch, genau darum geht es, Ben. Terra incognita. Wir werden den ersten Schritt wagen, dieses Neuland zu betreten. Und wir sind uns sicher, dass wir alles getan haben, um unser Ziel zu erreichen. Ich vertraue auf dein Urteil. Du sagst, du hast alles geprüft, dann werden wir es auch so machen. Muss ich dich erst daran erinnern, dass ich derjenige bin, der die Gesamtverantwortung trägt?«

Ben Foster schnaubte wütend. »Du willst es einfach nicht begreifen, du sturer Bock.«

»Bitte, Ben, wir wollen doch sachlich bleiben.«

»Bullshit. Ich werde nicht wachen Auges zusehen, wie du den Karren gegen die Wand fährst. Ja, ich bin der technische Leiter, und damit bin ich eben nicht nur für das Funktionieren unserer Schneemobile oder der Hubschrauber verantwortlich. Ich schwöre dir, Winston, das ist noch nicht entschieden. Ich werde die Kommission kontaktieren, ich –«

»Ben, bitte.« Der Stationsleiter von Terra Nova II griff in seine Schublade und zog ein Blatt Papier heraus. »Hier ist das offizielle Go der Kommission. Ich dachte mir schon, dass du … ähm … Bedenken haben könntest. Lies diese Mail und vertrau mir. Wir werden Geschichte schreiben.«

Ben riss Winston das Blatt aus der Hand, überflog den Text und seufzte resigniert. »Bei Gott, wir werden Geschichte schreiben. Ich hoffe nur, du behältst recht, und der Vorstoß in Tiefenzone 9 wird nicht als Katastrophe in die Geschichtsbücher eingehen. Und das hier«, Ben hielt die ausgedruckte Mail hoch, »das hier werde ich mitnehmen und in meinen Unterlagen abheften. Ich werde nicht meinen guten Ruf für deinen Leichtsinn opfern. Ich habe dich gewarnt, Winston.«

Ohne eine weitere Erwiderung abzuwarten, drehte sich Foster um und verließ das Büro des Stationsleiters. Die Tür fiel mit einem lauten Schlag ins Schloss.

Winston MacCullum lehnte sich zurück, das gütige Lächeln in seinem Gesicht wich Entschlossenheit. Ja, er hatte alles bedacht, seit fünf Jahren arbeitete er auf diesen einen Tag hin, und er war sicher, dass er recht behalten würde. Kleinliche

Bedenken würden ihn nicht aufhalten. Zum Glück hatte er so etwas vorausgesehen und sich bei der Kommission abgesichert. Die stand geschlossen hinter ihm.

MacCullum erhob sich, holte aus einem Sideboard eine Flasche Balvenie Double Wood heraus und goss sich ein großzügiges Glas ein. Er genoss das Aroma des siebzehn Jahre alten schottischen Whiskys. Siebzehn Jahre für diesen einen Schluck. Wer so einen Whisky herstellte, dachte in größeren Zeitabschnitten, in Epochen. *Bald werde ich dazugehören, ich werde das Tor zu einer neuen Epoche aufstoßen, und niemand, niemand wird mich daran hindern.*

Winston schnaubte verächtlich: Ben war ein brillanter Techniker, das hatte er in den letzten vier Jahren bewiesen. Aber ihm fehlte schlicht die Phantasie. Die Vorstellung, was möglich sein könnte. Nun, genau dafür war er, Winston MacCullum III., da. Er war der Kopf hinter den Visionen. Ja, die Kommission hatte ihn nicht umsonst zum Stationsleiter ernannt.

Ben Foster war sauer, stinksauer. In seiner Wut übersah er sogar den Gruß von Mila, der jungen Biologin, die ihm im Flur entgegenkam. Winston war ein brillanter Wissenschaftler, das hatte er in den letzten vier Jahren bewiesen. Aber ihm fehlte schlicht die Phantasie. Die Vorstellung, was alles passieren könnte. Oder besser, was schiefgehen könnte. Nun, genau dafür war er, Ben Foster, da. Die Kommission hatte ihn nicht umsonst zum technischen Leiter der Station ernannt.

Für einen kurzen Moment überlegte er sogar, ob er nicht einen Testlauf im Geheimen durchführen sollte. Aber das war natürlich undenkbar, Winston würde toben. Was ihm blieb, war die Möglichkeit, alles, aber auch wirklich alles, erneut bis ins kleinste Detail zu überprüfen. Seine Aufgabe war es, eine Katastrophe zu verhindern.

13

VIP-Flug Antarktis, irgendwo über dem Indischen Ozean

Julia kannte ihre Freundin gut genug, um zu wissen, wann es besser war, sie einfach in Ruhe zu lassen. Beinah erleichtert stellte sie fest, dass Sue auf dieser letzten Etappe der Reise nicht in der gleichen Sitzreihe wie sie einen Platz bekommen hatte. Von ihrem Sitz aus beobachtete sie, wie Sue in ihr kleines Diktiergerät sprach, das sie ständig dabeihatte. Das Ganze sah aus, als würde sie in einen Kugelschreiber sprechen, was er eigentlich auch war: ein Kugelschreiber mit Mikrofon, Mini-Objektiv und genug Speicherplatz, um eine Stunde Video aufzuzeichnen. Dieses kleine Hightech-Teil war ein Geburtstagsgeschenk von Sues Vater gewesen, der damit offenbar den Geschmack seiner Tochter genau getroffen hatte. Der Kugelschreiber hätte in jeden Bond-Film gepasst. Der obere Teil ließ sich abziehen, darunter kam ein USB-Stick zum Vorschein, sodass man die Daten leicht auf einen Computer übertragen konnte. Julia erinnerte sich, dass Sue in den ersten Wochen einen Heidenspaß dabei gehabt hatte, Kollegen in den unmöglichsten Situationen heimlich zu filmen. Nasebohren in der Kaffeeküche, Computerspiele, wenn man eigentlich an einer Story arbeiten sollte – alberne Kleinigkeiten, über die man sich in der Mittagspause gemeinsam amüsieren konnte.

In den letzten Monaten hatte Sue ihren Kuli ständig im Einsatz gehabt. Sie diktierte sich selbst To-do-Listen, hielt Einfälle fest oder fotografierte schnell ein paar Details ab, die sie dann für ihre Regiearbeiten einsetzte.

Sue steckte den Kugelschreiber-Rekorder wieder in ihre Aktentasche zurück, zog aus der Tasche ihres Vordersitzes eine eingepackte Schlafmaske heraus, rückte sich ein Kopfkissen zurecht und lehnte sich an die Kabinenwand. Wer so tat, als wolle er schlafen, musste auch keine lästigen Gespräche führen. Eine Minute später bereute Julia, dass sie es ihrer Freundin nicht nachgetan hatte.

»Ist hier neben Ihnen noch frei?«

Julia schaute hoch. Im Gang stand eine Frau, die mit schwarz gefärbten Haaren und perfektem Make-up auf dem hageren Gesicht verschleiern wollte, dass sie ein paarmal zu oft ihren achtundzwanzigsten Geburtstag gefeiert hatte. Es war die Radiokollegin, und sie wartete auch gar nicht Julias Zustimmung ab, sondern setzte sich unaufgefordert auf den freien Platz am Gang.

»Ich habe gerade erfahren, dass Sie auch aus Köln sind. Auf der Teilnehmerliste stand ja nur Ihr Name. Wie kommt man denn nur dazu, für einen Amerikaner zu arbeiten? Gott, das stelle ich mir anstrengend vor. Die haben doch sicher einen ganz anderen Ansatz von Journalismus als wir. Sie müssen mir unbedingt alles erzählen.«

Das hätte Julia womöglich sogar getan, aber dazu kam es nicht.

Die nächste halbe Stunde gehörte exklusiv ihrer Nachbarin. Ulrike Buschlau-Werrig. Allein schon, wie sie ihren Namen betonte – als müsste man bei dessen Klang vor Ehrfurcht im Sitz erstarren. Tat Julia aber nicht, sie hatte keine Ahnung, warum Frau Buschlau-Werrig davon überzeugt war, die Krone des deutschen Radiojournalismus zu sein.

Eine gefühlte Ewigkeit später wusste sie es. Ein Grimme-Preis, eine eigene Radioshow am Wochenende mit bekannten Talkgästen und ein völlig übersteigertes Selbstbewusstsein. Dazu dreißig Jahre Berufserfahrung, und schon war das Drei-Sterne-Menü »Ich bin so was von wichtig« fertig.

Es sprach Bände, dass Julia in den dreißig Minuten außer ein paar »Mhms« und »ach was« nichts sagen musste. Mehr wurde vom staunenden Publikum nicht erwartet.

»Gott, ich rede und rede, aber es tut so gut, mal wieder Deutsch zu sprechen. Wissen Sie, ich war ja jetzt drei Wochen in Australien. Ein wenig Urlaub, vor allem aber Recherche für ein großes Projekt, darüber darf ich aber wirklich nicht mehr verraten. Da muss ich schweigen wie ein Grab.«

Julia hätte sonst was dafür gegeben, wenn das ernst gemeint gewesen wäre.

»Grundsätzlich, meine Liebe, habe ich nichts dagegen, in Englisch oder Französisch zu arbeiten. Oh nein, das ist ja das Mindeste, was man auf internationaler Ebene verlangen kann. Bei meinen Talkgästen kann ich mir einen Dolmetscher nicht leisten, da gehen die ganzen Zwischentöne verloren, die Feinheiten. Aber die Muttersprache ist einem eben doch am nächsten, nicht wahr, Julia?«

»Sicher, Frau Buschlau-Werrig –«

»Uli, ich bin die Uli, unter Kollegen, und wo wir doch gemeinsam in diese Eishölle reisen. Also, ich persönlich bin bereits zweimal in Schweden gewesen. Im Winter! Da lag meterhoch der Schnee vor dem Hotel. Der Rückflug verzögerte sich um mehr als zwei Tage. Solche Extremsituationen muss man gemeistert haben, um zu wissen, wo die eigenen Grenzen liegen. Als die Redaktion mich mitten im australischen Outback angerufen hat, um mich auf diese Reise zu schicken, habe ich deshalb auch gleich gesagt: Antarktis, da bin ich dabei. Und du?«

»Äh ja, ich bin auch dabei, sonst säße ich nicht in diesem Flieger.«

Uli kicherte. »Ich meine, warst du auch schon mal in Schweden?«

»Äh, nein …«

»Oh-oh. Na, dann solltest du dich auf was gefasst machen.«

»Wird schon nicht schlimmer werden als die Arktis«, sagte Julia lässig und sah, wie ihrer Sitznachbarin die Gesichtszüge entgleisten, »die langen Monate in der Forschungsstation. Da bekommt man doch einen gewissen Eindruck. Ist natürlich nicht mit einem eingeschneiten Hotel in Schweden zu vergleichen. Und was die Sprache betrifft, bin ich ganz froh, in den nächsten Tagen auch mal in der Sprache meiner Mutter arbeiten zu können. Die ist nämlich Amerikanerin und war lange Zeit Journalistin bei NBC. Ganz anderer Ansatz von Journalismus, keine Frage.«

Uli verzog das Gesicht, als hätte Julia gerade zugegeben, aus Spaß Robbenbabys zu erschlagen. Aber sie war tough genug, sich schnell wieder zu fangen.

»Arktis?« Erneutes Lachen, diesmal deutlich angespannter. »Da bist du ja schon eine Art Profi, obwohl du dir gerade deine ersten journalistischen Sporen verdienst.«

Jemanden loben und ihm gleichzeitig eins reinwürgen – Respekt. Einen Vorteil allerdings hatte Julias bissiger Kommentar, Uli verlor schlagartig das Interesse an einer weiteren Unterhaltung. Mit einem gemurmelten »Gott, der Jetlag schafft mich doch immer wieder. Nichts für ungut, meine Liebe« stand sie auf und ging zu ihrem ursprünglichen Platz zurück. Ende der Uli-Buschlau-Werrig-Show.

Es waren nur noch wenige Stunden bis zum Ziel der Reise, aber diese letzte Etappe kam Julia besonders lang vor. Schon merkwürdig: Da flog man fast anderthalb Tage um die Welt, aber der letzte Flug von wenigen Stunden dehnte sich endlos. Außerdem hatte sie das Taschenbuch, das sie sich eingepackt hatte, längst ausgelesen. Weiterer Lesestoff schlummerte im Gepäckraum, Julia ärgerte sich, dass sie nicht ein zweites Buch im Handgepäck mitgenommen hatte.

Sie stand auf, streckte den Rücken und holte ihren Tagesrucksack oben aus der Ablage. Ihr Blick schweifte umher. Viele der Pressekollegen, zumindest die, die sie sehen konnte, hatten tatsächlich die Augen geschlossen und dösten vor sich hin. Aus Sues Richtung kam ein leises Schnarchen, sie musste wirklich ein enormes Schlafdefizit angesammelt haben. Von O'Connor sah Julia nur den Hinterkopf. Das leise Klacken einer Tastatur aber verriet ihr, dass er an seinem Laptop arbeitete. Das Flugzeug, mit dem die Gruppe in die Antarktis flog, war eine VIP-Ausführung der australischen Regierung. Wobei man VIP-Ausführung nicht falsch verstehen durfte. Hier hatte niemand First-Class-Sitze eingebaut. Platz war bei einer Luft-brücke in die Antarktis ein kostbares Gut, das wurde nicht zugunsten von Bequemlichkeit verschwendet.

Die Maschine bot Platz für vierzig Passagiere, weil der Großteil der Kabine und natürlich der Frachtraum dem Transport von Material dienten. Vermutlich war jeder einzelne Flug heiß begehrt, und die Ladung wurde in den verschiedenen Forschungsstationen sehnsüchtig erwartet.

Neugierig zog Julia aus ihrem Tagesrucksack die Unterlagen, die Anne Bergström bei dem Briefing-Termin verteilt hatte. Ihre Aufgabe war es, für Harry nicht nur ein paar launige Pointen zu schreiben, sondern auch Inhalte zu liefern. Besser, sie begann damit, sich zu informieren.

Allerdings hatte sie noch keine Viertelstunde in dem umfangreichen Material gelesen, als schon der nächste Störenfried an ihrer Sitzreihe auftauchte. Diesmal war es ihr Chef persönlich, der sich auf den leeren Platz am Gang fallen ließ.

»Wissen Sie, wann wir endlich ankommen, Julia?«

Julia schaute kurz auf ihre Uhr. »Ich denke, in gut zwei Stunden werden wir die Casey-Forschungsstation erreichen.«

Harry rollte mit den Schultern und stöhnte leise. »Himmel, ich bin diese Flugsitze so was von leid.«

»Ach, kommen Sie, Boss. Ein Harry Gantman, der in den sieben Weltmeeren getaucht ist, den Mount Everest bezwungen und die Dschungel durchstreift hat, wird sich doch nicht von ein paar Flugstunden kleinkriegen lassen.«

»Julia, ich bin zwar alles andere als bescheiden, aber ich merke sehr wohl, wenn mich jemand auf den Arm nehmen will. Und das lasse ich Ihnen auch nur deshalb durchgehen, weil ich von Ihrer bisherigen Arbeit wirklich angetan bin. Und natürlich haben Sie mit allem recht. Ein Harry Gantman lässt sich nicht von zweitägigen Flügen unterkriegen.« Harry zwinkerte ihr zu. »Aufgeben ist keine Option.«

Sieh mal an: Harry ist nervig, hat seine Macken, aber er kann auch über sich selber lachen. Eine Eigenschaft, die Julia bei ihm nicht vermutet hätte.

»Nun hören Sie schon auf, mich anzustaunen, und verraten Sie mir was Neues über das Ziel unserer Reise.«

Julia fühlte sich ertappt und blätterte rasch in den Presseunterlagen. »Ja, also … ähm. Wir werden nicht direkt bei der australischen Forschungsstation landen. Die Landebahn wurde im Inland, auf dem Plateau des Upper-Peterson-Gletschers, rund siebzig Kilometer entfernt von der Station gebaut.«

»Himmel, soll das heißen, wir sind immer noch nicht am Ziel, wenn wir dort aus dem Flugzeug steigen?«

Hätte er das Briefing mitgemacht, wäre ihm diese Enttäuschung erspart geblieben, dachte Julia und verkniff sich ein Grinsen.

»Ja, ganz genau. Australien stellt den Flug und seine Landebahn zur Verfügung, wir bekommen die Casey-Forschungsstation auch gar nicht zu Gesicht, sondern werden mit Hubschraubern zu Terra Nova II gebracht. Das heißt, natürlich nur, wenn das Wetter vor Ort mitspielt. Was wir aber vielleicht erwähnen könnten, zum Beispiel zu Beginn der Sendung, ist, dass der Bau der vier Kilometer langen Landebahn – der sogenannte White Ice Runway – fast fünfunddreißig Millionen Dollar gekostet hat.«

Harry wiederholte stumm die Zahl fünfunddreißig Millionen. »Sie wollen mich schon wieder auf den Arm nehmen, Julia. Niemand zahlt so viel Geld für eine Schneepiste.«

»Das oder wochenlange Fahrten mit einem Frachtschiff, Harry. Unterm Strich sind die Flüge billiger, hier in der Pressemappe gibt es sogar einen Vergleich der einzelnen Anreisevarianten.« Sie tippte auf die Unterlagen.

»Geschenkt, das sind Details, die wir nicht brauchen«, winkte Harry ab. »Bleiben wir bei dieser sündhaft teuren Schneebahn.«

»Okay, Harry. Also, die Piste auf dem Gletscher muss ständig neu präpariert werden. Nach jeder Landung sind bis zu zehn Tage nötig, um die Bahn für das nächste Flugzeug vorzubereiten.«

Harry schüttelte ungläubig den Kopf. »Das übertrifft alles, was ich mir von dieser Reise erhofft hatte.«

»Wieso, das ist doch nur die Landebahn …«

»Eben, Julia, eben. Wenn die Australier mit der Landebahn einen solchen Aufwand betreiben müssen, überlegen sie es sich bestimmt zweimal, ob sie einem Dutzend Journalisten ihren kostbaren Flug zur Verfügung stellen. Und wenn schon so viel Logistik nur in einer Schneepiste steckt, frage ich mich, was uns erst in Terra Nova II erwartet.«

Harry stemmte sich aus seinem Sitz hoch. »Die Zahlen von eben sollten wir auf jeden Fall einbauen. Große Summen unterstreichen die Bedeutung, auch wenn es sich nur um platt gewalzten Schnee für fünfunddreißig Millionen handelt.«

»Ist gut, Harry, ich schreib das gleich auf.«

»Ach, und Julia«, Harry beugte sich zu ihr herüber, »versuchen Sie herauszukriegen, worum es hier geht. Ich habe einen Riecher für solche Sachen. Wer uns Pressefritzen Gold in den Hintern bläst, will nicht nur ein paar nette Storys über eine neu eröffnete Forschungsstation. Da steckt mehr dahinter, viel mehr. Ich will, dass Sie die Story für die Harry-Gantman-Show finden, alles klar?«

»Sicher, Harry.«

Da saß sie nun. Harry hatte ihr ein paar Punkte zum Grübeln gegeben. In dem Hochglanz-Pressematerial würde sie die Antwort allerdings nicht finden, davon war sie jetzt schon überzeugt. *Finden Sie die Story: Worum geht es bei dieser Reise?* Ja, das war die Tausend-Euro-Frage. Die Antwort erhielt sie vielleicht mitten in dieser Eiswüste. Bei dem Gedanken daran zog sich ihr der Magen zusammen. Wollte sie die Antwort wirklich wissen?

14

Internationale Forschungsstation »Terra Nova II«/Antarktis

»Sag mal, Mila, wie kommst du voran?«, fragte Winston Mac-Cullum neugierig.

»Gut, Mr. MacCullum, ich meine Winston, sehr gut.«

Mila Jakobivic errötete leicht. Sie hatte sich immer noch nicht daran gewöhnt, dass sich alle in Terra Nova II duzten.

Bevor sie sich dafür entschieden hatte, sechs Monate in der Antarktis zu forschen, hatte sie in einem privaten Labor gearbeitet. Der Wechsel dorthin war ihr zunächst wie ein großer Schritt auf der Karriereleiter erschienen.

Nach ihrem Studium am Warschauer Institut für Biochemie und Biophysik war sie Teamleiterin in einer international vernetzten Firma gewesen. Nur dass ihr Chef unter Vernetzung etwas ganz anderes verstand. Die ersten Anzeichen versuchte Mila noch zu übersehen, sie kleinzureden, doch als dann Domek Mazur eines Abends die Labortür abschloss und ihr eröffnete, wie sie aus seiner Sicht im Job vorankommen könnte, entschied sich Mila für einen raschen Jobwechsel. Mazur erklärte der übrigen Belegschaft sein blaues Auge mit einem unglücklichen Sturz. Mila erkaufte sich mit ihrem Schweigen ein ordentliches Zeugnis. Das entsprach zwar ihren Leistungen, trotzdem blieb damals bei ihr ein fahler Beigeschmack zurück.

Zum Glück war ihr altes Warschauer Institut im polnischen Antarktis-Programm engagiert, und zum Glück hatte ihr ehemaliger Professor eine hohe Meinung von ihren Fähigkeiten. Mila hatte nichts zu verlieren gehabt und deshalb den Antarktis-Auftrag angenommen, ohne lange zu überlegen. Die Stammbelegschaft von Terra Nova II, allen voran Winston MacCullum, hatte sie mit offenen Armen empfangen. Sie fühlte sich gleich zu Hause, von allen akzeptiert. Am meisten aber beeindruckte Mila das Verhalten des Stationschefs. Er förderte ihre Arbeit, stellte wichtige Fragen, gab Denkanstöße und hatte ein offenes Ohr, wenn sie in eine Sackgasse geriet und jemanden zum Reden brauchte. Gleichzeitig war Winston der geborene Gentleman.

»Wie lange bist du jetzt bei uns, Mila? Zwei Wochen, nicht wahr?«

Mila nickte. »Ja, erst zwei Wochen, aber es kommt mir viel länger vor. Alle sind so nett und freundlich zu mir, die Arbeit hier, sie ist so … so ganz anders als die im Institut, viel spannender.«

»Ja, das ist sie tatsächlich, weil wir hier direkt an der Quelle sitzen. Du leistest Erstaunliches, Mila. Die Messwerte, die du mir geschickt hast«, Winston hielt einen Tablet-Computer hoch, »diese Messwerte sind dramatisch. Die Prognose ist schlüssig und solide. Ich darf doch davon ausgehen, dass du alles gegengerechnet hast?« Sein Blick signalisierte keine Zweifel, sondern nur den Wunsch nach wissenschaftlich exaktem Vorgehen – so zumindest kam Mila der Gesichtsausdruck verbunden mit dem Lächeln vor.

»Natürlich, Winston, und ich habe nicht nur unsere Messungen berücksichtigt, sondern auch die Werte, die derzeit in den Datenbanken der übrigen Stationen verfügbar sind.«

»Sehr gut, nichts anderes hatte ich erwartet. Ich würde es begrüßen, wenn du bei unserer kleinen Pressekonferenz darüber kurz berichten würdest. Und dann möchte ich dich bitten, die Bohrkerne von Tiefenzone 4 zu analysieren.«

»Ich darf ins Eiskern-Labor?«

»Ich bestehe darauf. Du bist ausgebildete Biologin und Chemikerin, die Auswertung der Daten hier gehörte nicht zu deinem Aufgabenbereich. Huan kann froh sein, dass du kurzfristig für ihn eingesprungen bist. Sobald er seine Magen-Darm-Grippe überstanden hat und Dr. Braller ihr Okay erteilt, wird er sich anstrengen müssen. Du hast in den letzten Tagen bei deiner Auswertung die Messlatte hoch gelegt, und das, obwohl es nicht dein Fachbereich ist. Aber jetzt hätte ich gern das gleiche Arbeitstempo und das gleiche Engagement bei den Bohrkernen.«

»Sollst du haben, Winston«, versicherte Mila geschmeichelt.

»Gut, bereite den Vortrag vor und stimme dich bitte mit Ben ab, wenn dir im Labor noch etwas fehlt.«

Mila wäre ihm am liebsten um den Hals gefallen.

»Ich werde mich gleich morgen früh an die Arbeit machen.«

15

Vor dem Westeisschelf/Antarktis

»Hallo, hier spricht Jake Paulsen, Ihr Kapitän. Wir werden jetzt mit dem Landeanflug beginnen, wenn Sie also einen Blick auf die ersten Eisberge Ihres Lebens werfen wollen, empfehle ich Ihnen einen Sitzplatz am Fenster. Wie ich von meiner Kollegin gehört habe, gibt es noch einzelne freie Plätze an den Fenstern. Auf dem Rückflug werden wir zusätzliche Passagiere an Bord haben, die der Antarktis den Rücken kehren wollen. Also, Ladys und Gentlemen, nutzen Sie die Gelegenheit. Wir haben eine Landegenehmigung von der Casey-Forschungsstation erhalten. Das Wetter ist stabil, auf unserem Landeplatz herrschen zurzeit Temperaturen von minus fünfzehn Grad Celsius beziehungsweise fünf Grad Fahrenheit. Sie sollten sich also trotz des milden Wetters Ihre warmen Jacken vor dem Aussteigen überziehen. Ich verzichte an dieser Stelle auf die üblichen Floskeln, denn ich weiß, dass wir uns alle wiedersehen werden, weil ich auch für Ihren Rückflug eingeteilt worden bin. Genießen Sie die verbleibende halbe Stunde hier an Bord unserer Maschine, lassen Sie sich einen letzten Drink servieren. Den sollten Sie allerdings vor der Landung ausgetrunken haben, denn das Ganze könnte ein wenig holprig werden. Dafür möchte ich mich jetzt schon mal im Voraus entschuldigen. Aber keine Sorge: Runter sind wir bislang immer gekommen.«

Julia seufzte gequält. Piloten-Humor, darauf konnte sie gut verzichten. Um sie herum erwachte die Kabine zum Leben. Diejenigen, die in den letzten Stunden vor sich hin gedöst hatten, setzten sich gerade auf, einige rieben sich verschlafen die Augen. Die Übrigen beendeten, was auch immer sie getan hatten. Manche wechselten die Plätze, um einen Blick aus dem Fenster zu werfen. Wie der Pilot bereits festgestellt hatte, gab es genügend Möglichkeiten, weil höchstens die Hälfte der Sitzplätze belegt war. Julia saß bereits am Fenster, doch noch flog die Maschine zu hoch. Außer Wolken gab es da draußen nichts zu sehen. Minuten später begann das Flugzeug zu sinken und tauchte in eine dichte Wolkendecke hinein, die jegliche Sicht raubte. Als würde man sich kopfüber in ein graues Nichts stürzen.

»Da, seht ihr das? Oh mein Gott, ist der groß.«

Julia konnte zwar nicht genau zuordnen, wer sich da für den ersten Eisberg begeisterte, aber sie wusste, der Eisberg oder besser gesagt die Eisspitze war nur der erste Vorgeschmack auf das, was alle in Kürze zu sehen bekämen.

Das bleigraue Meer war aufgewühlt, sah aus, als würde es kochen. Nach der ersten Eisspitze kamen riesige Eisberge, gegen die meterhohe Wellen mit weißen Schaumkronen brandeten. Die Begeisterungsrufe verstummten, ein ehrfurchtsvolles Staunen breitete sich in der Kabine aus.

Die australische Forschungsstation lang unterhalb der Vincennes Bay, sozusagen als Vorposten in Wilkesland. Das australische Territorium war nach Charles Wilkes benannt, einem US-amerikanischen Polarforscher aus der ersten Hälfte des 19. Jahrhunderts. So viel wusste Julia durch ihre Recherchen im Internet. Was man im Netz nicht erfuhr, war die ungezähmte Kraft, mit der die Natur hier wütete. Was hatte Männer wie Wilkes dazu bewogen, jahrelange lebensgefährliche Expeditionen auf sich zu nehmen, um diesen unwirtlichen Teil der Welt zu erforschen? So wie sie hier saß, in der warmen Kabine, auf ihrem bequemen Fensterplatz, einen letzten Drink in der Hand, konnte Julia sich die Entbehrungen und Anstrengungen jener Polarforscher nicht einmal im Ansatz vorstellen.

Es würde nicht mehr lange dauern, dann wäre es so weit. Sie würden mitten in der Antarktis landen. Das war nicht nur eine Ankündigung, ein Plan, eine vage Idee, die in der Redaktion ausgearbeitet worden war, das hier war echt. Galle stieg ihr sauer die Kehle hoch. Rasch trank sie einen Schluck, um den widerlichen Geschmack wegzuspülen. Ihr Augenlid zuckte immer heftiger. Julia blinzelte dagegen an.

Michaels Ausspruch fiel ihr wieder ein: »Das wird das größte Abenteuer deines Lebens, Julia.«

Auf keinen Fall!

Aber da war auch noch ein anderes Gefühl. Der Wunsch, endlich, nach den langen Vorbereitungen und der endlosen Anreise, anzukommen.

16

White Ice Runway/Antarktis

Der Bau des White Ice Runways mochte zwar fünfunddreißig Millionen Dollar gekostet haben, man sah es der Landebahn aber nicht an. Um ehrlich zu sein, Julia sah überhaupt nichts. Der Pilot hätte für sie einen beliebigen Gletscher anfliegen können, es hätte genauso ausgesehen. White Ice Runway – die Bahn machte ihrem Namen alle Ehre. Da draußen war nichts als weißes Eis. Zerklüftete, bizarre Eisbrocken. Und darauf sollte ein Flugzeug gefahrlos landen? Das konnte unmöglich gut gehen, dachte Julia entsetzt. Da war doch nichts: keine Positionslichter, keine Landebahnmarkierungen, keine Vorfeldfahrzeuge. Noch während sie angestrengt nach einem Anzeichen von Zivilisation suchte, setzte das Flugzeug mit einem harten Stoß auf. Es rumpelte, dann ertönte das vertraute Geräusch der Bremsen, und die Maschine wurde abrupt langsamer. Vielleicht waren die fünfunddreißig Millionen doch gut angelegt worden …

Ein paar Reihen weiter klatschte das japanische TV-Team begeistert Beifall, und ein Großteil der Fluggäste fiel in den Applaus mit ein.

»Na, haben Sie sich Ihre Ankunft in der Antarktis so vorgestellt?«

Julia riss sich vom Anblick der riesigen Eisflächen und des unwirklich blauen Himmels los und schaute zur Seite. George O'Connor lächelte ihr zu. »Sorry, ich wollte Sie nicht stören, nur meine Daunenjacke ist hier oben in der Ablage und … na ja, Sie haben so interessiert nach draußen geschaut. Ist anders als alles, was man so kennt, nicht wahr? Da kommt der Winter in Deutschland nicht mit.«

Hätte er den letzten Satz nicht in diesem süffisanten Ton gesagt, hätte Julia sicher nicht so schnippisch reagiert. So aber erwiderte sie: »Ich weiß ja nicht, wo Sie schon überall waren, Mr. O'Connor. Aber ich habe mehrere Monate in der Arktis geforscht und gearbeitet. Und so viel anders sah das da nicht aus.«

Sie bildete sich auf ihre Arktis-Erfahrung gar nichts ein, aber dieser Mann brachte sie dazu, sich ständig zu verteidigen. Das musste aufhören.

»Hoppla, da haben wir ja eine Expertin im Team. Werde ich mir merken.« O'Connor ließ den zickigen Tonfall anscheinend einfach an sich abperlen.

Julia beschloss, diesem Kollegen in den nächsten Tagen weiträumig aus dem Weg zu gehen.

..

Meine Güte, was für eine Zicke, dachte George O'Connor, als er wieder zu seinem Sitzplatz zurückgekehrt war. Okay, seine Bemerkung mit dem Winter in Deutschland war auch nicht besonders nett gewesen. Genauso wenig wie sein Seitenhieb auf Harry Gantman, als sie zusammen an der Bar gestanden hatten. Wobei – Gantman war wirklich ein unglaublicher Angeber und eine furchtbare Nervensäge noch dazu. Er kannte ihn schon von früher. Wahrscheinlich erinnert der sich nicht einmal mehr an mich, dachte George verbittert. Bei Filmaufnahmen in Spanien hatte eine Zeitschrift ihn mit einer Fotoreportage beauftragt. Man wollte dem großen Harry Gantman bei der Arbeit über die Schulter schauen. Für Harry zusätzliche Werbung, für die Zeitschrift ein todsicheres Los auf höhere Auflagen. Die Reportage war tatsächlich ein Knaller geworden, hinter den Kulissen aber waren die Fetzen geflogen. Einer der Hauptgründe dafür war das divenhafte Gehabe des Moderators gewesen. Vor der Kamera mimte er den unerschrockenen Indiana Jones, aber sobald die Einstellung im Kasten war, beschwerte er sich lautstark über das Catering, die Hitze und die Unfähigkeit der Crew.

George hatte nach drei Tagen die Nase gestrichen voll gehabt und sich auf den Weg zurück nach Hamburg gemacht, wo er seinen Artikel geschrieben und die Fotos abgeliefert hatte. Danach hatte er keinen Auftrag mehr angenommen, der ihn auch nur in die Nähe von Harry Gantman gebracht hätte.

Doch die Zeiten waren härter geworden, das Printgeschäft ging den Bach runter, seine alten Auftraggeber konnten sich kaum noch Exklusiv-Reportagen leisten. Die Zukunft gehörte den Onlineportalen, am liebsten mit multimedialem Content. Der Antarktis-Auftrag sollte sein Einstieg in diesen neuen Bereich werden. Weil er einen Großteil seiner Jugend in Deutschland verbracht hatte, konnte er sowohl auf Englisch als auch auf Deutsch Texte liefern. Er würde vor Ort fotografieren, schreiben und kurze Videos aufzeichnen. Bedingung war, dass er jeden Tag etwas Neues berichtete. Er mochte seine Arbeit, nur dieser künstliche Zeitdruck störte ihn. Ungeachtet der langen Anreise sollten seine ersten Texte so schnell wie möglich im Portal erscheinen. Da blieb kaum Zeit, um das Thema zu hinterfragen, die Backgrounds kennenzulernen. Gott sei Dank konnte ich in den letzten Stunden ein wenig vorarbeiten, dachte George zufrieden, das verschafft mir einen kleinen Vorsprung.

Was ihn am meisten ärgerte, war, dass er immer noch nicht wusste, warum man ihn und die anderen Pressevertreter in die Antarktis eingeladen hatte. Die Premiere der Forschungsstation, hieß es offiziell, doch Terra Nova II war bereits seit einem Dreivierteljahr aktiv.

Die Ungewissheit nagte an ihm. Er hasste es, wenn die Fakten nicht auf dem Tisch lagen, er nicht wusste, worum es bei einem Auftrag ging. Und dazu jetzt noch Harry Gantman. Gut, dass er mit dem TV-Star nichts zu tun haben musste. Es passte zu Gantmans aufgeblähtem Ego, dass er ihn beim Check-in angesehen und nicht wiedererkannt hatte.

Wie hielt diese Julia es nur mit Gantman aus? Sie wirkte eigentlich nicht so wie eines dieser Mäuschen, die ihren Boss anhimmelten – im Gegenteil. Er hatte heimlich dem Gespräch zwischen den beiden gelauscht. Sie hatte ziemlich tough ihrem Boss die Fakten präsentiert. Und in der Arktis geforscht hatte sie auch noch. Interessant, sie hatte also nicht nur Skripte für ein paar TV-Einspieler geschrieben.

George grinste in sich hinein. *Sei ehrlich, Alter, sie ist auch hübsch.* Immerhin war sie ihm schon an der Hotelbar direkt aufgefallen. Wenn er die Augen schloss, konnte er sich sogar noch an ihren Duft erinnern: etwas mit Zitrus, ganz frisch und leicht. Julia Kern hatte eine schlanke, sportliche, in seinen Augen ziemlich aufregende Figur. Er mochte ihr Profil. Die etwas zu große Nase, die ihrem Gesicht, zusammen mit den blonden lockigen Haaren, etwas Interessantes, Einzigartiges verlieh. Julia Kern war sicher keine klassische Schönheit, aber er würde sie gern mal in Ruhe fotografieren. Viele Modezeitschriften würden ihm die Fotos aus der Hand reißen, da ging er jede Wette ein. Was Julia in seinen Augen noch attraktiver machte, war, dass sie sich ihrer Ausstrahlung offenbar gar nicht bewusst war. Nicht wie diese Modepüppchen, die sich ständig präsentierten und mit weniger als zwei Stunden Vorbereitung und ohne Make-up nicht mal dem Pizzaboten die Haustür öffneten. Ja, er konnte sich gut vorstellen, dass Julia in der Arktis gearbeitet hatte, und zwar ohne zu murren.

Leider gab es da ein Problem. Er hatte sie bereits zweimal vor den Kopf gestoßen. Das kam bei diesem Typ Frau überhaupt nicht gut an. Wahrscheinlich werde ich mich bei ihr entschuldigen müssen, dachte er. Das, oder ich werde es möglicherweise für immer bereuen. Es war nur so ein Bauchgefühl, aber George hatte sich angewöhnt, auf sein Bauchgefühl zu achten.

17

Julia hatte während ihres Studiums eine Woche in Cornwall im sogenannten Eden Project gearbeitet. Dort wurden in riesigen geodätischen Kuppeln, den weltweit größten Gewächshäusern, verschiedene Vegetationszonen simuliert. So wuchs dort mitten im eher kühlen England ein tropischer Regenwald. Die futuristischen Kuppeln wurden später auch dadurch berühmt, dass sie dem Bösewicht im James-Bond-Film »Stirb an einem anderen Tag« als Rückzugsort dienten. Dank moderner Computertechnik versetzten die Macher des Films das Eden Project kurzerhand von Cornwall in eine Eislandschaft.

Das, was sie zu sehen bekam, als sie aus dem Sikorsky-Transporthubschrauber stieg, war kein Computertrick. Terra Nova II war real, auch wenn sie das auf den ersten Blick kaum glauben konnte. Die riesigen silbern glänzenden Kuppeln waren … ja, was? Surreal und überwältigend traf es wohl am besten. Die 3D-Simulation im Hotel hatte nicht einmal im Ansatz die Ausmaße der Station vermittelt. Das hier, mitten in der Eiswüste, war schlicht atemberaubend.

»Schau dir das an, das ist ja irre. Wer hat das denn entworfen? George Lucas?« Sue legte staunend den Kopf in den Nacken. »Wahnsinn – das ist anders als alles, was ich bisher an arktischen Forschungseinrichtungen in Filmen und im Web gesehen habe.«

»Stimmt«, sagte Julia. »Ich schätze, Terra Nova II ist das größte Gebäude auf diesem Kontinent. Ich bin gespannt, wie es drinnen aussieht.«

Anne Bergström winkte und versuchte, die ganze Gruppe zusammenzuhalten. »Bitte kommen Sie, der Hubschrauber muss noch in den Hangar gebracht werden. Kommen Sie bitte. Sie haben in den nächsten Tagen noch genug Zeit, das Außengelände kennenzulernen. Bitte gehen Sie weiter. Dort drüben ist der Haupteingang. Ihr Gepäck wird direkt in Ihre Zimmer gebracht.«

Julia konnte sich nur schwer von dem Anblick losreißen, und den übrigen Teilnehmern ging es wohl ganz ähnlich. Bergström hatte zwar bei der Präsentation erklärt, dass der Komplex aus zwei großen und vier kleineren Kuppeln bestand, aber sie hatte nichts über die wahren Ausmaße der Station gesagt. Julia konnte die Ingenieursleistung nur bewundern. Was für Anstrengungen waren wohl nötig gewesen, um so einen Gebäudekomplex hier unten, nahe am Südpol, aufzubauen?

»Das sind doch locker vier oder fünf Stockwerke«, mutmaßte Sue neben ihr. »Sieh mal. Ganz oben scheint es große Glasflächen zu geben. Wir müssen unbedingt eine Einstellung von dort oben drehen.«

Sue war wie so oft im Regie-Modus. Wahrscheinlich dachte sie noch vor dem Einschlafen über optimale Kamerawinkel nach. Langsam gingen die beiden Frauen in Richtung Haupteingang weiter. Je näher sie kamen, umso riesiger türmte sich vor ihnen die Kuppel auf. Den Durchmesser des Hauptgebäudes wagte Julia gar nicht erst zu schätzen. Die Sikorksy-Hubschrauber wirkten im Vergleich jedenfalls klein und zerbrechlich.

Julias Gedanken schweiften zurück in die Vergangenheit. Die Arktis-Station, in der sie gelebt hatte, war vor allem eines gewesen: zweckmäßig. Verschiedene Module mit dem innenarchitektonischen Charme ausgedienter Seefracht-Container bildeten die Gebäude. Stahlwände, Aufputzleitungen und Rohre, Metalltüren – so sah es im Großteil der Station aus. Ein bisschen dunkles Sperrholz an den Wänden im Gemeinschaftsraum, der gleichzeitig als Funkstation diente, war das höchste der Gefühle gewesen. Die Männer hatten Zweibettzimmer mit Etagenbetten und einem gemeinsamen Spind. Als einziger Frau im Zehn-Mann-Team wurde ihr damals der Luxus eines Einzelzimmers zuteil. Dabei hatte es sich allerdings nur um die ursprünglich für Putzmittel vorgesehene Abstellkammer gehandelt, die provisorisch umgebaut worden war. Im Klartext: Man hatte bei ihrer Ankunft die Flaschen rausgeschmissen und ein schmales Bett in den Raum gezwängt. Der Geruch von scharfen Desinfektionsmitteln und Toilettenreinigern hatte sie in den Schlaf begleitet. Und weil diese Kammer wie die meisten Räume kein Fenster besessen hatte, hatte sich der Geruch hartnäckig gehalten. An den konnte sie sich noch jetzt ganz genau erinnern, genauso wie an das stete dumpfe Brummen der Heizung.

Terra Nova II war völlig anders. Bei dem Haupteingang handelte es sich um eine elektronisch gesteuerte Schleuse, die dafür sorgte, dass sich die Innentür erst dann öffnete, wenn von außen keine Kälte eindringen konnte. Der Gang, den die Gruppe jetzt betrat, war indirekt beleuchtet, die Wände waren aus glattem Kunststoff und besaßen eine mattgraue Farbe. Und still, absolut still war es hier. Alle paar Meter hingen große farbige Fotografien von Eisbergen und Unterwasserszenen an der Wand.

»Bitte kommen Sie. Wir wollen doch Dr. MacCullum nicht warten lassen.« Anne Bergström drängte ihre Herde zur Eile. Wer stehen blieb und staunte, wurde höflich vorangetrieben, und das in gleich mehreren Sprachen, wie Julia auffiel.

Der Gang mündete in einen großen runden Raum.

»Hier unten im Basement, wir nennen das die Ebene 0, können Sie Ihre Jacken ausziehen. Dort drüben gibt es Spinde, Ihr Armband – Sie haben doch alle Ihr Armband angelegt? Gut! –, also Ihr Armband dient auch als Schlüsselcode für die Schränke. Wenn Sie in den nächsten Tagen draußen unterwegs sein werden, können Sie sich entsprechende Polarkleidung ausleihen. Was hier sonst noch alles untergebracht ist, wird Ihnen Dr. MacCullum sicher gern verraten.«

Der Raum, der als Garderobe diente, war gut und gerne achtzig Quadratmeter groß. Mehrere Gänge führten offenbar zu anderen Teilen der Forschungseinrichtung. Julia sah ein Treppenhaus und einen Aufzug. Einen Aufzug! Terra Nova II war wirklich etwas Besonderes.

»Ich komme mir vor, als hätten mich Außerirdische in ihr Raumschiff entführt«, murmelte Sue.

Da war was dran. Und sie waren erst in der »Garderobe«, dachte Julia. Welche Wunder würde Terra Nova II wohl noch für sie bereithalten?

18

Lagerhaus Orbital Nord, Internationale Forschungsstation
»Terra Nova II«/Antarktis

Das Ganze war eine todsichere Sache.

Hier würde sie keiner entdecken, dafür war gesorgt. Der Doc schaute sich zufrieden um. Für die Ausführung dieses Anschlags hatte er sechs Männer sorgfältig ausgewählt. Die WDI-Aktivisten waren eine bunt zusammengewürfelte Truppe, geeint durch den Wunsch, das Richtige zu tun. Jeder war entschlossen, dem Wahnsinn an den Polen ein Ende zu bereiten. Sie alle wussten: Man konnte verhandeln, man konnte protestieren, mahnend den Finger heben – oder etwas tun. Entschlossen, unerbittlich und mit einem klaren Ziel vor Augen.

Ja, zugegeben, sie griffen zu radikalen Maßnahmen, aber der Zweck heiligte bekanntlich die Mittel. Wohin die bisherige Diplomatie geführt hatte, konnte man fast jeden Tag in den Nachrichten verfolgen. Die USA verabschiedeten sich aus den Klimaabkommen. Andere Länder wie China und Indien wollten endlich auch ein Stück vom großen Wohlstandskuchen, egal, wie es der Umwelt dabei ging. Die Folgen des globalen Wahnsinns: Gletscher verschwanden, Polkappen schmolzen, die Weltmeere erwärmten sich mehr und mehr. Der Mensch war nichts anderes als ein Parasit auf dem Planeten Erde, der unerbittlich für dessen Ende sorgte.

Gut möglich, dass viele Gutmenschen seine WDI-Aktivisten für skrupellose Terroristen hielten, aber – so wie der Name es schon sagte – »We Do It« – sie taten wenigstens etwas. Und gleichzeitig kam er, der Doc, seinem großen Ziel einen weiteren Schritt näher.

Das Team würde ihm bereitwillig gehorchen. Diesmal gab es keinen Hitzkopf wie Erik, der seine Entscheidungen anzweifelte. Zwei Teammitglieder, der Scharfschütze und der Sprengstoffspezialist, waren Soldaten gewesen, denen war das blinde Ausführen von Befehlen in Fleisch und Blut übergegangen. Auch die übrigen vier hatten besondere Fähigkeiten. Ein Mechaniker, ein Computerexperte, ein Fernmeldetechniker und ein Pilot. Der Jüngste war knapp dreißig, der Älteste vor Kurzem vierzig geworden. Sie alle hatten Polarerfahrung, waren durch und durch skrupellos und bereit zu töten. Sechs Mann, die darauf brannten, endlich loszuschlagen. Und er würde sie mit harter Hand führen.

Doch noch mussten sie sich gedulden. Der Doc lehnte sich an seinen Rucksack. Er hatte bei seinem Plan mit einem Wetterumschwung gerechnet. Ein polarer Sturm würde ihm jedenfalls keinen Strich durch die Rechnung machen, so viel stand fest. Ein Jäger wartete geduldig auf sein Ziel. Seine Männer hatten diese Lektion gelernt. Mit stoischen Mienen richteten sie sich darauf ein, in ihrem Versteck auszuharren. Der Doc war stolz auf sie.

19

Julia teilte sich ein Zimmer mit Sue. Die Betten waren in zwei Nischen untergebracht, die man mit einer dünnen Falttür verschließen konnte. Es gab zwei kleine Schreibtische, Einbauschränke und ein winziges Bad mit Toilette und Dusche. Das Ganze hätte auch die Kabine eines Kreuzfahrtschiffes sein können. Eines sehr, sehr modernen Kreuzfahrtschiffes.

»Die Glasschreibtische hat ein japanischer Designer entworfen, der vorher nur Büros für Firmen in Tokio und den USA ausgestattet hat«, erklärte Sue.

Julia schaute ihre Freundin überrascht an. »Woher weißt du das denn?«

Sue deutete lächelnd auf einen Teil der Tischplatte. »Hier ist ein Touchscreen eingebaut, da kann man sich über die Station informieren.«

»Echt? In die Tischplatte?«

»Und schau mal«, Sue wischte mit dem Zeigefinger über den interaktiven Teil des Tisches, »im Tisch ist ein Mini-Beamer für eine Projektion an die Wand integriert.«

Auf der glatten hellen Wand oberhalb des Schreibtisches erschien eine grafische Übersicht von Terra Nova II.

»Das sind ja locker sechsunddreißig Zoll Bildschirmdiagonale, also ich meine natürlich nur Diagonale, Bildschirme sind wohl out in diesem Raumschiff. Mensch, so was will ich auch im Büro haben«, staunte Sue.

»Vielleicht kannst du ja auch mit dem Bordcomputer sprechen, versuch es ruhig. Ich mache in der Zwischenzeit mal einen kurzen Rundgang. Wann gibt's noch mal Abendessen?«

Sue zuckte entschuldigend mit den Schultern. »Ob du's glaubst oder nicht, Julia, du könntest mich schlagen, und ich wüsste nicht einmal mehr, welchen Wochentag wir haben. Ich bin so was von durcheinander. Aber warte mal.« Sue tippte einen Befehl ein. Augenblicklich erschien auf der Wand eine Programmübersicht. »Hier ist es kurz vor neunzehn Uhr.« Sue schaute auf ihre Armbanduhr. »Hoppla, da gibt es keinen Zeitunterschied zu Tasmanien. Verstehe ich zwar nicht, aber auch okay. Aktuelle Bordzeit neunzehn Uhr, Abendessen im Kuppelsaal für Gäste, Ebene 3/Gelb um neunzehn Uhr dreißig. Dir bleibt noch eine halbe Stunde. Ich werde in der Zeit mal den morgigen Tag planen. Bestimmt setzt Harry noch eine Teambesprechung an.«

Julia hätte Sue erklären können, dass hier unten am Südpol alle Zonen der koordinierten Weltzeit vorhanden waren, eben je nach Breitengrad. Das aber wäre ihr sicher vollkommen gleichgültig. Details, unnötiger Informationsballast, der nur von der Story ablenkte.

Der Flur war angenehm temperiert, und die indirekte Beleuchtung hätte gut in jedes Luxushotel gepasst.

»Na, auch ruhelos unterwegs?« Roy kam Julia auf dem Flur entgegen.

»Ich dachte, ich verschaffe mir mal vor dem Abendessen einen kurzen Überblick«, erwiderte Julia. »Kann ja nicht schaden.«

»Wenn du nichts dagegen hast, schließe ich mich an. Zur Sicherheit habe ich das hier mitgenommen.« Roy hielt einen Flyer hoch. »Terra Nova im Überblick, zumindest die Teile, die man uns Normalsterblichen zu zeigen bereit ist.«

»Wo hast du den denn her?«, fragte Julia neugierig. »Bei Sue und mir lag der nicht aus.«

»Nee, der lag nicht aus, den habe ich ausgedruckt. In meinem Schreibtisch ist nicht nur ein Touchscreen eingebaut, der mit dem Zentralrechner verbunden ist, da gibt es auch einen integrierten Laserdrucker.«

Julia lachte auf. »Sue will unbedingt auch so einen Schreibtisch mit Beamer haben. Wenn sie jetzt noch spitzkriegt, dass der Tisch auch drucken kann, wird Harry sich auf harte Verhandlungen einstellen müssen.«

Roys Grinsen wurde breiter, wahrscheinlich stellte er sich gerade ebenfalls diese Verhandlung vor.

»Mit wem bist du denn in einem Zimmer?«, fragte Julia.

»Oh, ich hatte Glück. Ich habe ein Einzelzimmer bekommen. Ich glaube, die Japaner wollten unbedingt unter sich bleiben. Ich habe sowieso den Eindruck, dass die Station hier noch unterbesetzt ist.«

»Darüber wird uns sicher ...«

»... Dr. MacCullum informieren«, ergänzte Roy ihren Satz lachend. »Anne Bergström war ja so auskunftsfreudig wie eine Auster. Oder aber dieser Dr. MacCullum ist ein ganz scharfer Hund, der seine Mannschaft mit eiserner Hand führt.«

Während der Unterhaltung waren sie den Flur entlanggegangen. Unschlüssig blieb Julia stehen. »Hast du denn eine Ahnung, wohin wir gehen müssen?«

»Warte mal, klar. Also: Wir sind in einer der kleineren Kuppeln, hier steht es, unsere Zimmer befinden sich im Orbital West. Da vorne müsste es den Verbindungsgang zum Hauptgebäude HG-01 geben, wo wir auch angekommen sind. Orbital West und Orbital Ost haben jeweils zwei Ebenen mit Zimmern, Orbital Nord scheint der Hangar zu sein. Das Hauptgebäude hat, lass mich mal zählen, vier Ebenen, jede Ebene mit einer anderen Farbe.«

»Deshalb das Abendessen auf Ebene 3/Gelb.«

»Genau. Unten Grau, dann Blau, Grün und Gelb. Und außer dem Hauptgebäude gibt es die zweite große Kuppel HG-02. In der sind die wissenschaftlichen Labore untergebracht. Klingt doch alles ganz logisch, oder?«

»Logisch und riesig.«

»Mein Vorschlag: Wir gehen durch den Verbindungsgang, der dockt an Ebene 1 des Hauptgebäudes an. Und von da aus schlagen wir uns zu Ebene 2 durch, werfen einen Blick in die Bibliothek und erobern danach auf Ebene 3 den Aufenthaltsbereich für Besucher.« Roy faltete den Flyer zusammen.

»Einverstanden! ›Aufenthaltsbereich für Besucher‹ klingt

so, als würde man dort auch was zu trinken kriegen. Ich hätte nichts gegen ein Glas Wein und ein Wasser einzuwenden.«

»Entweder wir stoßen in diesem Komplex auf eine Bar oder auf die Kommandobrücke von Captain Kirk und seiner Crew.«

Sue und ich sind also nicht die Einzigen, die von der futuristischen Ausstattung beeindruckt sind, dachte Julia amüsiert, während sie sich mit Roy auf den Weg machte.

20

»Ladys und Gentlemen. Jetzt, nach dem Essen, darf ich kurz um Ihre Aufmerksamkeit bitten.« Winston MacCullum stand auf und schlug, um seine Bitte zu unterstreichen, leicht mit der Gabel gegen sein Weinglas. Die Tischgespräche verstummten.

Das war also Dr. Winston MacCullum III., der sich in den letzten zehn Jahren an die Spitze der internationalen Antarktis-Forschung hochgearbeitet hatte, dachte Julia. Ein wenig enttäuscht war sie schon. Sie hatte sich eine Mischung aus Einstein und Polarabenteurer vorgestellt. Doch MacCullum war nichts dergleichen. Sie schätzte ihn auf Mitte fünfzig, er war schlank, sicher kein Hüne, hielt sich aber sehr gerade. Im Grunde wirkte er hier am Südpol fehl am Platz. Er sah aus wie ein britischer Lord, und ihre Vermutung war, dass er diesen Eindruck gezielt pflegte. Dafür sprachen das Tweedsakko mit passender karierter Weste, die dünne goldene Brille und der graue, sorgfältig gestutzte Vollbart. Winston MacCullum III. hätte sofort die Rolle des gütigen Patenonkels in »Downton Abbey« bekommen. Unwillkürlich suchte man die Jagdhunde, die ihm zu Füßen lagen, und erwartete, dass ein Butler in seiner Gegenwart den Sherry servierte.

Julia hatte aber auch von seinem Ruf als brillanter Wissenschaftler gehört. Seine Abhandlungen über die Entwicklung von Gletschern waren seit Jahren Standardwerke. Die Journalistengruppe saß an runden Tischen. Weiße Tischdecken und teures Porzellan zeigten einmal mehr den Luxus in dieser Station, die offenbar auch über hervorragendes Küchenpersonal verfügte. Julia hatte schon lange keinen so guten Rinderbraten mehr gegessen, dazu frisches Gemüse und kleine Kartoffeln. Hier am Südpol hatte sie eher mit Tiefkühlpizza und Nudeln gerechnet, nicht mit einem solchen Festessen. Wie wurden all die hochwertigen Zutaten bloß hierhergeschleppt?

Harry, der mit ihr am Tisch saß, beugte sich vor. »Jetzt wird es spannend, Julia. Mal sehen, was er uns verraten wird«, raunte er ihr zu.

Winston MacCullum strahlte in die Runde, als freute er sich wirklich, jeden Einzelnen von ihnen zu sehen. »Ich hoffe, Sie haben sich alle in Ihren Zimmern eingerichtet. Ich versichere Ihnen, dass das ganze Team sich nach Kräften bemühen wird, Ihren Wünschen entgegenzukommen. Vergessen Sie bitte nicht, Sie sind die ersten Journalisten, die Terra Nova II besuchen. Umso mehr freue ich mich darüber, dass mit Ihnen renommierte Pressevertreter den Weg zu uns an den Südpol gefunden haben.« Winston nickte lächelnd in Richtung Uli Buschlau-Werrig, die geschmeichelt den Kopf neigte.

»Diese Radiotante verschlingt unseren Stationschef ja geradezu mit den Augen«, bemerkte Harry grinsend. Tatsächlich hatte Julia bereits beim Essen beobachtet, wie sich Uli Buschlau-Werrig an MacCullum herangemacht hatte. Sobald der auch nur eine launige Seitenbemerkung fallen ließ, amüsierte sie sich, als hätte er ein ganzes Feuerwerk an Pointen abgebrannt.

»Tja, Harry, ich befürchte, Sie sind nicht ihr Typ.«

Harry verschluckte sich an seinem Wein und hustete erstickt in seine Serviette. »Meine Güte, Julia, müssen Sie mich so erschrecken? Ich nicht ihr Typ? Das will ich doch hoffen. Ich musste mir schon geschlagene dreißig Minuten lang ihren Lebenslauf anhören. Man kann einen Mann nur bedauern, den diese Frau als ihren Typ sieht.«

In Julias Ohren klang das wie der Beginn eines guten Witzes: Kennen Sie den? Treffen sich zwei Egomanen in der Antarktis …

MacCullum hatte in der Zwischenzeit von einem Zettel die Namen der Anwesenden vorgelesen und dabei kurz erwähnt, wer für welche Redaktion arbeitete.

»Ich darf Ihnen nun noch ein paar Mitglieder meines Teams vorstellen. Anne Bergström haben Sie ja bereits kennengelernt. Sie war so freundlich, Sie hierher zu begleiten. Anne ist unsere Sicherheitschefin und meine Stellvertreterin in Sachen Verwaltung und Absprachen mit der Kommission. Diese Kommission ist eine Art Aufsichtsrat, der aus Vertretern der beteiligten Staaten, also Großbritannien, Deutschland, der USA, Australien und Japan, besteht. Lieben Dank, Anne, dass du die Pressedelegation wohlbehalten zu uns gebracht hast.«

Die Tischrunde klatschte Beifall, und Anne Bergström wurde vor Verlegenheit ein wenig rot.

»Hinten am Tisch«, Winston deutete auf einen Mann mit dunkler Hornbrille und einem Pferdeschwanz, »sitzt Benjamin Foster. Ben ist der technische Leiter der Einrichtung. Neben ihm sitzt unsere jüngste Kollegin, nicht nur an Jahren, sondern vor allem auch, weil sie erst vor zwei Wochen angekommen ist: Mila Jakobivic. Sie hat in den letzten vierzehn Tagen bewiesen, dass sie eine hervorragende Biologin ist. Ich freue mich, dass sie hier arbeitet. Dr. Huan Yen, unser Chefbiologe, lässt sich entschuldigen, er leidet immer noch an den Nachwirkungen einer fürchterlichen Magen-Darm-Grippe. Sie werden ihn aber sicher in den nächsten Tagen noch kennenlernen. Dass es mit ihm wieder aufwärts geht, verdanken wir Dr. Claudia Braller. Sie hat nicht nur einen Abschluss in Atmosphärenphysik, sondern auch einen in Medizin. Und bekleidet deshalb bei uns den Posten der Stationsärztin.«

Claudia Braller lächelte die Tischgemeinschaft an. Die Ärztin trug Jeans und Rollkragenpullover, hatte die braunen Haare kurz geschnitten. Am auffälligsten war ihre an den Seiten spitz zulaufende rote Brille. Julia schätzte, dass sie ihren vierzigsten Geburtstag schon hinter sich gelassen hatte.

»Wir haben heute Montag«, fuhr MacCullum mit seiner Ansprache fort. »Sie werden ja bis kommenden Freitag unsere Gäste sein. Scheuen Sie sich nicht, Fragen zu stellen, wir freuen uns über Ihre Neugierde. Willkommen in der Antarktis. Willkommen in der Internationalen Antarktis-Forschungsstation Terra Nova II.«

Das Ende der kleinen Rede wurde mit noch stärkerem Beifall beantwortet. Winston MacCullum setzte sich. Uli legte ihm gleich die Hand auf den Unterarm und flüsterte ihm etwas zu.

»Dr. MacCullum, darf ich Ihr Angebot sofort nutzen und eine Frage stellen?«, meldete sich George O'Connor zu Wort.

»Natürlich, Mr. O'Connor, nur zu.«

»Dr. MacCullum, wir sind die erste Pressedelegation in dieser wirklich beeindruckenden Station. Allerdings arbeitet Terra Nova II bereits seit fast einem Dreivierteljahr. Verzeihen Sie die direkte Frage, aber: Warum sind wir hier?«

Harry stieß Julia seinen Ellenbogen in die Rippen. »Genau das ist der Punkt, Julia. Was habe ich Ihnen gesagt? Genau das. Dieser O'Connor gefällt mir, guter Mann«, wisperte Harry begeistert.

Julia versuchte, die Augen nur innerlich zu verdrehen. Fehlte nur noch der Hinweis, dass leider nicht sie als Erste diese Frage gestellt hatte.

»Ähm ja, Mr. O'Connor«, MacCullum stand noch einmal auf, »zunächst musste natürlich erst einmal der Regelbetrieb starten. Wir mussten sozusagen den Alltag in den Griff bekommen, das dauert eine Weile. Und dann habe ich noch … ähm … eine Überraschung für Sie.«

Bildete Julia sich das ein, oder verzog da gerade Ben Foster verärgert das Gesicht?

»Allerdings möchte ich erst am Mittwoch darüber reden, da es doch noch einige Punkte gibt, die … ähm … geklärt werden müssen.«

MacCullum setzte sich wieder. Klare Aussage: Mehr kommt nicht, da kannst du so lange nachbohren, wie du willst.

O'Connor erkannte das wohl auch und verzichtete auf weitere Fragen.

»Entschuldigen Sie mich, ich habe leider noch zu arbeiten«, verkündete Foster in die am Tisch einsetzende Stille hinein und schob seinen Stuhl zurück. Die Biologin neben ihm stand ebenfalls auf. »Wenn Sie mich auch entschuldigen würden.«

Die beiden verließen den Kuppelsaal. Zu gern hätte Julia Foster auf die »Überraschung« angesprochen. Gab es da unterschiedliche Meinungen zwischen ihm und MacCullum? Nun, alle hatten eben die ausdrückliche Aufforderung erhalten, ihrer Neugierde freien Lauf zu lassen. Julia nahm sich vor, das zu nutzen und Fragen zu stellen.

Um sie herum setzten die Tischgespräche wieder ein. Das japanische Filmteam stand auf, um in Richtung Bar zu schlendern. Harry und Sue schlossen sich ihnen an. Julia blieb sitzen und überlegte, wie sie Foster in den nächsten Tagen zum Reden bringen konnte.

21

Winston hatte also fest vor, das Ganze durchzuziehen, das sah ihm ähnlich. Ben knallte empört einen Stapel Ausdrucke auf den Schreibtisch und hämmerte sein Passwort in die Tastatur. Natürlich hatte Winston das gerade absichtlich getan. Diese Ankündigung beim Abendessen, vor all den Presseleuten. Das war seine Art, Druck aufzubauen. Aber nicht mit mir, dachte Ben. Er würde alles durchgehen, und zwar jede Kleinigkeit, und wenn es auch nur den Hauch einer Unstimmigkeit gab, würde er für die Tiefenzone 4 die Notbremse ziehen, egal, ob die Presse dabei war oder nicht.

Ben Foster schloss genervt die Augen. Eigentlich hatte er längst Feierabend. Für heute war alles erledigt. Dass er noch arbeiten müsse, war ein Vorwand gewesen, um mit Anstand die Runde verlassen zu können.

Na ja, wenn er schon einmal am Rechner saß, konnte er genauso gut die Verbrauchsdaten prüfen, dann musste er das morgen früh nicht mehr tun.

Die Außenwände der Station bestanden aus einem Kohlefaser-Aluminium-Material, das ursprünglich für die Raumfahrt entwickelt worden war. Die NASA plante, daraus ihre Mondbasis und die künftigen Stationen auf dem Mars zu errichten. Doch dann kam der Rotstift aus Washington. Der machte den Mars-Plänen einen Strich durch die Rechnung. In der Führungsetage der NASA war man froh, dass man das Hightech-Material vorab in der Antarktis testen konnte. Terra Nova II war damit so etwas wie ein Versuchsballon für die Mars-Mission geworden. Das Material für die Wände war leicht, unglaublich stabil, es konnte in seinem Inneren wie bei einem Raumanzug warmes Wasser zirkulieren lassen und so den polaren Wintern mit Leichtigkeit trotzen. Aber vor allem erzeugte es mit seiner Außenseite Strom. Die Kuppeln der Forschungsstation waren ein einziges riesiges Solarkraftwerk.

Zumindest im Polarsommer. Sie erzeugten viel mehr Strom, als sie momentan benötigten. Für die dunklen Monate gab es natürlich eine Kombination aus herkömmlichen Stromgeneratoren und einer Biogasanlage.

Ben rief die Verbrauchsdiagramme auf, die den jeweiligen Stromverbrauch innerhalb der Einrichtung zeigten. Aufmerksam studierte er die großen Charts, die vor ihm auf die Wand projiziert wurden. So weit sah alles gut aus. Etwas anderes hatte er auch nicht erwartet. Wobei ...

Ben runzelte die Stirn. Neben dem Hangar gab es noch zwei kleinere Lager. Das eine würde der künftige Aufenthaltsraum für die Techniker werden, das andere diente als Reserve, wenn Terra Nova II erst einmal voll besetzt war. Beide Gebäude waren zurzeit versiegelt. Doch in einem der beiden wurde Strom verbraucht. Möglicherweise gab es dort einen fehlerhaften Sensor. Aber selbst das Versagen eines Sensors war inakzeptabel.

Ben öffnete ein weiteres Anwendungsfenster und prüfte die Wettervorhersage. Eine Sturmfront näherte sich Terra Nova II. Spätestens morgen Abend würde es ungemütlich werden. Selbst im Polarsommer war das nichts Ungewöhnliches. Die Außentemperaturen fielen bereits: minus dreiundzwanzig Grad Celsius. Gut möglich, dass den Presseleuten eine mehr als unbequeme Rückreise bevorstand. Bei dem Gedanken an die Journalisten kochte in Ben erneut Wut hoch. Winston hatte darauf bestanden, drei Hubschrauber loszuschicken, dabei wären für die elf Gäste plus Anne zwei Maschinen mehr als ausreichend gewesen. Als ob die Presseleute nicht mal für kurze Zeit hätten zusammenrücken können. Aber nein, Bequemlichkeit ging vor. Am Ende war dann doch ein Hubschrauber praktisch leer gefolgt. Was für eine Verschwendung von Treibstoff. Winston und seine verdammte Angeberei – genug war genug.

Er schrieb im Computer eine kurze Notiz in das technische Protokoll, damit würden Anne und Winston automatisch Bescheid wissen. Morgen früh musste er sowieso im Hangar eines der großen Schneemobile reparieren. Wenn er dann schon mal draußen war, konnte er auch gleich den defekten Sensor austauschen.

Ben Foster schloss das Programm und beendete die Projektion. Anschließend überlegte er, ob er kurz einen Abstecher in Richtung Bar machen sollte. Aber dort würden sich bestimmt noch die Presseleute aufhalten, und er verspürte keine Lust, den restlichen Abend über deren Fragen zu beantworten. Ihm fiel die angefangene Flasche Rotwein in seinem Zimmer ein. Warum eigentlich nicht? Ein Glas Rotwein und sein Buch – diese Kombination war genau das Richtige, um abzuschalten.

22

Julia blickte nach draußen. Hier oben im Kuppelsaal des Hauptgebäudes gab es bodentiefe Fenster. Man hatte fast das Gefühl, als würde man über dieser Eislandschaft schweben. Wie hell draußen alles war. Sie schauderte bei dem Gedanken an den Polarwinter und die endlosen Wochen Dunkelheit. Ihr fiel der Bericht eines Arztes aus dem vorigen Jahrhundert ein, der eine Polarexpedition begleitet hatte. Etliche Expeditionsteilnehmer litten plötzlich an Depressionen, zwei Männer starben. Dem Arzt gelang es, die übrigen Männer zu retten. Sonnenlicht und Gesundheit – das war damals eben noch ein unbekannter Zusammenhang gewesen.

Heute wusste man so viel mehr, doch das ganze Wissen hatte nichts daran geändert, dass die Menschen dabei waren, diese wundervoll unwirkliche Eislandschaft zu zerstören.

Wundervolle Eislandschaft? Julia spürte zum ersten Mal seit ihrem Gespräch mit Michael Beller, wie ruhig sie innerlich war. Vielleicht lag es ja daran, dass sie sich tatsächlich überwunden hatte hierherzukommen, dass sie diesen Schritt gewagt und sich damit ihren Ängsten gestellt hatte. Gleichzeitig klang das für sie wie Psychologie für Anfänger. Julia lehnte die Stirn an die Fensterscheibe, die sich erstaunlicherweise nur ein wenig kühl anfühlte, keinesfalls kalt. Dieses Gebäude war wirklich einzigartig. Vielleicht war das ja auch ein Grund. Zwischen der Arktis-Forschungsstation von damals und Terra Nova II gab es nicht die geringste Ähnlichkeit. Das war wie der Vergleich zwischen einer Wellblechhütte und dem Ritz. Hier – hoch oben über der zerklüfteten Eislandschaft – wirkten ihre Ängste nur noch wie ein verblasster Alptraum.

»Fünfzig Cent für deine Gedanken.« Sue stellte sich neben Julia und hielt ihr ein Glas mit einem rötlich schimmernden Drink entgegen. »Da, habe ich für dich mitgebracht. Einer von den Japanern mixt ganz brauchbare Cocktails. Den Namen von dem hier habe ich vergessen, schmeckt aber gut.«

Dankbar nahm Julia ihrer Freundin das Glas aus der Hand. »Und, wie ist es, Julia, geht es?«

»Was soll gehen?«

Sue trank einen Schluck, bevor sie antwortete. »Ich meine deine Panikattacken, hast du sie im Griff?«

»Meine … was? Meine Panikattacken?«

»Okay, Süße, jetzt mal Klartext. Sobald jemand in den letzten Wochen das Wort Antarktis oder Eislandschaft erwähnt hat, fing dein eines Augenlid an zu zucken, und wenn es ganz schlimm wurde, haben deine Hände gezittert. Hast du gedacht, ich merk das nicht? Aber jetzt bist du hier mitten in dieser Eiswüste und kannst dein Cocktailglas ohne Probleme halten.«

Julia spürte einen Kloß im Hals. Am liebsten hätte sie Sue umarmt. War sie so durchschaubar? »Ach, Sue, ich hatte ja keine Ahnung, dass das jemand mitkriegt.«

»Keine Sorge, ich denke, dem Rest der Mannschaft ist das entgangen. Willst du erzählen, was dich so fertiggemacht hat?«

Julia schloss die Augen und atmete tief durch. Sie drehte sich zum Fenster, tatsächlich sahen die Eiskuppen und Schneeverwehungen nicht viel anders aus als in der Nähe der Alpha-Station unterhalb des Nordpols. Und Sue hatte ein Recht darauf, die Wahrheit zu erfahren.

»Unsere Station hieß Alpha. Ich war unheimlich stolz darauf, dort arbeiten zu dürfen. Die Station bestand aus ein paar Wohncontainern. Gar kein Vergleich zu diesem Komplex hier. Ich habe dort unglaublich gerne gearbeitet. Die Kälte, die klare, saubere Luft, diese endlose Stille. Und das Team war sehr nett. Ein paar alte Hasen und ein paar Forscher, die gerade erst mit dem Studium fertig geworden waren. Tja, und ich, die noch an der Uni war. Einer meiner Professoren hatte mir die Stelle vermittelt, weil er ganz begeistert von meiner Laborarbeit war. Zu unseren Aufgaben gehörten auch Exkursionen zu weiter entfernten Messpunkten.«

Julia schwieg einen Moment. Und Sue war so rücksichtsvoll, sie nicht zu drängen. Schweigend nippten beide an ihren Cocktails.

Schließlich wischte sich Julia eine Träne aus dem Augenwinkel. »An einem Tag waren wir zu viert in einem großen Schneemobil unterwegs. Ich saß hinten. Von dort konnte ich nicht viel sehen. Die Hinfahrt verlief problemlos, aber auf dem Rückweg kamen wir in einen Schneesturm. Christian, der Fahrer, hat wohl die Orientierung verloren oder einfach nicht aufgepasst. Jedenfalls sind wir in eine Eisspalte gestürzt. Wir hingen praktisch kopfüber in diesem Loch, gehalten von einem Vorsprung, und dann –«

Julia stockte und schluckte trocken. »Und dann brach der Vorsprung ab. Wir krachten gut zehn Meter tief auf den Boden. Ich kam wie durch ein Wunder noch glimpflich davon: Unterkühlung, Rippenbrüche, ein gebrochenes Schlüsselbein, Prellungen und Platzwunden. Außer mir überlebte niemand. Die Dunkelheit und die Kälte waren furchtbar, aber noch viel schrecklicher waren die Schreie, das Stöhnen der anderen. Und dann irgendwann hörte dieses Stöhnen auf. Da war auch noch das Tropfen von Blut. Mein Blut und das von Jochen neben mir. Dieses Geräusch werde ich nie vergessen.«

»Du meine Güte. Jetzt verstehe ich, warum du bei dem Gedanken an Eislandschaften Panik bekommst. Wie lange? Ich meine, wann –«

»Wann ich gerettet wurde? Ich war dort mehr als zwölf Stunden eingeklemmt. Die Rettungsmannschaft hat uns zunächst nicht entdeckt, weil der Sturm die Spalte zugeweht hatte, wir waren sozusagen wie vom Erdboden verschluckt. Aber das war wohl auch gut so, denn dadurch befand sich das Schneemobil wie in einem Iglu und kühlte nicht so schnell aus. Am Ende hat mich der GPS-Tracker in meinem Laptop gerettet. Die anderen waren da schon seit Stunden tot.«

Sue nahm Julia das Glas aus der Hand und stellte es zusammen mit ihrem eigenen auf den Boden, bevor sie sie umarmte und an sich drückte. »Es tut mir so leid. Wenn ich das gewusst hätte, hätte ich mit Michael gesprochen.«

»Nein, schon gut, Sue, ich muss ja nicht in ein Schneemobil klettern oder mich in Eisspalten verkriechen. Ich komme klar damit, wirklich.«

Sue ließ Julia los, nahm beide Gläser auf. »Hier, Julia, dein Glas. Darauf trinke ich. Auf dich.«

Die beiden Frauen prosteten einander zu. Sue schaute auf ihre Uhr. »Wie sieht es aus, wollen wir uns in unsere Hightech-Unterkunft zurückziehen?«

»Geh du schon mal vor, ich bleib noch einen Augenblick hier.«

»Gut, dann sehen wir uns gleich. Ich denke, ich werde noch ein paar Seiten lesen, bevor ich einschlafe.«

· ·

Sue achtete genau darauf, sich nicht zu verlaufen. Sie war so vertieft in den Lageplan, den Roy ihr gegeben hatte, dass sie fast in die Frau hineingelaufen wäre, die eben um die Ecke bog.

»Oh, entschuldigen Sie bitte, wie unaufmerksam von mir.«

Sue überlegte. Wie hieß die junge polnische Biologin noch mal? Ach ja, richtig: Mila.

»Mila, Sie müssen mich ja für einen fürchterlichen Trampel halten. Ich bin übrigens Susanne, Susanne Reinhard.«

Die Biologin war vielleicht zwei, drei Jahre jünger als Sue. Ein verlegenes Lächeln huschte über ihr Gesicht. »Ich weiß, Sie gehören zu dem Fernsehteam aus Köln. Ihr Chef ist der Amerikaner.«

»Ganz genau, und wo ich Sie hier gerade treffe: Wäre es möglich, dass ich morgen mal bei Ihnen vorbeikomme und Sie mir erklären, was Sie so tun? Natürlich bin ich eine blutige Anfängerin, aber so kann ich mir ein besseres Bild machen und zusammen mit meiner Redakteurin die Beiträge planen.«

»Ich … ich weiß nicht, ob Winston, ich meine, Mr. Mac-Cullum das recht ist.«

Sue machte ihr Das-lass-mal-meine-Sorge-sein-Gesicht. »Mit Winston MacCullum werde ich natürlich alles abstimmen.«

Mila zögerte noch einen Moment. »Also gut, wenn Winston einverstanden ist, können Sie gerne morgen vorbeikommen, Frau Reinhard. Ich arbeite im Eiskern-Labor. Im Stationscomputer finden Sie die Wegbeschreibung.«

»Ich bin gegen zehn Uhr bei Ihnen. Und die Anrede Frau Reinhard können Sie sich sparen, sagen Sie einfach Sue.«

»Gern, dann bis morgen ... Sue.«

23

Es fühlte sich gut an, dass sie Sue alles erzählt hatte. Sues Mitgefühl bedeutete ihr viel. Das hätte ich schon früher tun sollen, dachte Julia.

»Meinen Sie, das Wetter wird sich halten?«

Die Frage riss Julia aus ihren Gedanken. Neben ihr stand George O'Connor und lächelte schief. Bei Julia setzte sofort ein Fluchtreflex ein. Sie wandte sich schweigend um und wollte einfach gehen.

»Nein, bitte warten Sie.« O'Connor hielt sie am Arm zurück. »Ich habe Sie hier alleine stehen sehen. Ich habe mich schon mit Sue und Roy unterhalten. Aber weil ich nur ungern vor versammelter Mannschaft meine Fehler zugebe, dachte ich ... also ich dachte, es wäre eine gute Gelegenheit. Ich ... ich muss mich bei Ihnen entschuldigen.«

»Wofür wollen Sie sich entschuldigen?«, erwiderte Julia. Zu einfach wollte sie es ihm nicht machen.

»Ich habe mich wie ein Vollidiot benommen. Dabei galt das gar nicht Ihnen, Julia, sondern Harry Gantman. Mit dem hatte ich früher schon mal bei einem Auftrag zu tun, und das war ... sehr nervenaufreibend. Wahrscheinlich erinnert er sich nicht einmal mehr daran. Aber glauben Sie mir, ich hatte von seinen Allüren die Nase gestrichen voll. Dieser Mann kann einen so schrecklich wütend machen.«

O'Connor hielt ihr die Hand entgegen. »Nun nehmen Sie schon meine Entschuldigung an, bevor mein Ego vor lauter Selbstmitleid zerknirscht und am Boden zerstört von der Klippe springt.«

Sein Lächeln ist wirklich sympathisch, dachte Julia. »Ich möchte auf keinen Fall daran schuld sein, dass Ihr Ego am Boden zerstört ist«, sagte sie und nahm seine Hand. Die Haut fühlte sich warm und angenehm an, der Händedruck war fast zurückhaltend. Julia spürte trotzdem die Energie darin. Sicher konnte er auch ganz anders zudrücken. Die Berührung löste bei ihr ein sanftes Kribbeln aus.

»Wunderbar. Dann fangen wir doch einfach noch einmal von vorne an. Hallo, ich bin George O'Connor, Fotojournalist und Freelancer.«

»Julia, Julia Kern, Redakteurin bei der Harry-Gantman-Show.«

»Nett, Sie hier am Südpol kennenzulernen, Julia, wir sollten uns duzen, das tun alle hier in der Antarktis. Ich sehe, dein Cocktailglas ist noch halb voll. Warte.« George O'Connor ging zu einem Tisch, schenkte sich ein Glas Wasser ein und kam zu ihr zurück.

»Auf dein Wohl, Julia.«

»Prost, George.«

Wieder dieses Lächeln. Julia trank einen Schluck, der Cocktail schmeckte ihr plötzlich noch viel besser.

»Sag mal, Julia, du sprichst erstaunlich gut Englisch, höre ich da sogar einen leichten Ostküstenakzent heraus?«

»Meine Mutter ist Amerikanerin, ein Großteil meiner Familie mütterlicherseits lebt in Boston.«

»Na, darauf muss man erst einmal kommen, da hat Harry ja wirklich Glück mit seiner Redakteurin«, sagte George, diesmal aber in akzentfreiem Deutsch.

»Aber holla, Mr. O'Connor, ich glaube, du musst mir auch was beichten.« Julia zwinkerte George zu.

»Ja, ich gestehe, dass ich zwar gerne den internationalen Freelancer gebe, und meine Familie kommt auch tatsächlich aus Schottland, aber seit ich fünf bin, wohnen meine Eltern in Hamburg. Mein Vater arbeitet bei Airbus. Meine Brüder und ich mussten uns von unserem Großvater in Inverness immer anhören, dass unser Englisch einen norddeutschen Akzent hätte. So, und wo wir jetzt doch schon unsere düsteren Geheimnisse ausgetauscht haben – hättest du Lust, morgen früh mit mir die Station anzusehen? Ich muss kurz nach dem Frühstück meinem Auftraggeber erste Fotos schicken.«

Und ich muss unbedingt mehr Infos bekommen, um die

Texte für Harry zu beenden, dachte Julia. Laut sagte sie: »Warum nicht, George, sagen wir, um sieben unten im Basement. Dort gibt es die Schutzkleidung. Wenn wir uns allerdings schon in dieser Herrgottsfrühe treffen wollen, muss ich jetzt wirklich schlafen gehen.« Sie trank ihr Glas aus, drückte es ihm in die Hand und ging.

»Ein Glas am Abend und ein Date mit einer hübschen Frau am Morgen – Tod, wo ist dein Stachel?«, murmelte George halblaut.

»Du weißt, dass man dich hören kann?«, sagte Julia über die Schulter hinweg und lächelte.

Die indirekte Beleuchtung in ihrem Zweibettzimmer tauchte die Wände in ein sanftes goldenes Licht. Die Falttür vor Sues Schlafnische war bereits zugezogen, das Licht dahinter ausgeschaltet.

Julia schlich sich in das winzige Bad, putzte sich rasch die Zähne und zog sich aus. Als Schlafanzug dienten ihr eine bequeme Pyjamahose und ein weites T-Shirt. Terra Nova II war kein Ort für Spitzennegligés, Julia wollte nachts lieber etwas tragen, in dem sie im Zweifelsfall auch außerhalb des Zimmers herumlaufen konnte, ohne rot zu werden.

Als sie aus dem Bad trat, hörte sie aus Sues Ecke ein leises Schnarchen. Sie schloss die Falttür ihrer eigenen Schlafnische und schaltete die indirekte Beleuchtung aus. Jetzt brannte nur noch eine kleine LED-Lampe am Kopfende. Überrascht entdeckte Julia, dass daneben in der Wand ein Mini-Monitor eingelassen war, der durch leichtes Antippen zum Leben erwachte. Die Hauptanzeige war eine Digitaluhr mit Weckfunktion, der Bildschirm zeigte am oberen Rand aber auch die aktuelle Außentemperatur. Julia war zu müde, um herauszufinden, was sie sonst noch alles abrufen konnte. Die aufregende Anreise forderte ihren Tribut. Schnell stellte sie noch den Wecker auf sechs Uhr, drehte sich mit einem zufriedenen Seufzen auf die Seite und schloss die Augen.

24

Tag 2

Der Hangar war in einem kleineren Gebäude untergebracht, das offiziell Orbital Nord hieß. Von seiner Bauweise her – abgesehen von der Größe – glich Orbital Nord den beiden Hauptkomplexen der Station.

Mit einem leisen Zischen öffnete sich die äußere Tür der Schleuse. Bei zweistelligen Minustemperaturen war es notwendig, die Wärme in den Innenräumen zu halten. Ben Foster betrat die Schleuse. Der Bewegungsmelder schaltete automatisch die Beleuchtung an. Ben hielt sein Armband an den Sensor neben der Innentür. Wie Anne und Winston trug er am rechten Handgelenk ein silberfarbenes Armband. Ähnlich wie die schwarzen Tracker der Gäste erfasste auch dieses Armband Pulsschlag und Körpertemperatur seines Trägers, war bei Bedarf zu orten und gewährte Zutritt zu einzelnen Räumen. Der einzige Unterschied bestand darin, dass man mit dieser Ausführung wirklich überall Zutritt erhielt.

Ben hatte das System zusammen mit Anne eingerichtet. Kurzfristige Besucher bekamen schwarze Armbänder, wissenschaftliche Gäste, die mehrere Wochen in der Station arbeiteten, erhielten blaue. Diese erlaubten den Zutritt zu den Mitarbeiterbereichen und zu ausgewählten Laboren. Das Stammpersonal war mit roten Bändern ausgestattet, die fast alle Räume öffneten. Silber dagegen war den vier führenden Bereichsleitern vorbehalten: dem Stationsleiter, der Sicherheitschefin, dem technischen Leiter und der Stationsärztin. Alle vier hatten die volle Zutrittsberechtigung, auch zu den Reinräumen und den Kontrollzentralen.

Es dauerte nur Sekunden, bis die Daten aus dem Armband ausgelesen und vom Computer verarbeitet worden waren. Ein zweites Zischen, schon öffnete sich die Innentür. Ben trug seinen Schneeanzug. Anders als Orbital Ost und West war dieser Teil der Station nicht über einen direkten Gang mit dem Hauptgebäude verbunden. Der Grund war einfach. Schon im nächsten Jahr sollte noch ein weiterer Gästetrakt zwischen dem Hauptgebäude und Orbital Nord gebaut werden.

Natürlich war es angenehmer, durch die langen Verbindungsflure von einem Bereich zum anderen zu wechseln, gerade bei Sturm und Schneefall, aber Ben machte der kurze Weg durch die Kälte nichts aus. Neben der Schleuse gab es eine große Garderobe für die Schutzkleidung. Ben schälte sich aus seinem Anzug und warf einen Blick auf die Wanduhr. Sechs Uhr fünfzehn – ihm blieb genug Zeit bis zum Frühstück mit den Journalisten. Die Wartung würde höchstens eine halbe Stunde in Anspruch nehmen, danach konnte er sogar noch den defekten Sensor im kleinen Technikhangar austauschen.

In der Halle vor ihm parkten drei große UTV-Voyager. Im Vergleich zu diesen drei Meter hohen Kettenfahrzeugen wirkten die kleineren Motorschlitten wie Spielzeuge. Für Ben waren die Voyager das optimale Transportmittel in der Antarktis. Die Designer des kanadischen Herstellers hatten keinen Wert auf Windschnittigkeit gelegt, das große Fahrzeug mit seiner eckigen, kantigen Kabine und der schrägen Frontscheibe wäre ein Witz in jedem Windkanal gewesen. Aber darauf kam es auch gar nicht an, denn trotz der leistungsstarken Dieselmotoren lag die Höchstgeschwindigkeit der Voyager bei nicht einmal fünfzig Stundenkilometern. Zusätzlich war auch der Anhänger mit einem Antrieb ausgestattet. Das fast zehn Meter lange Gespann war in der Lage, mehr als neun Tonnen Nutzlast zu transportieren, und schaffte voll beladen Steigungen von siebzig Prozent.

Ben steckte sein Smartphone in die Dockingstation eines Lautsprechers. Nicht dass er hier ein Mobilnetz gehabt hätte, aber er liebte es, bei der Arbeit Musik zu hören. Shit – er hatte vergessen, das Handy aufzuladen. Egal, für die ersten Minuten würde es schon noch reichen. Augenblicke später tönte das

Mundharmonika-Intro von Billy Joels »Piano Man« durch den Hangar.

Eines der Kettenfahrzeuge hatte er schon am Vortag mit einer Spezialhebebühne schräg angehoben, um ein paar Teile zu schmieren. Dabei war ihm ein Stück Bremsleitung aufgefallen, das sich gelöst hatte und sich allmählich aufscheuerte. Nicht auszudenken, wenn bei einer Fahrt auf dem Gletscher die Bremsleitung platzen würde. Ben nahm das Ersatzteil von der Werkbank. Mit einem Rollbrett schob er sich unter das schwere Kettenfahrzeug. Pfeifend begleitete er Billy bei seinem Solo.

Die Musik übertönte sowohl das Öffnen der Schleuse als auch die Schritte im Hangar. Ben bemerkte erst, dass er nicht mehr alleine war, als er zur Seite schaute und ein Paar Stiefel sah. Sein Pfeifen brach ab. Er runzelte die Stirn, legte den Schraubenschlüssel zur Seite und stieß sich mit den Füßen vom Boden ab, um unter dem Voyager hervorzurollen.

»Hallo! Was zum Teufel –«

Der Schlag mit dem Eisenrohr traf ihn über dem Ohr und zertrümmerte seinen Schädel. Beim zweiten Hieb war Ben bereits tot.

Der Eindringling trat zurück und wischte das Eisenrohr mit einem Lappen sorgfältig sauber. Für einen Moment schien er zu zögern, dann schob er die Leiche auf dem Rollbrett mit dem Fuß zurück unter das Kettenfahrzeug.

Wenige Sekunden später krachten die acht Tonnen des Voyagers von der Hebebühne. Der Aufprall ließ den Boden des Hangars erzittern. Als das Echo verhallt war, sang Billy Joel »Only the Good Die Young«. Der Mann grinste. Das Leben war doch voller wunderbarer Zufälle.

25

Ein warmes Licht ließ Julia blinzeln. Noch während sie realisierte, dass sich zwei eingebaute Deckenlampen in ihrer Schlafnische eingeschaltet hatten, ertönte aus einem unsichtbaren Lautsprecher ein Gongschlag. Keiner dieser aufdringlichen, fordernden Töne, die um Aufmerksamkeit heischten, es war eher wie der beruhigende Ton einer Klangschale.

Julia rieb sich verschlafen die Augen und hob den Kopf. Der Gong verstummte, sie ließ sich auf ihr Kopfkissen zurücksinken und – da waren die Töne wieder, diesmal sogar noch etwas lauter. Sie schaute auf den kleinen Monitor, kein Zweifel, das war ihr Weckruf. Offenbar gab es einen verdeckt eingebauten Lautsprecher am Kopfende, dessen Klang man nur wahrnahm, wenn man auch wirklich mit dem Kopf auf dem Kissen lag. Ihre ältere Schwester hatte als Teenager auch so einen Kissenlautsprecher besessen, um damit abends im Bett ungestört Musik zu hören. Die Erinnerung daran und an ihren Neid auf dieses technische Gimmick brachte Julia zum Lächeln. Dass es so etwas gab, hatte sie ganz vergessen. Aber in Zimmern mit mehreren Personen war das natürlich eine sinnvolle Sache. Erst Licht, damit der Körper langsam aus der Schlafphase erwachte, und dann ein Weckton, der für die Mitbewohner des Zimmers kaum hörbar war. So konnte man auch Schichtdienste ermöglichen, ohne dass alle gleich mit aufwachten.

Julia gähnte und deaktivierte den Wecker. Eine weitere Berührung mit dem Finger, und der Monitor erwachte zum Leben. Julia wählte die Wettervorhersage aus. Die Außentemperatur lag bei minus fünfundzwanzig Grad, die Windgeschwindigkeit betrug vierzig Stundenkilometer. Nichts Dramatisches. Julia ging ins Bad, duschte und zog dann ihre Merinounterwäsche an, bevor sie sich für Trekkinghose und Rollkragenpullover entschied. Die Haare band sie rasch zu einem Pferdeschwanz zusammen – fertig.

Als sie die Zimmertür hinter sich schloss und zwei Schritte im Flur gegangen war, schaltete ein Bewegungsmelder die Deckenlampen an. Das helle Deckenlicht blendete sie im ersten Moment. Die Innendesigner der Station waren offenbar große Fans von automatischen Steuerungen.

Julia ging den Gang entlang. Der würde sie direkt zu Ebene 1 im Hauptgebäude bringen, und von dort aus konnte sie die Treppe ins Basement nehmen. Langsam begann sie den Aufbau des Gesamtkomplexes zu durchschauen. Jetzt war sie nur neugierig, was man alles in den einzelnen Stockwerken untergebracht hatte. Und dann gab es da noch das große Geheimnis, das Winston MacCullum erst morgen lüften wollte. Je länger sie darüber grübelte, umso mehr reifte in ihr der Entschluss, Ben Foster anzusprechen. Dem technischen Leiter lag etwas auf der Seele, davon war sie überzeugt.

Wäre doch gelacht, wenn ich auf Harrys Frage nicht schon heute eine Antwort bekäme, dachte Julia.

»Mensch, du bist ja wirklich pünktlich. Ich hatte befürchtet, du versetzt mich und ich irre dann ganz alleine durch Terra Nova II«, sagte George, als Julia die Treppe herunterkam.

»Wir hatten sieben Uhr vereinbart, und da bin ich. Hätte ich früher kommen sollen?«

»Nein, nein, ich kenne nur etliche Frauen, die sieben Uhr sagen und um halb neun aus dem Bad kommen würden. Mist, so meinte ich das jetzt auch wieder nicht. Das klingt ja, als wäre ich der Stations-Casanova.«

George machte ein so zerknirschtes Gesicht, dass Julia nicht wusste, ob er das alles nur spielte oder es tatsächlich ernst meinte. Es sah jedenfalls komisch genug aus, um sie zum Lachen zu bringen.

»Ich fürchte, du hast bisher die falschen Frauen kennengelernt.«

George nickte kurz, hob seinen kleinen Rucksack auf und murmelte mehr zu sich selbst: »Das scheint mir auch so.«

»Was hast du gesagt?«

»Ähm, ich meinte, mir scheint es auch so, dass wir jetzt losgehen sollten. Hast du einen Herzenswunsch, oder sollen wir einfach nur an ein paar Türen klopfen und sehen, was dahinter verborgen ist?«

Julia deutete auf einen großen Touchscreen, der wie ein Stehpult in der Nähe der Spinde aufgebaut war. »Erst einmal grob nachsehen. Jede Wette, dass wir dort drüben fündig werden.«

Sie traten zusammen an den Touchscreen, der nach der Aktivierung eine schematische Darstellung des gesamten Komplexes präsentierte.

»Wenn ich ehrlich bin, habe ich so ein Riesending wie diese Station nicht erwartet«, sagte George. »Natürlich gibt es die üblichen Zimmer für das Personal und Besucher, eine Krankenstation, die Küche und Büros. Aber wo in anderen Einrichtungen vielleicht ein Bücherregal mit Lesestoff an der Wand hängt, gibt es hier gleich eine ganze Bibliothek. Sieh mal da oben, Ebene 2, Bibliothek und Medien.«

»Und hier im Basement sind die Kommunikation, die Energieversorgung, ein Lager und – ist ja unglaublich – ein Fitnessraum untergebracht.«

»Hm, Hantelnstemmen am Südpol, damit kann ich wohl keinen hinterm Ofen hervorlocken. In der Schwerelosigkeit machen sich Astronauten immer gut, wenn sie auf dem Ergometer sitzen und in die Pedale treten, aber hier dürfte das bei meinem Abnehmer nur für ein müdes Gähnen sorgen.«

»Was ist denn damit?« Julia tippte auf das zweite große Hauptgebäude. »Wir müssen für Harry auf jeden Fall noch Labore filmen, als Einstiegsbilder für sein Interview zum Thema Polarforschung. In diesem Gebäude sollen Labore, ein Kontrollraum, ein Reinraum und T-4 sein. Weißt du, was T-4 bedeutet?«

»Keine Ahnung, lass es uns herausfinden.«

Schematisch gesehen liegt das Gebäude mit den Laboren südlich, dachte Julia, wobei man bekanntlich am Südpol in allen Richtungen nach Norden blickt. *Noch so ein Brocken unnötiges Wissen, aber vielleicht kann ich das in eine von Harrys Moderationen einbauen.*

Wieder führte ein langer Gang von der ersten Ebene des einen Komplexes hinüber zu dem anderen. Nur dass diesmal der Gang an einer hohen Doppeltür endete.

»Wollen wir doch mal sehen, was unsere Armbänder so können«, sagte George und hielt sein linkes Handgelenk in die Nähe des Eingangssensors.

»Name: George O'Connor, aktueller Status: Pressevertreter und Gast. Zutritt ohne gesonderte Genehmigung verweigert. Bitte wenden Sie sich an unser Personal, Mr. O'Connor, wir helfen Ihnen gerne weiter.«

Die Computerstimme aus dem Lautsprecher neben der Schleuse klang erstaunlich lebensecht, eine beruhigende Alt-Tonlage mit einem Hauch von Bedauern.

»Junge, Junge, selbst die Computer klingen nach Science-Fiction. Wir halten also fest: Ist man berechtigt, öffnet sich einfach die Tür, wie zum Beispiel bei unseren Zimmern. Hat man keine Berechtigung, erhält man eine höfliche Abfuhr. Tja, Julia, aus unserem Ausflug in die bunte Welt der Labore wird wohl nichts. Was T-4 sein könnte, müssen wir MacCullum fragen.«

»Egal, ich denke, das steht heute sowieso noch auf dem Programm.«

»Und das war also dein Herzenswunsch vor dem Frühstück?«

Julia schüttelte den Kopf. »Nein, wenn du schon so genau fragst, ich würde mich am liebsten mit Ben Foster, dem technischen Leiter, unterhalten.«

»Warum ausgerechnet mit ihm? Will Harry eine Spritztour auf einem Motorschlitten machen? Davon kann ich nur abraten. Ich habe deinen Boss mal auf einem Motorrad erlebt, haarsträubend, er hätte beinahe das halbe Kamerateam umgenietet. Der Mann ist auf allem, was er selber lenken muss, eine Gefahr für seine Mitmenschen. Ich habe dich gewarnt.«

Julia stieß George den Ellenbogen in die Seite. »Nun hör

schon auf, über Harry herzuziehen. Ich wollte mit Foster sprechen, weil er gestern so ein merkwürdiges Gesicht gemacht hat, als Winston MacCullum über die morgige Überraschung sprach. Ich werde das Gefühl nicht los, dass er a) dagegen ist und b) im Clinch mit unserem gut gelaunten Stationsleiter liegt.«

»Da hast du mehr gesehen als ich, Sherlock. Klingt in meinen Ohren auf jeden Fall spannender als ein Reinraum oder die Stationsbibliothek.«

Sie drehten sich um und gingen den Weg zurück, den sie gekommen waren. Im Basement studierte George sofort wieder den Touchscreen.

»Was hast du vor?«, fragte Julia.

»Ich habe zwar Fosters Mienenspiel nicht beobachten können, dafür hat mein Tischnachbar, einer von den Japanern, nicht aufgehört, die Vorzüge des Computersystems zu preisen, das einer seiner Landsleute entworfen hat. Auch wenn er einräumen musste, dass die Stationsleitung noch eigene Modifikationen vorgenommen hat, platzte er fast vor Nationalstolz.«

»Und wie soll uns das jetzt weiterhelfen?«

»Unser japanischer Freund erklärte mir, dass die meisten Mitglieder der Crew ihren jeweiligen Aufenthaltsort im System eintragen, um möglichst rasch gefunden zu werden, wenn man etwas von ihnen braucht. Das ginge zwar auch mit den Armbändern hier, aber da gab es wohl Bedenken bezüglich der Diskretion.«

»Aber die Gästearmbänder können doch geortet werden –«

»Quod licet Iovi, non licet bovi, wie meine alte Lateinlehrerin immer sagte. Was dem Jupiter erlaubt ist, ist dem Ochsen nicht erlaubt.«

»Na toll, wir sind also die Ochsen, die überall aufgespürt werden können.«

»Alles nur zu deinem Besten, Julia, Anne Bergström war da doch sehr eindeutig in ihrem Briefing. So, aber jetzt wollen wir doch mal sehen, ob sich Mr. Foster an die Abmachungen hält.« George tippte auf einer für Julia unsichtbaren Tastatur. »Vielleicht ist er sogar ein Frühaufsteher und gewillt, ein paar Fragen … Mhm … da haben wir ihn. Erst ist drüben im Hangar. Dorthin … Ups, da gibt es keinen Verbindungsflur.«

»Du meinst, wir müssen uns dick anziehen und außenrum gehen?«

»Ich denke, die Daunenjacken werden reichen.«

»Gut, dann hole ich nur schnell meine Jacke aus dem Zimmer und ziehe mir andere Schuhe an«, sagte Julia.

»In zehn Minuten wieder hier an der Schleuse.«

»Zehn Minuten – höchstens. Ich muss ja nicht ins Bad, Casanova.«

Julia lief die Treppe hinauf, und George sah ihr nach. »Casanova – sehr witzig«, murmelte er. Dabei ertappte er sich selbst dabei, wie er breit grinste.

26

Julia schlich in ihr Zimmer. Sue schlief immer noch. Ein kurzer Blick auf das Display im Schreibtisch: Der Wind nahm zu. Das sah übel aus. Julia kannte solche Wetterlagen nur zu gut. Fallende Temperaturen, zunehmender Wind: Da kam eine Sturmfront auf Terra Nova II zu. Noch herrschte da draußen Windstärke 6, vierzig Stundenkilometer Windgeschwindigkeit. In Kombination mit den Minusgraden … brrr. Gut, dass wir nur ein kurzes Stück laufen müssen, dachte sie. Eigentlich war es unvernünftig, ganz ohne Schutzkleidung rauszugehen, aber dann siegte doch der Wunsch, möglichst schnell mit Ben Foster zu sprechen. Das umständliche Anziehen von mehreren Schichten Kleidung kostete Zeit.

In zehn Minuten wieder an der Schleuse – Julia schaffte es in weniger als acht.

»Wenn du Fotos von außen haben willst, dann solltest du die gleich machen«, sagte Julia. Sie standen vor der Station, und sie war froh, dass sie die dicke Daunenjacke und ihre wärmste Mütze gewählt hatte. Der Wind war wirklich schneidend. »Das Wetter wird sich im Laufe des Tages noch verschlechtern. Ich denke, Harry muss heute Vormittag drehen, sonst kann er seine Außenaufnahmen vergessen. Außerdem habe ich schon erlebt, wie bei deutlich weniger Wind feiner Schnee so aufgewirbelt wurde, dass man keine zwei Schritte weit sehen konnte.«

»Das glaube ich sofort«, sagte George. Er zog aus seiner Jackentasche eine Fleecemütze heraus und setzte sie sich auf. »Heilige Scheiße, wir hätten doch besser drinnen bleiben sollen. Und du meinst, der Wind wird noch heftiger?«

»Auf jeden Fall. Siehst du die rote Leine an den Pfosten da drüben? Das ist die Markierung für den Weg zum Hangar.«

»Ich werde versuchen, ein paar Fotos zu machen. Aber

lange aufhalten möchte ich mich hier draußen nicht. Dann los, lass uns gehen, bevor ich es mir anders überlege.«

Als erfahrene Seglerin kannte Julia sich mit Wind aus. Windstärke 6 hatte sie schon ein Dutzend Mal erlebt, aber jetzt kam der aufwirbelnde Schnee dazu. Der erschwerte die Sicht, und Julia ärgerte sich, dass sie keine Schutzbrille aufgesetzt hatte. Mit gesenktem Kopf ging sie die Leine entlang.

Sie waren keine zwanzig Schritte gegangen, da spürte sie, dass George ihr auf die Schulter klopfte. Sie blieb stehen und drehte sich um. George hatte einen winzigen Camcorder aus der Tasche gezogen, der in einer Schutzhülle verpackt war.

Julia hatte solche Action-Cams schon bei Freunden gesehen, die damit spektakuläre Aufnahmen machten, während sie mit Mountainbikes durch die Wälder im Siebengebirge fuhren. Einige dieser Kameras konnten sogar mit einer Fernbedienung ausgelöst werden. Genau so etwas besaß George offenbar auch, denn während er die winzige Kamera herumschwenkte, behielt er die andere Hand in der Innentasche seiner Daunenjacke. Ich bin gespannt, was das für Aufnahmen werden, dachte Julia, und nahm sich vor, George später danach zu fragen. Noch ein letzter Schwenk, dann steckte George die Kamera zurück in seine Tasche und gab Julia ein Zeichen, dass sie weitergehen konnten. Sie schätzte die Strecke zwischen dem Hauptgebäude und dem Hangar ungefähr auf die doppelte Länge, die einer der Verbindungsgänge hatte. Und obwohl sie erst wenige Minuten unterwegs waren, verlor sie inmitten der grauweißen Wirbel jegliches Zeitgefühl.

Wie aus einer Nebelwand erschien plötzlich vor ihr etwas Orangefarbenes. Nach einem weiteren Schritt erkannte Julia, dass es der Außenrahmen einer Schleuse war. Sie hatten ihr Ziel erreicht. Schnell trat sie in die Nische, die wie ein Vordach die Schleuse abschirmte. George stellte sich neben sie und brummte: »Ich hoffe nur, dass Foster auch wirklich da drin ist und wir mit unseren Armbändern Zutritt erhalten. Ansonsten wäre dieser schöne Spaziergang völlig umsonst gewesen.«

Julia zog ihren Handschuh aus und schob den Ärmel der Jacke zurück, damit ihr schwarzes Armband von dem Sensor erfasst werden konnte. Anders als an den Innenschleusen gab es hier draußen keine Computerstimme, dafür einen Bildschirm von der Größe einer CD-Hülle. »Julia Kern, Pressevertreterin und Gast. Zutritt gestattet«, las sie laut vor. »Also, wer sagt's denn.« Im nächsten Moment öffnete sich das große Doppeltor.

»Jetzt bin ich gespannt«, sagte George und trat in den Innenbereich der Schleuse. Julia folgte ihm. Hinter ihnen schloss sich die Tür mit einem Zischen. Schlagartig wurde es still.

Entschlossen ging Julia zur hinteren Tür der Schleuse und hielt erneut ihr Armband in den Sensorbereich. Die Innentür öffnete sich umstandslos. Kein Display, keine automatisierte Stimme.

Die beiden machten ein paar Schritte in den Hangar, blieben stehen und schauten sich um. Natürlich war Orbital Nord deutlich kleiner als das Hauptgebäude von Terra Nova II, aber die gewölbten weißen Wände und das helle Neonlicht ließen den Raum groß und weiträumig erscheinen.

»Wow, das nenne ich mal eine ordentliche Garage. Was sind das da drüben denn für Schneemonster?«, fragte George.

»Voyager, Spezialfahrzeuge aus Kanada für den Einsatz im Schnee. Sechs-Mann-Kabine, Zweihundertfünfunddreißig-PS-Dieselmotoren, fast zehn Tonnen Nutzlast«, zählte Julia auf.

»Mit dir möchte ich aber auch kein Technik-Quartett spielen. Sag jetzt nicht, dass du auch noch ein Autofreak bist. Das wäre mir nämlich langsam unheimlich. Du kennst die Dinger ziemlich gut.«

Julia dachte für einen Moment darüber nach, ob sie eine ausweichende, nichtssagende Antwort geben sollte. Aber dann fiel ihr wieder das Gespräch mit Sue am Vorabend ein, vor allem ihre Erleichterung, nachdem sie Sue von ihrem Unfall in der Arktis erzählt hatte. Es war merkwürdig, sie kannte George O'Connor überhaupt nicht. Aber in der letzten knappen Stunde waren sie so vertraut miteinander umgegangen, als wären sie schon seit Ewigkeiten befreundet. *Dabei bin ich doch sonst nicht so vertrauensselig.* Vielleicht war es wirklich das Beste, einfach mal ein paar Dinge zu ändern.

Leise sagte sie: »Ich bin kein Technikfreak. Ich kenne diese Art von Fahrzeugen, weil ich damit drei Monate lang am Nordpol unterwegs war. Aber dann gab es einen Unfall, bei dem mehrere meiner Kollegen starben. Ich habe in so einem Voyager zwölf Stunden lang eingeklemmt auf ein Rettungsteam gewartet. Nur deshalb werde ich diese Schneemobile nie wieder vergessen, und keine zehn Pferde werden mich dazu bringen, noch einmal in einen Voyager einzusteigen.«

»Das tut mir leid, Julia. Ich hatte einmal einen Verkehrsunfall, als ich durch Jordanien gereist bin. Die ersten Helfer waren schon nach wenigen Minuten am Fahrzeug. Keine Ahnung, was ich getan hätte, wenn sie erst nach zwölf Stunden gekommen wären. Eingeklemmt in so einem Monster. Ich kann es dir nicht verdenken, dass du die Dinger verabscheust.«

In der letzten Stunde hatte in Georges Stimme immer ein eher flapsiger Unterton mitgeklungen. Er gehörte zu diesen ewig gut gelaunten, daueroptimistischen Typen. Jetzt aber lag nur Mitgefühl in seinen Worten, und das Lächeln in seinen Augenwinkeln war Betroffenheit gewichen.

Julia riss sich von seinem ernsten Blick los. »Es ist okay, ich habe nur keine große Übung darin, anderen Leuten Privates zu erzählen. Ich spreche nicht gern darüber, aber mir ist klar geworden, dass ich nicht alles in mich hineinfressen kann. – So, Themenwechsel. Irgendwo hier müsste doch Ben Foster sein.«

Statt einer Antwort rief George laut: »Mr. Foster! Hallo, sind Sie hier?«

Beide lauschten erwartungsvoll. Keine Antwort.

»Komm, Julia, wir schauen uns um. Vielleicht gibt es ja noch ein paar Nebenräume.«

Sie gingen zu den großen Kettenfahrzeugen, konnten aber niemanden entdecken. »Zumindest war jemand da.« George zeigte auf ein Handy, das in einem Lautsprecher steckte. »Das rote Licht blinkt. Der Akku ist leer.«

»Hier arbeitet ein Profi«, sagte Julia. »Die ordentlich auf-
gehängten Schraubenschlüssel, Zangen und Messinstrumente
dort an der Wand sind doch der Traum für jeden Schlosser.«

»Einspruch, Euer Ehren. So ordentlich sind die Profis gar
nicht. Die große Öllache hinter dir müsste man zum Beispiel
mal wegwischen.« George deutete mit einer Kinnbewegung
auf eine fußballgroße Pfütze. Julia schaute hin und erstarrte.
»Oh mein Gott! Das … das ist kein Öl, George, das ist Blut,
und …« Julia wandte entsetzt den Blick ab. »George, da!«

George blickte zu der Stelle, auf die Julia zeigte. Unter
einer stählernen Raupenkette klemmte etwas, das er erst bei
näherem Hinsehen als einen zertrümmerten Unterarm mit
einer blutüberströmten Hand erkannte.

27

Behutsam, fast zärtlich strich Mila Jakobivic mit den Fingerspitzen über die glatte Oberfläche des Eises. Vor ihr lag ein gut
fünfzig Zentimeter langes Eisstück. Dieser Bohrkern, der nur
knapp zehn Zentimeter Durchmesser hatte, würde ihr in den
nächsten Stunden neue Informationen über das Klima liefern.
Nicht das aktuelle, nicht das Klima vor fünf oder zehn Jahren,
sondern das Klima, das auf der Erde vor rund dreihunderttausend Jahren geherrscht hatte. Dreihunderttausend Jahre.
Damals jagten die frühen Homo sapiens in den Weiten der
afrikanischen Grasebene mit Speeren Gazellen und Zebras.
Die herumziehenden Jäger nutzten Feuersteinklingen, um
Tiere zu häuten und ihr Fleisch zu schneiden.

Auch wenn Mila sich längst an die wissenschaftlichen
Fakten gewöhnt hatte, war der Gedanke, Jahrtausende in
der Klimageschichte zurückzureisen, für sie geradezu elek-
trisierend. Sie nahm sich vor, ganz besonders gründlich zu
sein und sich keine Fehler zu erlauben – das hier würde ihr
Vorzeigeprojekt gegenüber Winston werden. Während sie die
Eisstange betrachtete, wurde ihr klar, dass sie nur für diesen
einen Augenblick all die Jahre studiert und geschuftet hatte.
Sie würde diesem Eis seine Geheimnisse entlocken, das war
ihre Aufgabe.

Das europäische Forschungsprojekt »European Project
for Ice Coring in Antarctica« – kurz EPICA – hatte vor mehr
als zehn Jahren ein genaues Schnittmuster festgelegt, nach
dem ein Bohrkern aufgeschnitten werden sollte. Ein wichtiger Punkt bei diesem Schnittmuster war, dass man ein großes
Stück des Kerns für nachfolgende Generationen von Wissenschaftlern aufhob, die vielleicht mit ganz neuen technischen
Möglichkeiten Analysen würden durchführen können. Aber
auch mit ihren derzeitigen Mitteln war Mila in der Lage, eine
Fülle von Informationen aus dem Stück Eis herauszuholen.

Über eine Messung der Sauerstoffisotope konnte sie beispielsweise die damalige durchschnittliche Lufttemperatur bestimmen, sie hatte die Möglichkeit, die Gaszusammensetzung in der Atmosphäre und mögliche Aerosole zu erfassen. Dieses harmlose graue Stück Eis würde ihre Zeitmaschine zurück in die Vergangenheit der Erde sein. Ein letztes Mal strich Mila über die kalte Oberfläche des Eisblocks, dann machte sie sich an die Arbeit.

28

»Es ist mir unbegreiflich, wie Ben so unvorsichtig sein konnte. Seit Wochen dränge ich darauf, dass er die Wartung unserer Fahrzeuge nicht alleine durchführt, schließlich ist er der Leiter der technischen Abteilung, und momentan haben wir doch immerhin ein Team von fünf Technikern in unserer Station.« Winston MacCullum rang die Hände und lief sichtlich aufgebracht vor seinem Schreibtisch hin und her.

»Was soll ich nur der Kommission sagen? Bens Leichtsinn wirft ein schlechtes Licht auf Terra Nova II, schließlich gehörte er zum Führungspersonal, da muss man auch Vorbild sein.«

Julia und George wechselten einen raschen Blick. George verdrehte kurz die Augen. »Ich vermute, Mr. Foster hat sich nicht aus bösem Willen von dem Kettenfahrzeug zerquetschen lassen.«

Georges Einwand brachte MacCullum immerhin dazu, endlich stehen zu bleiben. »Was? Ja, natürlich, Sie haben völlig recht, Mr. O'Connor. Aber Sie müssen sich auch in meine Lage versetzen. Terra Nova II befindet sich noch in der Anfangsphase. Wir müssen gegenüber der internationalen Forschungsgemeinschaft und der Kommission beweisen, dass die nicht unerheblichen Investitionen in diese Einrichtung gerechtfertigt sind. Insofern erwarte ich von allen Mitarbeitern, vor allem aber von unserem Leitungspersonal, dass sie alles daransetzen, dass Terra Nova II ein Erfolg wird. Bei fast allen Arbeiten, die wir außerhalb des Hauptgebäudes erledigen, setzen wir mindestens Zweier-Teams ein. In aller Herrgottsfrühe alleine irgendwelche Reparaturen vorzunehmen ist in meinen Augen eine sträfliche Verletzung dieses Grundsatzes.«

Winston MacCullum nickte, wie um sich selbst zu bestätigen, dass er recht hatte. Plötzlich runzelte er die Stirn, offenbar war ihm gerade noch etwas eingefallen, an das er vorher nicht gedacht hatte. »Wie sind Sie beide überhaupt auf die Idee gekommen, so früh zum Orbital Nord zu gehen? Verstehen Sie mich nicht falsch, ich bin dankbar dafür, dass Sie mich umgehend informiert haben. Dr. Braller konnte ja leider nicht mehr als den Tod des armen Ben bestätigen. Eine schreckliche Sache.«

»Sie sagten gestern beim Abendessen, dass sich alle hier in der Station bemühen würden, unsere Fragen zu beantworten«, antwortete Julia ruhig. »Ich konnte vor ein paar Jahren ein paar Erfahrungen in der Arktis sammeln, daher weiß ich, dass uns ein Wetterumschwung bevorsteht. Mr. O'Connor wollte Außenaufnahmen der Station machen, und ich wollte mit Mr. Foster noch über ein paar Einzelheiten im Zusammenhang mit der Energieversorgung sprechen. Sie wissen, dass bei der aktuellen Klimadebatte die technischen Innovationen Ihrer Gebäude sehr interessant sind. Mr. Gantman wird dies sicherlich in seiner Reportage berücksichtigen wollen. Ich hatte vor, nach meinem Gespräch mit Mr. Foster die entsprechenden Texte heute zu schreiben. Bestimmt aber können Sie mir später dazu auch noch Auskunft geben.«

Mit einer fahrigen Handbewegung schob Winston Mac-Cullum seine Brille zurecht. »Sicher, dazu werden wir noch Gelegenheit haben. Nun, das alles erklärt natürlich, warum Sie so früh unterwegs waren. Aber Sie verstehen sicherlich, dass ich da nachfragen musste. Wenn Sie mich bitte jetzt entschuldigen würden, ich habe die traurige Pflicht, zusammen mit Dr. Braller und Anne Bergström in einer Videokonferenz die Kommission über den tragischen Tod unseres Kollegen zu informieren.« MacCullum schaute auf die Wanduhr in seinem Büro. »Vielleicht können wir uns ja vor dem Mittagessen noch einmal zusammensetzen. Ich bin überzeugt davon, dass ich Ihre Fragen zumindest in Ansätzen beantworten kann – auch wenn Ben natürlich viel tiefer in der Materie steckte.«

Als Julia und George draußen auf dem Flur standen, kratzte sich George nachdenklich am Kopf. »Was hältst du von einem Frühstück, oder ist dir das Unglück auf den Magen geschlagen?«

»Ich hoffe, ich wirke deswegen nicht herzlos oder abgebrüht, aber ich brauche jetzt dringend eine Tasse Kaffee und etwas zu essen. Ich hatte schon befürchtet, dass mein Magenknurren in MacCullums Büro zu hören war.«

»Gut, dann schauen wir doch mal, was das Frühstücksbüfett zu bieten hat. Wir müssen doch nur eine Etage höher – richtig?«

»Richtig. Das hier ist Ebene 2, Essen gibt es für uns oben unter der Kuppel auf Ebene 3.«

Gemeinsam gingen sie zum Treppenhaus.

»Sag mal, Julia, was hältst du von MacCullums Reaktion?«

»Ich glaube immer noch, dass er und Ben Foster zumindest bei dem Thema Pressekonferenz unterschiedlicher Meinung waren. Vor allem aber glaube ich, dass Winston MacCullums Sorge um den Ruf seiner Forschungseinrichtung größer ist als seine Trauer über den Unfalltod seines leitenden Angestellten. Dass Foster gestorben ist, hat ihn sichtlich mitgenommen, aber noch mehr hat ihn der Gedanke gestört, dass dieser Unfall auf ihn zurückfallen könnte. Laxe Sicherheitsvorkehrungen, leitende Angestellte, die sich nicht an Absprachen halten, Mängel in der technischen Ausstattung – mit etwas bösem Willen ließe sich das alles auch auf mangelnde Führungskompetenz zurückführen. So ein Unfall kann dem Ruf von Terra Nova II schaden.«

»Interessanter Gedanke. Ja, wenn ich so darüber nachdenke, hast du wahrscheinlich recht. Terra Nova II soll bestimmt die Krönung im Lebenswerk von unserem guten Winston werden. Tödliche Unfälle trüben den strahlenden Glanz. Mal sehen, ob er trotz des Unfalls das Programm durchzieht.«

»Jede Wette, George, da gilt der alte Spruch: The show must go on.«

Zusammen betraten sie den großen Raum unter der Kuppel. Hier hatte der Koch der Station ein üppiges Frühstücksbüfett aufgebaut. Julia schaute auf die Uhr, mittlerweile war es halb zehn, und außer dem japanischen Filmteam schien die Pressegruppe vollständig versammelt zu sein.

Am liebsten hätte Julia sich mit George noch weiter unterhalten, aber daran war nicht zu denken. Kaum hatten sie den Saal betreten, steuerte auch schon Sue auf sie zu, einen großen Becher in der Hand. »Da bist du ja, Julia. Mensch, wenn ich deine Nachricht am Badezimmerspiegel nicht gefunden hätte, ich hätte mir regelrecht Sorgen gemacht.« Sue nahm Julia am Arm und zog sie, nach einem fröhlichen »Guten Morgen, George«, zur Seite. »Sag bloß, du bist mit unserem gut aussehenden Fotografen heute früh unterwegs gewesen?«, fragte sie mit gesenkter Stimme. »Ich dachte, du kannst ihn nicht ausstehen.«

»Ja, das dachte ich tatsächlich, aber ich hab mich getäuscht. George ist wirklich nett. Er hat sich gestern Abend noch bei mir entschuldigt, und dann haben wir uns zu einer kurzen Besichtigungstour vor dem Frühstück verabredet. Ich wollte doch unbedingt mit Ben Foster sprechen.«

Sue nahm einen Schluck aus ihrem Becher. »Und? Hast du ihn sprechen können?«

»Nein, Sue, als George und ich ihn fanden, lag er tot unter einem tonnenschweren Kettenfahrzeug.«

Sue verschluckte sich hustend an ihrem Tee. »Ihr habt einen Toten gefunden? Du nimmst mich auf den Arm.«

»Nein, wirklich. Wir waren drüben im Orbital Nord – dort gab es einen Unfall.«

»Alles klar, Liebes, du setzt dich jetzt zu Roy, Harry und mir an den Tisch und erzählst das alles noch einmal in Ruhe von Anfang an. Ich besorg dir einen Kaffee und etwas zu essen.«

Julia warf über die Schulter hinweg einen Blick zu George, der mittlerweile am Tisch des amerikanischen Kollegen stand. George fing ihren Blick auf und zwinkerte ihr lä-

chelnd zu. Stumm formte er die Worte »Bis später«. Er ist
also nicht sauer darüber, dass ich jetzt von Sue in Beschlag
genommen werde, dachte Julia. Noch ein Pluspunkt für diesen Mann.

29

Harry schlug mit der flachen Hand auf die Tischplatte. Vor lauter Begeisterung strahlte er über das ganze Gesicht. »Das ist der Hammer. Wir sind gerade mal einen Tag hier in der Antarktis, und schon haben wir den ersten Toten.«

»Harry – spinnst du jetzt total? Julia erzählt, dass Ben Foster, dem du gestern Abend noch beim Essen zugeprostet hast, einen tödlichen Unfall gehabt hat, und du machst daraus sofort die nächste reißerische Schlagzeile? Echt jetzt, Harry, das hast du doch gar nicht nötig.«

Sues Zurechtweisung dämpfte Harrys Begeisterung immerhin ein wenig.

»Entschuldige bitte, Julia, mir ist natürlich klar, dass das alles für dich ein großer Schock gewesen sein muss. Ich meine, man stolpert schließlich nicht jeden Tag über einen Toten. Aber – und da widerspreche ich unserer lieben Sue – wir müssen leider auch bei der Harry-Gantman-Show an die Quote denken. Noch stehen wir gut da, aber wir müssen darauf achten, dass es auch so bleibt. Ohne die nötigen Zuschauerzahlen werden uns die Werbekunden reihenweise abspringen.«

Harry hob beide Hände, so als wollte er den guten Geist der Sendequoten beschwören. »Ich sage euch, so bedauerlich der Unfall ist, er wird die Zuschauer bei der Stange halten. Hab ich das richtig verstanden, da draußen gibt es eine große Garage mit riesigen Kettenfahrzeugen?«

Julia, die zwischen Abscheu und einer gewissen Faszination bezüglich Harrys skrupellosen Ambitionen, alles auszuschlachten, schwankte, nickte widerwillig.

»Ja, es gibt ein kleineres Nebengebäude, in dem alle Fahrzeuge der Station untergebracht sind. Ähnlich wie der zweite Hangar für die Hubschrauber.«

»Gut, Leute, wir haben also Folgendes: eine futuristische große Forschungsstation, die mit modernsten Fahrzeugen ausgestattet ist und sich inmitten einer lebensfeindlichen Umwelt behauptet. Es ist ein ständiger Kampf zwischen Mensch und Eishölle. Dank seiner Technologien kann der Mensch diesen Kampf gewinnen, doch manchmal, bei einer kleinen Unvorsichtigkeit, fordern die extremen Lebensbedingungen ihren Tribut. Na, was haltet ihr davon?«

Sue schüttelte resigniert den Kopf. »Harry, du spinnst.«

»Nein, Sue, ich muss Harry recht geben. Er hat gerade zwar ein wenig übertrieben, aber wenn wir ehrlich sind, stimmt alles. Ich meine, was treibt Menschen dazu, in einer Umgebung, in der man schon innerhalb weniger Stunden sterben kann, einen solchen Komplex wie diesen hier aufzubauen?«, fragte Roy. »Klar werden wir den Unfall von Foster nicht so reißerisch rausbringen können, wie der Boss es vielleicht gerne hätte – nicht wahr, Harry? Wir wollen schließlich keine Probleme mit den Aufsichtsbehörden bekommen, und ein Teil der Show läuft ja noch im Vorabendprogramm.«

»Ein guter Einwand, Roy, danke, dass du mich daran erinnert hast.«

Julia konnte Roys ruhige Art nur bewundern. Ihm gelang es, das Ganze in die richtigen Bahnen zu lenken und Harry gleichzeitig das Gefühl zu geben, man würde ihm zustimmen. Sue dagegen war immer noch sauer, aber klug genug, den Mund zu halten, weil sie ebenfalls erkannte, dass Roy den besseren Weg gefunden hatte.

»Wenn Julia recht hat, was das Wetter betrifft, und davon gehe ich aus, dann sollte ich möglichst rasch die Außenaufnahmen der Station aufzeichnen.« Roy trank seinen Kaffee aus. »Ich würde sogar vorschlagen, Boss, dass wir deine Idee aufgreifen und gleich die ersten Aufsager aufnehmen. Du ziehst dich um, und ich hole die Kamera. In der Zwischenzeit kann Julia neue Texte in Richtung lebensfeindliche Umwelt schreiben. Wenn wir beide fertig sind, werde ich alleine versuchen, noch ein paar Aufnahmen von diesem Hangar zu machen. Wahrscheinlich wird es später eine Stellungnahme von MacCullum geben, die können wir auch noch benutzen.«

Harry nickte. »Ich bin froh, dass wir einer Meinung sind.«

Julia kam aus dem Staunen nicht mehr heraus. Zum einen hatte Roy geradezu mit einem einzigen Handstreich die Planung an sich gerissen und damit letztlich Sue ausgebootet. Der aber schien das nichts auszumachen. *Vielleicht ist Sue sogar ganz dankbar dafür, dass ihr Roy für die nächsten Stunden Harry vom Hals hält.* Zum anderen konnte sie nicht glauben, dass der Boss wirklich annahm, Roy hätte gerade seinen Wünschen entsprochen. Hut ab, das musste man erst einmal hinbekommen. Sue blieb noch einen kurzen Augenblick am Tisch sitzen, nachdem Roy und Harry gegangen waren.

»Harry schafft es immer wieder, mich auf hundertachtzig zu bringen«, murmelte sie. »Ich weiß wirklich nicht, ob ich das weitere fünf Jahre aushalte.« Sie lächelte Julia schief an. »Jetzt weißt du, warum Michael darauf bestanden hat, dass Roy mitkommt. Er kann Harry viel besser verklickern, was richtig und was falsch ist.«

»Ach komm, Sue, du machst einen großartigen Job, und ich finde es bewundernswert, dass du deine Meinung so offen sagst. Ich würde dir empfehlen, deine Ideen mit Roy zu besprechen, dann kann er sie anschließend Harry verkaufen.«

»Keine schlechte Idee, Julia. Zumindest bis wir wieder in Köln sind. Also gut, dann mach du dich ans Schreiben der Texte, und ich versuche noch ein paar coole Locations zu finden, um das Thema Forschung abzudecken.«

»Weißt du schon, was du da tun willst?«

»Ich habe mit Mila, der polnischen Wissenschaftlerin, einen Termin vereinbart, um mir das Labor mit den Eisbohrkernen anzuschauen. Wir treffen uns spätestens beim Mittagessen wieder.«

Allein am Tisch, schob Julia ihren Teller mit dem angebissenen Brötchen zur Seite. Ja, ihr Magen hatte geknurrt, aber dann war ihr doch der Appetit vergangen. Sie würde einfach später noch etwas Obst essen. Nachdenklich trank sie ihren Kaffee aus. Harry Gantman in der Eiswüste, Forschung in der Antarktis, eine Forschung, die – wenn man unvorsichtig wurde – Menschenleben kosten konnte. Sicher, das alles war eine gute Story. Nur fragte sie sich, was Winston MacCullum morgen auf der Pressekonferenz aus dem Hut zaubern würde. Möglicherweise würde das ja die bisherige Planung völlig über den Haufen werfen. Julia nahm sich vor, darüber nicht weiter nachzugrübeln. Es hatte ja doch keinen Sinn. Besser, sie konzentrierte sich bis zu ihrem Treffen mit MacCullum auf ihre Texte.

30

Mila rollte den Kopf, um ihren verspannten Nacken ein wenig zu lockern. Sie hatte jetzt beinahe drei Stunden lang konzentriert am Rechner gesessen und die Messwerte eingetragen. Sie lehnte sich zurück und überschlug im Kopf die Zeit, die sie noch zur Verfügung hatte. Wenn es keine weiteren Schwierigkeiten gab, konnte sie noch eine Vergleichsprobe heranziehen. Doppelt abgesicherte Messwerte. Winston würde begeistert sein, daran hatte sie keinen Zweifel. Ein letzter prüfender Blick auf ihre Probe, dann machte sie sich auf den Weg in den Kühlraum, um einen zweiten T-4-Bohrkern aufzuarbeiten.

Sie hatte gerade die zweite Probe vorbereitet, als der Summer signalisierte, dass draußen jemand vor der verschlossenen Labortür stand. Bei dem Geräusch schreckte Mila zusammen. Ihre Kolleginnen und Kollegen konnten doch das Labor problemlos betreten. Sie wollte jetzt nur ungern ihre Arbeit liegen lassen, um die Tür zu öffnen. Dann fiel ihr die Deutsche wieder ein. Wie war noch mal der Name gewesen? Sue – richtig! Die Journalistin aus Köln. Mila seufzte. Winston hatte schon vor Tagen die Pressedelegation angekündigt und darum gebeten, möglichst kooperativ zu sein. Sie nahm sich vor, das Gespräch mit Sue kurz zu halten, gegebenenfalls konnte sie ja später am Tag noch einmal mit ihr sprechen. Ja genau, das war doch eine gute Idee. Sie würde mit Sue nach dem Abendessen zusammenkommen, dann hatte sie auch Zeit, alle Fragen zu beantworten. Mila ging zur Labortür und öffnete sie.

»Hallo, wir hatten eine Verabredung.« Sue lächelte höflich. »Ich komme doch nicht ungelegen?«

»Nein, natürlich nicht. Ich muss allerdings gestehen, dass ich mitten in einer Versuchsreihe bin und mir die Zeit ein wenig wegläuft, da ich meinem Chef möglichst schnell die Messwerte präsentieren möchte.«

Sue drehte sich um und schien den kompletten Raum und

alle Geräte in sich aufzunehmen. »Was man da durch die große Scheibe sieht, ist der Kühlraum mit Bohrkernen, nicht wahr?«

»Ja, richtig. Allerdings lagern wir die meisten Bohrkerne einfach draußen, da ist es ja kalt genug. Im Kühlraum habe ich nur die Kerne, an denen ich gerade arbeite, weil sie nach einem bestimmten Muster aufgeschnitten werden müssen.«

»Genau so etwas habe ich gesucht. Wir müssen gar nicht erklären, was die einzelnen Geräte dort im Hintergrund alles können. Der Raum bietet genügend Tiefe und Platz, damit mein Kameramann auch mal eine andere Position einnehmen kann. Meinst du, wir können im Kühlraum mit farbigem Licht arbeiten? Dann würden wir ein paar Sequenzen durch die Scheibe dort drehen.«

Mila war irritiert, dass Sue überhaupt nicht darauf einging, dass sie viel zu tun hatte. Aber sie wollte auch nicht unhöflich und schroff erscheinen. »Wie gesagt, bei mir drängt die Zeit. Vielleicht wäre es ja denkbar, dass wir uns heute nach dem Abendessen noch einmal zusammensetzen.«

»Was? Ja, sicher, sehr gerne. Meine Güte, ich benehme mich wirklich unmöglich. Ich wollte gar nicht aufdringlich sein. Entschuldige bitte, manchmal denke ich nur in möglichen Filmszenen. Mach einfach mit dem weiter, was du gerade tust, und ich werde mich ein wenig umschauen, um die besten Kamerapositionen hier im Raum festzulegen. Den Rest können wir dann tatsächlich heute Abend besprechen.«

Mila war es zunächst ein wenig unangenehm, dass diese Sue ihr sozusagen über die Schulter schaute, aber dann siegte der Wunsch, möglichst schnell weiterzumachen. Während sie die zweite Probe bearbeitete, bemerkte sie, wie Sue einen Kugelschreiber herausnahm und leise in dessen Kappe sprach. Und nicht nur das: Danach hob sie den Kugelschreiber und schwenkte ihn im Halbkreis. Sue bemerkte Milas erstaunten Blick.

»Ja, man kann damit auch schreiben, aber vor allem nutze ich dieses Spielzeug als Diktiergerät und um Videoaufnahmen zu machen. Das erspart mir eine Menge Arbeit.«

»So was hätte ich auch gerne.« Mila konzentrierte sich wieder auf den Monitor. Während sie die Zahlen überprüfte, kam ihr ein Gedanke. Einen Test hatte sie noch gar nicht durchgeführt. Das wäre sozusagen die Kür. Sie konnte die Eisproben auf DNA-Spuren untersuchen. Warum eigentlich nicht?

»Und was genau tust du da? Du musst natürlich nur antworten, wenn es dir gerade passt. Ansonsten können wir auch heute Abend darüber sprechen.«

»Das geht schon in Ordnung. Also vereinfacht gesagt, ist so ein Eisblock ein Fenster in eine andere Zeit. Dieses Eis ist praktisch ein Klimaarchiv, und es verrät uns viel über Zustände, die vor Tausenden von Jahren geherrscht haben.«

»Cool! Und das ist dann alles?«

Das ist dann alles. Mila konnte es nicht fassen, dass andere ihre Faszination nicht teilten.

»Es gibt noch etwas, was man ebenfalls untersuchen kann. Aber das hat nichts mit meiner eigentlichen Arbeit zu tun. Ich würde auch gerne nach DNA-Spuren suchen.«

»Aha, DNA-Spuren im Eis. Okay. Dann kannst du mir ja vielleicht heute Abend sagen, ob du etwas gefunden hast.«

Am liebsten hätte Mila laut gelacht. Sues Unbefangenheit, fast schon Naivität bezüglich der Arbeit im Eislabor hatte auch etwas Erfrischendes.

»Ja, wenn ich da fündig werde, erzähle ich es dir heute Abend.«

31

Fertig! Julia speicherte die Datei mit den Texten, die sie geschrieben hatte. Am Nachmittag wollte sie mit Sue und Harry das Ganze durchgehen, sie hatte beim Schreiben darauf geachtet, dass Roy möglichst viele Einstellungen in der Station aufnehmen konnte. In den letzten Stunden hatte sich das Wetter draußen weiter verschlechtert. Julia hoffte nur, dass Roy die Zeit genutzt hatte, um genügend Außenaufnahmen in den Kasten zu bekommen. Mit etwas Glück zog der Sturm rasch weiter. Dann hätten sie morgen die Pressekonferenz und übermorgen, am Donnerstag, noch einmal die Gelegenheit weiterzudrehen. So ein Polarsturm konnte natürlich auch mehrere Tage wüten, aber daran wollte Julia im Augenblick nicht denken.

Das Einzige, was sie an ihren Texten im Moment noch störte, war, dass sie nur vage über die Forschungsaktivitäten in Terra Nova II sprechen konnte. Sie wusste nicht einmal, wie viele Mitarbeiter derzeit in der Station anwesend waren. In kleineren Stationen aßen die Gäste mit der Stammmannschaft zusammen, da bekam man schnell einen Überblick. Weil aber dieser Komplex so groß und die Pressedelegation praktisch seit ihrer Ankunft mehr oder weniger unter sich geblieben war, fehlten Julia jegliche Zahlen. Sie nahm sich vor, auch diesen Punkt bei Winston MacCullum anzusprechen.

Ihr Magen knurrte leise. Kein Wunder, sie hatte seit dem Aufstehen kaum etwas gegessen. Julia klappte den Laptop zu, nahm Füller und Notizbuch und beschloss, zunächst die Kantine aufzusuchen. Ihr blieb noch genug Zeit bis zum Treffen mit MacCullum.

Die Küche und die Kantine der Station waren auf Ebene 1 untergebracht, Julia lief direkt darauf zu, als sie über den Verbindungsgang das Hauptgebäude betrat. Neugierig schaute sie sich in dem Raum um. Die Kantine war … nun ja, eben eine ganz normale Kantine. Nichts in diesem Raum deutete darauf hin, dass man sich am Südpol befand, außer dass an den Wänden weitere großformatige Poster mit Eisbergen und Pinguinen hingen. Ansonsten glich der Raum der Kantine im Gantman-Tower: Tische und Stühle in modernem Design, Blau- und Grautöne als dominierende Farben, dazwischen Töpfe mit Grünpflanzen. Wie haben sie diese großen Pflanzen bloß lebend in die Antarktis transportiert?, fragte sich Julia.

»Hallo, kann ich Ihnen helfen?« Eine Frau um die vierzig kam aus dem hinteren Bereich und trocknete sich die Hände ab. Sie war kleiner als Julia, ein wenig mollig in den Hüften, hatte ein hübsches Gesicht, tiefschwarze Haare und einen Teint wie heller Milchkaffee.

»Entschuldigen Sie bitte, ich wollte nicht einfach hereinplatzen. Ich gehöre zu der Journalistengruppe –«

»Sie müssen sich doch nicht entschuldigen«, unterbrach die Frau lachend. »Dass Sie zu unseren Gästen gehören, sieht man ja schon an Ihrem schwarzen Armband. Ich bin Manuela Ernesto, aber alle sagen nur Manu. Ich bin die Küchenchefin der Station.«

»Julia, Julia Kern. Schön, Sie kennenzulernen, Manu. Ich bin hier auch nur vorbeigekommen, weil ich offen gestanden nicht genau weiß, wie eigentlich die Mahlzeiten verteilt sind.«

»Ach, dann sind Sie die deutsche Journalistin, die den armen Ben gefunden hat. Schreckliche Sache. Winston hat uns heute Morgen informiert. Ich muss sagen, ich kann das immer noch nicht glauben, dass Ben tot sein soll, und den meisten anderen wird es ganz ähnlich gehen. Haben Sie vielleicht Hunger, Julia? In einer guten Stunde werden wir oben im Kuppelsaal Obst und einen Imbiss servieren. Weil viele in der Station über die Mittagszeit hinweg arbeiten, hat es sich so eingebürgert, dass es die Hauptmahlzeit erst am Abend gibt. Aber ich habe Obstsalat und gefüllte Blätterteigtaschen fertig. Wenn Sie möchten, dann setzen Sie sich doch, ich bringe Ihnen schnell etwas davon.«

»Aber nur, wenn es Ihnen keine Umstände macht, Manu.«

»Ach was, natürlich nicht. Möchten Sie einen Kaffee oder Tee? Ich habe natürlich auch Fruchtsäfte, Wasser und Softdrinks.«

»Ein Milchkaffee wäre phantastisch, und zu einer Blätterteigtasche würde ich auch nicht Nein sagen.«

»Können Sie beides haben.«

Der Kaffee schmeckte großartig, und mit ihren Blätterteigtaschen wäre Manu in Köln in kürzester Zeit der Geheimtipp, davon war Julia nach wenigen Bissen überzeugt. Die würzige Hackfleischfüllung in Kombination mit dem geschmolzenen Käse und den Kräutern war sensationell. Julia machte sich gleich eine Notiz, dass Harry auch noch über das Thema Essen in der Antarktis sprechen könnte.

»Und, zufrieden?« Manu schaute neugierig zu Julia hinüber.

»Das schmeckt unglaublich«, antwortete sie mit halb vollem Mund und schluckte schnell den letzten Bissen herunter, bevor sie weitersprach. »Absolut klasse, darf ich fragen, wie viele Sie davon heute gemacht haben?«

»Danke für das Kompliment. Sie dürfen fragen. Heute waren es hundert Blätterteigtaschen. Wir haben noch nicht die volle Mannschaftsgröße erreicht, aber man kann bestimmt mehr als nur eine davon essen.« Manu zwinkerte ihr zu. »Ich muss mich jetzt leider beeilen, weil wir sonst mit dem Abendessen Probleme bekommen. Sie entschuldigen mich?«

»Natürlich, und noch mal herzlichen Dank.« Julia trank ihren Kaffee aus. Sie wollte auf keinen Fall Winston MacCullum warten lassen.

»Hören Sie, Julia, ich darf Sie doch Julia nennen? Ich muss mich zunächst bei Ihnen und Ihrem Kollegen entschuldigen. Ich wollte Sie beide auf keinen Fall dafür tadeln, dass Sie heute Morgen die Station verlassen haben. Ich war nur so verblüfft, dass unsere Gäste draußen auf eigene Faust unterwegs waren. Und dann natürlich der Schock. Bens Unfall, ich weiß gar nicht, was ich sagen soll. Ben Foster war nicht nur ein geschätzter Kollege, der auf seinem Gebiet zu den Besten gehörte. Er war auch ein guter Freund.«

Diesmal saß Julia nicht vor Winston MacCullums Schreibtisch. Für das gemeinsame Gespräch hatte der Stationsleiter die Ledersitzecke in seinem Büro vorgeschlagen. Terra Nova II besaß ein futuristisches Design und einen sehr modernen Einrichtungsstil, trotzdem wirkten die Ledersessel hier im Büro absolut stimmig. Und das, obwohl sie in jeden englischen Herrenclub gepasst hätten. Mit Daumen und Zeigefinger schob MacCullum die Brille hoch und rieb sich die Augen.

»Wir haben uns entschieden, Bens Leichnam vorerst drüben im Hangar zu lassen. Unsere Krankenstation ist für einen solchen Fall noch gar nicht eingerichtet. Dr. Braller hielt es für das Sinnvollste, wenn er dort … Nun ja, kalt genug ist es da …«

»Und was sagt die Kommission?«

»Das war keine einfache Aufgabe. Ich bin dankbar dafür, dass Frau Dr. Braller und Anne Bergström mir zur Seite gestanden haben. Immerhin hat die Kommission sehr deutlich zum Ausdruck gebracht, dass sie Bens Unfall zutiefst bedauert, aber in diesem Unfall kein Anzeichen dafür sieht, dass wir etwas falsch gemacht haben könnten. So hart das klingen mag – Ben hat wichtige Sicherheitsgrundsätze missachtet. Für die Kommission ist das ein bedauerlicher Einzelfall, wenn Sie verstehen, was ich meine.«

Julia verstand. Vor allem verstand sie, dass MacCullum deshalb so entspannt war, weil er nicht mehr befürchten musste, von der Kommission für den Unfall mitverantwortlich gemacht zu werden. Sie konnte es ihm nicht einmal verdenken. Sie schlug die Beine übereinander und ihr Notizbuch auf. »Ein paar Fragen hätte ich.«

MacCullum nickte zustimmend. »Nur zu, dafür sitzen wir jetzt zusammen.«

»Wie viele Leute leben zurzeit in der Station?«

»Oh, das ist eine einfache Frage. Momentan sind wir rund

fünfundzwanzig Frauen und Männer. Die Stammmannschaft soll tatsächlich bis zu dreißig Überwinterer umfassen. Damit heben wir die Antarktis-Forschung, was das Personal betrifft, auf ein ganz neues Level. Nehmen Sie beispielsweise die wirklich sehr moderne deutsche Neumayer-III-Station. Dort gibt es meines Wissens neun Überwinterer und jetzt im Sommer mehrere Dutzend Gäste. Wenn wir hier alles fertig haben, und damit meine ich auch den zusätzlichen Gästetrakt zwischen diesem Hauptgebäude und Orbital Nord, können wir zwischen neunzig und einhundertdreißig Gäste versorgen. Terra Nova II ist, das kann ich mit Stolz behaupten, das größte Gebäude auf dem antarktischen Kontinent.«

»Mr. O'Connor und ich wollten heute früh in das zweite Hauptgebäude gehen. Leider wurde uns der Zutritt verwehrt.«

»Zu Recht, wie ich einwerfen darf. Im HG 2 gibt es unter anderem unseren Reinraum, und natürlich herrschen dort besonders strenge Zutrittskontrollen. Nicht auszudenken, wenn dieser Raum durch eine Unbedachtheit kontaminiert werden würde.«

»Und was ist T-4?«

Julia hätte schwören können, dass für einen Wimpernschlag Unbehagen über das Gesicht von MacCullum zog.

»T-4? Erlauben Sie mir, dass ich Ihnen diese Frage erst morgen beantworte, denn das steht nun doch in einem größeren Zusammenhang.«

Eigentlich hätte sie es gerne jetzt schon erfahren, doch Julia wusste, dass sie an diesem Punkt nicht weiterkommen würde. »Ich vermute, dass Sie morgen auch einen Überblick über die Forschungsaktivitäten geben werden.«

Winston MacCullum legte die Fingerspitzen aneinander – da war er wieder, der Gesamteindruck »gütiger Erbonkel«.

»Selbstverständlich. Ich möchte auch gar keine Geheimniskrämerei betreiben. Aber unser Thema, so viel darf ich Ihnen versprechen, ist eine kleine Sensation. Da lohnt sich die Geduld.«

T-4 stand also im direkten Zusammenhang mit der Presse-konferenz und der Forschung in Terra Nova II. Interessant, dachte Julia, T-4 hätte schließlich auch nur eine einfache Raumnummer sein können.

»Darf ich Sie, Julia, im Gegenzug fragen, ob Sie mit Ihrer Arbeit vorankommen? Ich hatte Mr. Gantman so verstan-den, dass er einen sehr eng gesteckten Drehplan hat, weil er praktisch eine komplette Sendung mit dem Material aus der Antarktis füllen will.«

»Zum Glück ist meine Kollegin Susanne Reinhard eine aus-gezeichnete Regisseurin und Produktionsleiterin. Wir haben die Aufgaben aufgeteilt. Roy Decker und Harry Gantman haben erste Aufnahmen aufgezeichnet, Frau Reinhard hat Ihre Mitarbeiterin Mila Jakobivic im Eiskern-Labor besucht, und ich habe in den letzten Stunden die Texte für meinen Chef geschrieben.«

»Ach, ich wusste gar nicht, dass unsere Mila Besuch aus der Journalistengruppe erhalten hat. Ich hoffe nur, die Arme war damit nicht überfordert. Mila ist eine bemerkenswerte Wissenschaftlerin, aber ich weiß nicht, wie viel Routine sie bei Interviewfragen hat. Nun, da ich noch nichts von ihr ge-hört habe, wird sie wohl keine Unterstützung nötig gehabt haben.«

»Ich glaube nicht, dass Frau Reinhard ein Interview führen wollte. Ihr geht es vor allen Dingen darum, mögliche Drehorte kennenzulernen.«

»Umso besser, davon haben wir nun weiß Gott genug in Terra Nova II. Gibt es denn sonst noch etwas, was ich Ihnen beantworten kann?«

Ja, eine ganze Menge, dachte Julia, aber nichts davon wirst du beantworten wollen. Laut sagte sie: »Herzlichen Dank, Mr. MacCullum.«

»Winston, hier in der Antarktis sind wir nicht so förm-lich.«

»Gern, Winston, im Moment habe ich alle Informationen, die ich brauche, damit mein Chef heute Nachmittag weiterarbeiten kann. Und morgen werden Sie sich bestimmt neuen Fragen stellen müssen.«

Winston MacCullum schlug mit den flachen Händen auf die Sessellehnen. »Davon gehe ich aus, Julia, und ich freue mich sehr darauf.«

Das konnte einfach nicht sein!

Mila fluchte leise, während sie die Ergebnisse der DNA-Analysen miteinander verglich. Im zweiten Bohrkern, den sie als Vergleichsprobe herangezogen hatte, wimmelte es nur so von DNA-Spuren, während der erste T-4-Bohrkern nur ganz wenige DNA-Reste aufwies. Genervt schloss sie die Augen.

Denk nach – wo liegt dein Fehler?

Ihr Problem war, dass sie sich diese Frage bereits seit mehr als einer Stunde stellte und immer noch keine Antwort gefunden hatte. Ihr blieb nichts anderes übrig, gern machte sie das nicht. Aber Winston hatte schließlich mehr als einmal angeboten, dass sie sich mit Fragen an ihn wenden konnte. Mila seufzte. Sie speicherte alle Tabellen mit den Auswertungen des Tages auf dem Server und schrieb Huan und Winston eine Mail, in der sie auch den Link zu den Auswertungen einfügte.

Resigniert fuhr sie den Rechner herunter. Es war Zeit, Feierabend zu machen. Am meisten ärgerte sie dieses unsinnige Gefühl, dass ein ganzer Arbeitstag verschwendet war, wenn am Ende des Tages kein Ergebnis vorlag. Vielleicht gelang es Huan oder Winston, den Finger auf ihren Fehler zu legen. Möglicherweise war es nur eine Kleinigkeit. Mila schöpfte bei diesem Gedanken neue Hoffnung, schließlich hatte sie sorgfältig gearbeitet. Ja, womöglich war es nur eine Kleinigkeit.

Als sie an der Labortür stand und einen letzten Blick in den Raum warf, wurde ihr klar, wie sehr ihr die Arbeit hier gefiel. Noch nie hatte sie sich so schnell irgendwo zu Hause gefühlt wie in Terra Nova II.

Sie würde in der Kantine vorbeigehen, sich Obst holen und danach unter einer heißen Dusche entspannen. Später wollte sie sich ja noch mit Sue treffen. Wenn Mila ehrlich war, freute sie sich sogar schon auf das Gespräch mit der Journalistin.

Das Abendessen war ebenso köstlich, wie die Tischgespräche belanglos gewesen waren. Manu und ihr Küchenteam hatten diesmal Lachsfilet mit Reis und eingelegtem Gemüse serviert. Zum Dessert gab es eine Beerencreme. Begleitet wurde die Mahlzeit von den üblichen Angebereien, Insiderinfos über ein paar Skandale und das Jammern über den Verfall von Zeilen- und Fotohonoraren.

Anders als Roy hatten die Japaner den Vormittag mit Planungen verbracht. Nach dem Essen diskutierten sie heftig gestikulierend darüber, wie sie bei dem Sturm draußen noch an Außenaufnahmen kommen konnten. Offenbar gaben sich alle im Team gegenseitig die Schuld, zumindest glaubte Julia, das an den Gesichtern ablesen zu können.

George hatte sich während des Abendessens nur kurz blicken lassen. Bevor Julia ihn ansprechen konnte, war er auch schon mit einem Teller in der Hand wieder verschwunden.

Jetzt saß sie in einem bequemen Sessel in der Nähe des Fensters und las in ihrem Taschenbuch. Die Einzelgespräche, einmal abgesehen von dem wütenden Gezische der Japaner, bildeten eine wohltuende Geräuschkulisse, um ein paar Sätze zu lesen und dann die Gedanken wieder schweifen zu lassen.

Ein Schatten fiel auf ihr Buch, und einen Augenblick später ließ sich George in den Nachbarsessel fallen.

»Hi, Julia, wie war dein Tag?«

Julia las den Satz zu Ende, klappte dann das Buch zu und schaute hoch.

»Ganz okay. Ich hatte ein ziemlich kurzes Gespräch mit unserem Stationsleiter, der aber bezüglich der Forschungsaktivitäten ausgesprochen schweigsam ist. Dabei sollte man doch annehmen, dass er geradezu vor Stolz platzen müsste, wenn es um seine Arbeit geht. Meine Texte sind bei meinem

Boss gut angekommen, er hat sich wohlwollend geäußert – mehr kann man doch als Redakteurin nicht verlangen.«

»Und deine Kollegin dort drüben?«

Julia schaute zur anderen Seite des Raumes, wo Sue zusammen mit Mila saß und sich angeregt unterhielt.

»Sue? Die hat heute Drehorte gesucht. Im Eiskern-Labor von Mila möchte sie unbedingt ein paar Aufnahmen machen. Als ich die beiden vor einer Viertelstunde alleine gelassen habe, war das Thema Wissenschaft aber schon lange abgehakt. Sue kennt Warschau ein wenig, und als ich ging, diskutierten die beiden darüber, welcher Nachtclub zurzeit der angesagteste ist. Und du? Du hattest es ja beim Abendessen besonders eilig.«

»Ausgerechnet als es Essen geben sollte, hat sich mein Redaktionsleiter gemeldet. Aber jetzt sind alle Fotos, Videos und Texte hochgeladen. Ich habe den Tag vorgearbeitet, um heute Abend freizuhaben. Julia, wir müssen miteinander reden, aber nicht hier, wo man uns hören kann.«

»Das klingt aber geheimnisvoll. Ist das so eine schräge Nummer, um ein Date für den Abend zu ergattern?«

George fuhr sich mit der Hand durchs Haar und grinste. »Ein Date für den Abend? Hätte ich denn eine Chance auf ein Date?«

Julia wurde ganz verlegen. Das war wohl das, was man ein klassisches Eigentor nannte. »Ähm … darüber reden wir ein anderes Mal. Im Ernst jetzt, worum geht es?«

»Ich würde das wirklich gerne mit dir allein besprechen. Ich werde jetzt wieder in mein Zimmer gehen. Es hat die Nummer 32 im Orbital Ost. Bleib einfach noch fünf Minuten hier sitzen und dann komm bitte zu mir.«

Zu gern hätte Julia weitere Fragen gestellt, aber George stand wortlos auf und ging aus dem Raum. Merkwürdig war das alles schon, aber Julia beschloss, es drauf ankommen zu lassen.

Knapp zehn Minuten später stand sie vor Georges Zimmertür.

»Gut, dass du da bist, Julia. Komm herein, ich vermute mal, dein Zimmer sieht ganz ähnlich aus. Möchtest du etwas trinken? Ich hab ein paar Flaschen Wasser und Saft aus der Kantine besorgt. Eigentlich hätte ich ja gerne ein Bier oder ein Glas Wein, aber ich befürchte, das muss noch warten, bis wir fertig sind.«

Julia trat ein und setzte sich auf einen der Stühle, bevor sie fragte: »Womit fertig?«

George zog sich einen zweiten Stuhl heran und setzte sich Julia gegenüber. »Bevor ich dir das sage, habe ich eine Frage: Wie hoch ist bei einem Voyager die Bodenfreiheit?«

»Was?«

»Die Bodenfreiheit dieses Kettenfahrzeugs, mit dem du schon in der Arktis unterwegs warst, wie viel Zentimeter?«

Julia verzichtete auf weitere Nachfragen und dachte nach. »Ich würde sagen, rund fünfzig. Ja, ich denke, das wird hinkommen.«

»Okay, Julia, du musst versprechen, dass du mich nicht für verrückt hältst. Aber mir sind im Laufe des Tages ein paar Dinge eingefallen, die bei Ben Fosters Unfall merkwürdig sind. Zum einen hast du selbst gesagt, dass Foster in seiner Werkstatt ein Profi war. Ich würde sogar so weit gehen, ihn einen Pedanten zu nennen. So wie die Werkbänke ausgesehen haben, hätte man von denen auch essen können. Wahrscheinlich hätte er einen Tobsuchtsanfall bekommen, hätte jemand anderes eine solche Sauerei auf seinem Boden verursacht.«

Julia verstand nicht, worauf George hinauswollte. »Ja und?«

»Wer so gründlich arbeitet, würde nie ein schweres Fahrzeug aufbocken, ohne auf die nötigen Sicherheitsvorkehrungen zu achten. Trotzdem ist dieses Kettenfahrzeug einfach so heruntergekracht.«

»Und hat ihn zerquetscht.«

»Bei einer Bodenhöhe von fünfzig Zentimetern ist es gar nicht so leicht, einen Menschen zu zerquetschen, der auf

einem Rollbrett liegt. Ein halber Meter, da könnte man beinahe schon unter dem Fahrzeug sitzen, ohne dass es aufgebockt ist. Ben hat aber nicht gesessen, er hat extra ein Rollbrett
verwendet – möglicherweise, weil er bei seiner Reparatur auf
diese Art und Weise alles besser im Blick gehabt hat. Wie also
ist er gestorben? Der Spezialwagenheber versagt, das Fahrzeug kracht herunter, und über Bens Nase sind immer noch
mehr als dreißig Zentimeter Platz.«

»Aber der Arm.«

»Ja, richtig, der Arm. Noch so ein Punkt. Ben liegt auf dem
Rollbrett, er arbeitet an irgendetwas oberhalb seines Gesich-
tes, der Wagenheber versagt, das Fahrzeug kracht herunter,
aber Ben zieht nicht instinktiv den Kopf ein oder schützt sein
Gesicht mit den Händen, nein, er streckt den linken Arm
seitwärts aus, damit die Fahrzeugkette den auch zerquetschen
kann. Vielleicht wollte er ja nach einem Werkzeug greifen, als
das Unglück passiert ist, das würde den ausgestreckten Arm
erklären. Nur, als wir dort standen, lag da kein Werkzeug
außerhalb des Voyagers, nicht mal eine Schraube.«

Julia schwirrte der Kopf. Was George da sagte, hatte alles
Hand und Fuß, aber es ergab überhaupt keinen Sinn. »George,
das ist alles bestimmt richtig, aber worauf willst du hinaus?«

»Ich glaube, Ben Fosters Unfall war kein Unfall, sondern
Mord.«

»Mord? Du bist ja verrückt. Wer soll denn hier jemanden
ermorden? Und du hast doch eben selbst gesagt, dass bei
diesem ganzen Ablauf tödliche Verletzungen kaum möglich
sind.«

»Denk nach, denn du hast recht.«

Julia schloss die Augen und überdachte das, was George
gerade aufgezählt hatte. Augenblicke später riss sie erstaunt
die Augen auf. »Foster war schon tot, als der Voyager heruntergekracht ist, deshalb konnte er den Arm auch nicht
wieder zurückziehen. Vielleicht wollte der Mörder oder die
Mörderin auf diese Art und Weise die Todesursache verber-
gen. Ein Mann liegt unter einem tonnenschweren Fahrzeug,

da fragt niemand, woher zum Beispiel eine tödliche Kopfwunde kommt.«

»Ganz genau, Julia. Aber es gibt noch eine Sache, und die würde ich gerne überprüfen, denn danach können wir ganz sicher sein.«

»Jetzt?« Julia konnte ihr Entsetzen über diese absurde Idee nur mit Mühe unterdrücken. »Das ist doch Irrsinn, da draußen haben wir einen Sturm, der noch nicht einmal sein volles Potenzial erreicht hat.«

»Du sagst es, das alles kann noch schlimmer kommen. Aber ich kenne mich, mir wird dieser Gedanke keine Ruhe lassen. Ich werde auf jeden Fall noch einmal zum Hangar gehen, um mir Gewissheit zu verschaffen.«

Julia stieß Luft aus. Wenn Foster wirklich ermordet worden war, dann waren der oder die Mörder mitten unter ihnen. Eigentlich war es nur eine vergleichsweise kurze Strecke zum Orbital Nord. Und ja, der Sturm würde sicher noch an Stärke zunehmen. George sah nicht so aus, als würde er sich von seinem Plan abhalten lassen, dann war es allerdings um ein Vielfaches sicherer, wenn sie zu zweit losgingen.

»Okay, ich bin dabei. Wir holen die vollständige Schutzkleidung unten aus den Spinden, ziehen uns um und gehen so schnell wie möglich rüber. Versprich mir, dass du keiner Menschenseele verraten wirst, dass wir diesen Blödsinn gemacht haben.«

»Versprochen! Es sei denn, es war tatsächlich Mord.«

»Gut, dann jetzt oder gar nicht. Wollen wir doch mal sehen, was man uns in unseren persönlichen Spind gehängt hat.«

Fünf Minuten später lachte George laut auf. »Nicht im Ernst jetzt, Julia? Das alles soll ich anziehen?«

Julia konnte Georges Zweifel verstehen. Im Spind hingen Unterwäsche, eine Hose, Fleecepulli und Softshelljacke, dazu ein orangefarbener gefütterter Overall, und im Fach darüber lagen Socken, Sturmmaske, Schutzbrille und eine Stirnlampe. Komplettiert wurde die ganze Ausrüstung von dicken Innenschuhen, schweren Schneestiefeln und dünnen Fingerhandschuhen, die unter den Fäustlingen getragen wurden, wie Julia wusste. Dafür wollte der Veranstalter also unsere Konfektionsgrößen und die Schuhgrößen haben, hätte ich mir ja auch denken können.

»Das ist mehr, als ich zu Hause in meinem Kleiderschrank habe«, sagte George.

»Hör zu, wir werden nur sehr kurz draußen sein. Du hast doch sicher warme Unterwäsche an, und deine Trekkinghose und der Pulli sind eine gute Grundlage«, erklärte Julia.

»Ich wollte eigentlich nicht gleich vor unserem ersten Abendspaziergang über Unterwäsche diskutieren.«

»Sehr witzig, Mr. O'Connor.« Julia ging zu dem Touchscreen und rief die aktuellen Wetterdaten ab. Draußen herrschten minus fünfunddreißig Grad und Windstärke 9, also rund fünfundsiebzig Stundenkilometer. Da rauszugehen war verrückt, aber sie glaubte nicht, dass sie George von seiner Idee abbringen konnte. Eine solche Wetterlage hatte sie bereits in ihrer ersten Arktiswoche kennengelernt – und sie erinnerte sich auch noch sehr genau an den mahnenden Vortrag ihres damaligen Stationsleiters, was die Schutzkleidung betraf.

»Wir haben minus fünfunddreißig Grad Celsius –«

»Okay, das ist richtig kalt, aber trotzdem muss ich ja wohl nicht einen kompletten Kleiderschrank anziehen.«

»Lass mich ausreden. Wir werden alles anziehen, oder du gehst ohne mich. Hast du schon die Kälte heute früh vergessen? Da draußen bläst der Wind mit Windstärke 9. Das Erste, was ich in der Arktis eingebläut bekommen habe, war, den Windchill-Effekt nicht zu unterschätzen. Minus fünfunddreißig Grad Celsius und Windstärke 9 ergeben eine gefühlte Temperatur von mindestens minus siebzig Grad. Also, für mich klingt das nach Schutzkleidung.«

George grinste breit. »Hat dir schon mal jemand gesagt, dass du ziemlich klug bist? Klug und überzeugend.«

Die Sturmbö traf Julia unvermittelt von der Seite. Im letzten Moment konnte sie sich noch mit einer Hand an der Außenwand der Station abstützen. Eines war sicher, in der Zeit, die George und sie gebraucht hatten, um die komplette Schutzkleidung und die Spezialstiefel anzuziehen, hatte der Sturm noch an Stärke zugelegt. Dicht neben ihrem Gesicht tauchte Georges Schutzbrille auf. Obwohl er schrie, waren seine Worte nur mit Mühe zu verstehen.

»Heilige Scheiße, so habe ich mir das aber nicht vorgestellt.«

»Noch hast du die Wahl«, schrie Julia zurück.

»Nein, jetzt sind wir schon umgezogen, da gibt's kein Zurück mehr.«

Obwohl Julia nichts sah, war sie überzeugt, dass George unter seiner Skimaske grinste.

»Erinnerst du dich an die rote Leine? Die dürfen wir auf keinen Fall verlieren. Leg deine rechte Hand auf meine Schulter, damit ich weiß, dass du noch hinter mir bist. Vergiss nicht, bei dem Wetter kannst du dir schon nach kürzester Zeit Erfrierungen holen, wir sollten also so schnell wie möglich drüben ankommen.«

Julia schaltete ihre Stirnlampe ein, stemmte sich gegen den Wind, ergriff die rote Leine mit der linken Hand und bahnte sich mit kleinen Schritten ihren Weg durch den Schnee. Der war sicher schon mehr als dreißig Zentimeter tief. Hatten sie wirklich gestern noch hier gestanden, die Hubschrauber im Rücken, und das mehrstöckige Hauptgebäude von Terra Nova II bestaunt? Die Luft vor ihr war voller winziger Eiskristalle. Julia war dankbar für die Schneebrille und die Sturmhaube, die ihr Gesicht bedeckten.

Ihre leistungsstarke Lampe schnitt nur einen schmalen Strahl in das eisgraue Nichts. Georges Hand lag wohltuend schwer auf ihrer Schulter und vermittelte ihr einen Hauch von Sicherheit.

Zu zweit kämpften sie sich durch den Sturm. Plötzlich rutschte die Hand von ihrer Schulter. Erschrocken blieb Julia stehen und drehte sich um. George war nur zwei Schritte hinter ihr und rappelte sich wieder aus dem Schnee. Offenbar war er ausgerutscht und hingefallen. Sie half ihm hoch. Er streckte den behandschuhten Daumen in die Luft als Zeichen, dass es weitergehen konnte.

Als im Strahl ihrer Lampe die Schleuse auftauchte, atmete Julia erleichtert auf. Sie trat vor die Außentür. Sofort war es nicht mehr ganz so laut um sie herum, hörte das Zerren und Reißen des Windes an ihrer Kleidung auf.

Julia hielt ihr Armband an den Sensor. Für einen angstvollen Augenblick befürchtete sie, dass der Zugang neu programmiert worden war, dann hätten sie unverrichteter Dinge zurückkehren müssen, aber das Doppeltor öffnete sich problemlos.

»Zum Teufel, ich möchte nicht erleben, wie es ist, wenn der Wind noch zunimmt. Das hier war der Wahnsinn. Sogar meine Schutzbrille ist fast blind geworden. Schau dir nur diese Eisschicht an. Bin ich froh, dass ich auf dich gehört habe.« George nahm die Kapuze ab und schob die Schutzbrille in die Stirn.

Im Hangar hatte sich seit ihrem Besuch am Morgen nichts verändert.

»Sollen wir die große Deckenbeleuchtung nicht ausmachen?« Julia hatte das mulmige Gefühl, etwas Verbotenes zu tun.

»Erstens habe ich überhaupt keine Ahnung, wo hier der Lichtschalter ist. Zweitens zeigen die Fenster alle in die andere Richtung, vom Hauptgebäude aus wird man da kaum etwas sehen können. Und drittens hat niemand gesagt, dass wir irgendwo nicht hingehen dürfen«, antwortete George. »Du weißt doch, überall, wo wir mit unseren Armbändern reinkommen, dürfen wir auch rein. Wenn sie nicht wollen, dass wir hier herumschnüffeln, hätten sie ja die Programmierung ändern können.«

Julia fand diese Sichtweise eher unorthodox, aber ihr fiel auch kein Grund ein, warum sie nicht hier sein dürften. Das ungute Gefühl blieb trotzdem.

Sie zog die Handschuhe aus und nahm ihre Mütze ab. »Jetzt wäre der richtige Zeitpunkt dafür, mir zu verraten, wonach wir eigentlich suchen.«

»Du hast recht. Zunächst einmal möchte ich mir diesen speziellen Wagenheber anschauen, mit dem das Kettenfahrzeug aufgebockt war.« Zielstrebig ging George zu dem Voyager, unter dem sie Ben Fosters Leiche gefunden hatten.

»Oh, man hat ein wenig sauber gemacht.« George deutete auf den Boden, wo Julia den riesengroßen Blutfleck vom Morgen nur noch erahnen konnte. »Aber zum Glück wurde der Rest nur beiseitegestellt.«

George ging neben einem großen Metallkasten in die Hocke. Den Deckel dieses Kastens bildete eine geriffelte Stahlplatte, die, als George auf einen Knopf drückte, langsam nach oben fuhr. »Dieses Ding hier ist für besonders schwere Lasten geeignet, es ist druckluftbetrieben, und damit nichts passieren kann, wenn ein plötzlicher Druckverlust auftreten würde, gibt es … tada … diesen wunderschönen Bolzen hier, den man zur Sicherheit in eines dieser Löcher steckt.« George demonstrierte, was er meinte.

In Julias Augen sah das Ganze ausgesprochen massiv aus. »Der Bolzen scheint mir aber nicht defekt zu sein«, sagte sie.

»Oh nein, der ist absolut in Ordnung. Und dass er hier an dem Gerät befestigt ist, zeigt auch, dass er heute Morgen ebenfalls zur Verfügung stand.«

Julia überlegte. »Vielleicht hat Ben Foster in der Eile vergessen, den Bolzen in eines der Löcher zu stecken.«

»Glaube ich nicht. Denn dann wäre Folgendes passiert, sobald die Platte hier oben belastet wurde.« George zog den Sicherheitsbolzen heraus und drückte mit der flachen Hand auf die geriffelte Stahlplatte. Im nächsten Moment ertönte ein hohes Piepsen, das erst verstummte, nachdem er den Bolzen vorschriftsmäßig angebracht hatte. »Glaubst du wirklich, dass Ben Foster dieses Piepsen ignoriert hätte?«

Eine Antwort erübrigt sich wohl, dachte Julia. Hier gab es keinen gebrochenen Bolzen und kein defektes Gerät. Im Gegenteil, sogar die Sicherheitseinrichtung funktionierte einwandfrei.

»Du wolltest aber noch was anderes überprüfen, stimmt's?«

»Stimmt, der nächste Punkt wird weniger schön. Du kannst gerne hierbleiben, und ich vergewissere mich alleine. Ich muss mir nämlich die Leiche von Ben Foster anschauen.«

Julia schluckte, damit hatte sie nicht gerechnet. Stimmt, Fosters Leiche liegt noch hier irgendwo im Hangar, erinnerte sie sich. Unwillkürlich wanderten ihre Blicke nach rechts und links. George bemerkte ihr Unbehagen. »Vorne neben der Schleuse gibt es eine Garderobe und einen weiteren Abstellraum, ich vermute, dass sie Foster dort hingelegt haben, weil der Raum nicht beheizt ist.«

»Woher weißt du das alles?«

»Ich hab einfach nur die Grundrisse der Gebäude sehr genau studiert.«

George ging zurück zur Garderobe und öffnete eine Tür, widerwillig folgte Julia ihm. Im Lagerraum standen lediglich ein paar Kisten. Auf dem Boden lag ein längliches Etwas, das in eine schwarze Plane eingeschlagen war. Die Leiche. George schien es nichts auszumachen, den Toten zu untersuchen. Ohne zu zögern, trat er näher und schlug die Plane zurück.

»Das dachte ich mir doch!« George deutete auf den unbekleideten Arm, der aus der Plane herausgerutscht war. Julias Magen rebellierte. Sie atmete ganz bewusst tief ein und aus, das flaue Gefühl zog sich zurück. Vorerst.

»Ben Foster trug bei unserem gemeinsamen Abendessen statt einer Uhr am linken Handgelenk ein silbernes Armband. Ich habe heute erfahren, dass alle Führungskräfte der Station so ein Armband haben.«

»Stimmt, Winston MacCullum hat auch eins.«

»Nur an Bens Handgelenk hier ist nichts. Mir ist das heute Nachmittag eingefallen. Ich hatte ja Bens linken Arm unter der Fahrzeugkette gesehen. Ich war mir ziemlich sicher, dass das Armband fehlte. Und so ist es.«

»Was aber, wenn er einfach nur vergessen hat, es heute früh anzulegen?«, fragte Julia.

George schüttelte den Kopf. »Nein, Julia, ohne Armband wäre Ben überhaupt nicht in den Hangar gekommen, also muss ihm jemand das Armband nach seinem Tod abgenommen haben. Dreh dich doch bitte mal kurz um.«

Julia wandte sich ab und hörte hinter sich die Plane rascheln.

»Uhh, das sieht nicht gut aus.«

Will ich wissen, was nicht gut aussieht?, dachte Julia. Auf gar keinen Fall!

Erneutes Rascheln, dann sagte George: »Du kannst wieder hinsehen. Ich wollte mir nur die Kopfverletzung anschauen. Ich denke, der Fachmann nennt so was eine Verletzung durch stumpfe Gewalt.«

»Woher willst du das so genau wissen?«

»Ich habe mal zwei Jahre in Hamburg mit einem Polizeireporter zusammengearbeitet, und eine Freundin von mir ist Rechtsmedizinerin, da schnappt man so einiges auf.«

»Verstehe, du kennst dich also mit Kopfverletzungen aus.«

»Zumindest kann ich sagen, dass die Wunde an der rechten Kopfseite so aussieht, als ob jemand mit großer Wucht zugeschlagen hätte. Ich hoffe nur, dass diese Frau Dr. Braller mit ihren lebenden Patienten sorgfältiger umgeht als mit dem Toten hier. Was die Untersuchung des Unfalls betrifft, ist sie jedenfalls ein Reinfall.«

»Wahrscheinlich waren alle bestürzt über Fosters Tod, wer denkt da gleich an einen Mord?«

»Sicher, der Hergang kann eine einfache Erklärung haben, aber ich finde, das Ganze wird immer unglaubwürdiger.«

»Warum?«

»Ben liegt unter dem Fahrzeug, er streckt den linken Arm weit aus, dann versagt der Wagenheber, und statt instinktiv seinen Kopf zu schützen, schaut Ben weiter nach links. Okay, möglich ist das alles, aber wie gesagt, ohne Armband wäre der arme Kerl erst gar nicht in den Hangar gekommen.«

Julia biss sich nervös auf die Unterlippe. Ihr war gerade ein Gedanke gekommen. »Der Mörder muss doch ebenfalls ein Armband haben, um durch die Schleuse zu gelangen. Warum hat er dann Bens Armband mitgenommen?«

»Das ist die Hunderttausend-Euro-Frage. Entweder er hat Ben aus einem uns nicht bekannten Grund ermordet, dann braucht er aber das Armband nicht.«

»Oder er hat Ben gerade wegen des Armbands ermordet«, ergänzte Julia. »Aber was kann dieses Modell, was andere nicht können?«

»Ganz genau, das möchte ich auch wissen. Vielleicht gibt uns die Antwort auf diese Frage einen Hinweis auf das Motiv.«

»Uns? Willst du wirklich Detektiv spielen?«

»Nein, ich werde morgen früh mit Winston MacCullum sprechen. Aber mir ist nicht wohl bei dem Gedanken, hier am Südpol in einer einsamen Station mitten im Sturm zu sitzen, in der jemand anderen den Schädel einschlägt. Ich kann schlecht mit diesem Gedanken im Kopf die Hände in den Schoß legen. Was aber zu tun ist, muss MacCullum entscheiden.«

»Dann sollten wir sehen, dass wir wieder ins Hauptgebäude hineinkommen. Sonst wird niemand erfahren, dass es einen Mörder in Terra Nova II gibt.«

Ein Teil seiner Männer schlief. Eine bemerkenswerte Eigenschaft. Schlafen, wenn es möglich war, aber topfit sein, wenn es nötig wurde.

Mein Team muss morgen topfit sein, dachte der Doc. Er hatte E-Mails gelesen, auf seinem Rechner den Grundriss von Terra Nova II studiert und war im Kopf wieder und wieder jeden einzelnen Schritt ihrer Operation durchgegangen. Es gab da neue Aspekte, die er berücksichtigen musste, aber das machte ja einen guten Strategen aus. Er war in der Lage, seine Pläne anzupassen.

Der Doc strich fast zärtlich über das silberne Armband an seinem Handgelenk. Ben Foster hatte dafür keine Verwendung mehr, aber für ihn war es von unschätzbarem Wert. Damit wird morgen vieles leichter, dachte der Doc zufrieden.

Die Zahlen, die Mila den ganzen Tag über zusammengestellt hatte, waren eindeutig. Der Fehler lag bei ihm, er hatte nicht aufgepasst. Mila konnte man dafür keinen Vorwurf machen. Obwohl sie so klug war, hatte sie die eine, die wesentliche Schlussfolgerung nicht gezogen. Und das war auch gut so. Sie hatte tatsächlich geglaubt, einen Fehler gemacht zu haben. Dabei war alles völlig korrekt. Mila hatte nur eine Sache falsch gemacht: Sie war nicht einen Schritt zurückgetreten, um einmal das große Ganze zu betrachten. Sie hatte die falschen Schlussfolgerungen gezogen. Morgen würde er sich darum kümmern. Er konnte sich keine Fehler leisten. Nicht so kurz vor dem Ziel.

Tag 3

»Und was hat Winston gesagt?«, fragte Julia neugierig, als George im Kuppelsaal auftauchte. Nervös hatte sie beim Frühstück darauf gewartet, dass er von seiner Besprechung mit dem Stationsleiter zurückkam.

»Sagen wir mal so, er war not amused. Die Vorstellung, dass Fosters Tod Mord statt ein Unfall gewesen sein könnte, hat ihn ziemlich aus dem Konzept gebracht. Ich habe übrigens nicht erwähnt, dass wir beide gestern Nacht dort drüben im Hangar gewesen sind.«

»Sondern?«

»Ich habe ihm gesagt, mir wäre gestern Abend bei der Durchsicht verschiedener Fotos aufgefallen, dass an Fosters Leiche kein Armband zu sehen war. Außerdem habe ich ihm die Überlegungen bezüglich der Bodenfreiheit des Kettenfahrzeugs erklärt. Da hatte er zwar zunächst Zweifel, aber schließlich hat er versprochen, dass Anne Bergström und ein paar Mitarbeiter das Fahrzeug noch einmal gründlich untersuchen werden.«

»Das ist alles?« Julia fühlte eine Mischung aus Enttäuschung und Wut darüber, dass man vonseiten der Stationsleitung ihren Verdacht offenbar nicht wirklich ernst nahm. Was bildete sich Winston MacCullum ein? George und sie hatten doch nun wirklich genügend Hinweise darauf gefunden, dass es bei diesem angeblichen Unfall nicht mit rechten Dingen zugegangen war.

»Was hast du erwartet, Julia?« Offenbar war George ihr verärgertes Gesicht nicht entgangen. »MacCullum ist ebenso ratlos wie wir. Er will sich mit Dr. Yen und Anne Bergström kurzschließen. Natürlich ist er besorgt. Wer wäre das an seiner Stelle nicht? Ein führender Angestellter stirbt, und dann kommt ein Journalist und weist darauf hin, dass es sich möglicherweise um einen Mord handeln könnte. In Terra Nova II leben zurzeit etwas mehr als dreißig Menschen, aber wie soll man, ohne Mordwaffe und Motiv zu kennen, einen Täter stellen? Und wenn man ihn finden würde, was dann? Die nächste Polizeidienststelle ist nicht gerade um die Ecke. Winston hat erwähnt, dass in der australischen Casey-Station momentan eine Militäreinheit zu Gast ist, weil sie dort in der Nähe trainiert – aber sonst?«

»Also machen wir mit der Tagesordnung weiter wie gehabt. The show must go on … Vielleicht hat man ja mehr Glück, wenn der Mörder das nächste Mal zuschlägt«, antwortete Julia sarkastisch.

»Das halte ich für unwahrscheinlich.«

»Was? Dass der Mörder noch einmal zuschlägt oder dass man ihn auf frischer Tat ertappt?«

»Schwer vorstellbar, dass der Mörder bei einem persönlichen Motiv erst Ben Foster ausschaltet und danach dann weitere Opfer sucht. Ging es ihm dagegen nur um das Armband, hat er ja jetzt, was er wollte. Wozu dann noch weitere Morde begehen?«

Bevor Julia auf Georges Schlussfolgerungen antworten konnte, trat Sue zu ihnen. »Guten Morgen, ihr beiden. Was tuschelt ihr denn hier herum?«

»Guten Morgen, Sue, ich habe Julia lediglich gefragt, ob sie mir den Zusammenhang zwischen Windgeschwindigkeit und Außentemperatur erklären kann. Es gibt im Internet unterschiedliche Rechenmodelle, und ich möchte in meinem Blog keine Fehler machen«, antwortete George.

Julia staunte, wie flüssig ihm diese Lüge über die Lippen kam. Sue schien keinen Verdacht zu schöpfen. »Ja, das wird dir Julia wahrscheinlich erklären können. Aber besser, ihr kümmert euch später darum. In fünf Minuten beginnt schließlich die Pressekonferenz in der Bibliothek auf Ebene 2. Ich habe Roy schon vorgeschickt, damit er eine gute Position für die Kamera findet.«

George sah auf seine Armbanduhr. »Stimmt, ich habe gar nicht auf die Zeit geachtet. Gut, dass du mich daran erinnert hast. Ich hole mir nur schnell einen Becher Kaffee und ein Brötchen.«

Sue sah George hinterher, dann stieß sie Julia leicht den Ellenbogen in die Seite. »Ich glaube, der steht auf dich.«

»Quatsch! Das ist einfach nur ein netter Kollege.«

»Glaub mir, Julia, ich seh doch, wie der dich anschaut. Und mal ehrlich, wer fragt denn eine Frau beim Frühstück nach dem Zusammenhang zwischen Außentemperatur und Windgeschwindigkeit? Das ist doch nur ein Vorwand, um mit dir zu reden.«

Julia lachte leise. »Meinst du? Ich habe gedacht, das wäre eine ganz ernsthafte Frage gewesen.« Sie schob ihren Stuhl zurück und stand auf.

Sue hakte sich bei ihr ein. »Ach Süße, du musst wirklich mal an was anderes als an Arbeit denken. Du hast in den letzten Monaten dermaßen viel bei Harry geschuftet, dass du gar nicht mehr mitbekommst, wenn ein Traummann sich für dich interessiert. Zum Glück hast du deine alte Freundin Sue. Aber ich warne dich, solltest du unserem armen George die kalte Schulter zeigen, werde ich mich an ihn heranschmeißen.«

38

Die Bibliothek war ein beeindruckend großer Raum, dessen Wände regelrecht mit Bücherregalen bedeckt waren. Neben den Büchern gab es allerdings auch noch DVDs und einen fast esstischgroßen Monitor an der Wand. Wahrscheinlich werden die Mitarbeiter hier demnächst Kinoabende oder Computerspielturniere veranstalten, dachte Julia. Für die Pressekonferenz hatte man zusätzliche Stühle geholt und ein kleines Rednerpult aufgebaut. Der Raum füllte sich. Gestern war Julia nur wenigen Mitarbeitern begegnet, jetzt bekam sie zum ersten Mal einen Überblick, wie viele verschiedene Menschen in Terra Nova II arbeiteten.

Die Antarktis-Station trug nicht nur das Wort »international« in ihrem Namen, die Mannschaft schien tatsächlich aus aller Herren Länder zu kommen. Die meisten von ihnen waren schätzungsweise zwischen dreißig und fünfundvierzig Jahre alt, viele der Männer trugen Vollbärte, aber das kannte Julia bereits von ihrer Arbeit am Nordpol. Keiner der Kollegen hatte in der Arktis Wert darauf gelegt, sich täglich zu rasieren. Gerade eben kam Manu mit zwei weiteren Frauen in den Raum und nickte Julia lächelnd zu.

Roy zeichnete die ersten Sequenzen auf, Julia sah das kleine rote Licht an seiner Kamera leuchten. Das wurden sogenannte Schnittbilder für den späteren Beitrag. Damit konnte man längere Sprechertexte illustrieren oder auch die Atmosphäre untermalen. Sue saß neben Harry und sprach leise in ihren Mini-Rekorder, offenbar hatte der Boss ihr gerade eben noch ein paar Anweisungen und Wünsche mitgeteilt. Harry schaute auf, bemerkte Julia und deutete auf den Platz neben sich.

»Guten Morgen, Julia, ich habe gerade Sue gesagt, dass wir unbedingt den Sturm gestern Nacht mit in unseren Beitrag einbauen sollten«, sagte Harry, nachdem sich Julia gesetzt hatte.

»Guten Morgen. Der Einbau des Sturms ist kein Problem, Harry, ich glaube, Roy hat sogar ein paar Außenaufnahmen gemacht. Ich hatte ihn darum gebeten, weil ein so heftiger Sturm hier in den Sommermonaten doch eher selten ist.«

Harry strahlte sie an. »Sehr gute Arbeit, Julia, wirklich sehr gut.« Julia hätte sich ja gerne noch weiter von ihrem Chef loben lassen, aber jetzt trat Winston MacCullum ans Rednerpult.

»Guten Morgen, meine Damen und Herren von der Presse. Und natürlich: Guten Morgen, liebe Kolleginnen und Kollegen. Heute ist ein ganz besonderer Tag, aber dazu gleich mehr. Zunächst einmal möchte ich mich dafür entschuldigen, dass Sie, liebe Vertreterinnen und Vertreter der internationalen Presse, einen Tag lang warten mussten. Einen ganzen Tag, bevor ich endlich, wie sagt man so schön, die Katze aus dem Sack lassen darf. Aber Sie werden es mir sicher nachsehen, dass es diese Verzögerung gab und dass wir Ihnen nicht schon gestern alle Einzelheiten präsentiert haben. Der Grund ist ebenso einfach wie nachvollziehbar: Dr. Huan Yen, der Leiter unseres Forschungsbereiches, war leider gesundheitlich nicht in der Lage, mit Ihnen zu sprechen. Doch dank der hervorragenden Arbeit unserer Stationsärztin Frau Dr. Braller können wir dies heute nachholen. Und ich verspreche Ihnen, das Warten hat sich gelohnt.«

Er legte eine Kunstpause ein, wohl auch, um zu sehen, ob alle Anwesenden angemessen gespannt waren. Dann räusperte er sich lautstark, setzte ein zufriedenes Lächeln auf und fuhr fort: »Wie Sie wissen, ist die Internationale Antarktis-Station Terra Nova II ein multinationales Projekt. Noch vor fünf Jahren war es nur eine Idee, wenn auch zugegebenermaßen eine, die mich von Anfang an fasziniert hat. Und ähnlich wie bei der ISS, der Internationalen Raumstation im Weltall, war auch die Realisierung dieser Idee nur möglich, weil über Ländergrenzen hinweg der Wille vorhanden war, diese Forschungsstation zu bauen. Die Mütter und Väter dieser Idee kommen aus unterschiedlichen Staaten genauso wie die Kolleginnen und Kollegen, die hier bereits arbeiten, und die, die in den nächsten Jahren noch hinzukommen und am Südpol forschen werden. Terra Nova II ist der mit Abstand teuerste, allerdings auch der größte Gebäudekomplex auf diesem Kontinent. Sage und schreibe einhundertachtzig Millionen US-Dollar beziehungsweise gut einhundertsechzig Millionen Euro wurden in die Verwirklichung der Station investiert. Zum Vergleich: Der Bau der deutschen Neumayer-III-Station soll rund fünfunddreißig Millionen Euro gekostet haben.«

Ein Raunen ging durch die Journalistengruppe. Während sich einige hektisch Notizen auf Blöcken und in Notizbüchern machten, tippte Ulrike Buschlau-Werrig mit ernstem Gesicht alles direkt in ein kleines Notebook ein.

»Sie müssen sich das jetzt nicht merken, selbstverständlich haben wir Ihnen die Kernzahlen in unserer Pressemappe zusammengestellt. Nein, ich würde Ihnen sogar raten, jetzt aufmerksam zuzuhören.« MacCullum zwinkerte Ulrike zu, die kurz hochgeschaut hatte und jetzt angesichts dieser Aufmerksamkeit das Tippen ganz vergaß.

»Sie haben sich sicher schon gefragt, welchen Arbeitsschwerpunkt wir in Terra Nova II verfolgen. Natürlich haben wir, wie die meisten Stationen hier am Südpol, interdisziplinäre Forschungsarbeiten: Unser Eiskern-Labor ist bestens ausgestattet, wir betreiben Klima- und Atmosphärenforschung, in unserem Bio-Labor überprüfen wir das Wachstum und den Anbau von neuen Nutzpflanzen, die möglicherweise einmal Astronauten mit Nahrung versorgen werden. Überhaupt unterstützen wir allein schon mit unserem Leben in der Station die Kollegen von der NASA. Schließlich ist Terra Nova II so etwas wie der Prototyp für eine künftige Station auf dem Mond oder gar auf dem Mars. Aber das alles ist nicht der zentrale Zweck dieser Forschungseinrichtung. Der eigentliche Zweck liegt unter uns, tief unter uns. Genauer gesagt, in fast viertausend Metern Tiefe.«

Jetzt schrieb niemand mehr mit, alle hörten MacCullum wie gebannt zu, bemerkte Julia. Der Stationsleiter war ein hervorragender Redner. Er wusste genau, wie man eine Story erzählen musste.

»Mehr aber möchte ich nicht verraten, sondern das Wort an meinen geschätzten Kollegen Dr. Huan Yen übergeben, der Ihnen die Details unserer Hauptaufgabe erläutern wird.«

Vorne rechts stand ein Asiate auf, den Julia bis dahin nicht bemerkt hatte. Dr. Yen war über ein Meter achtzig groß und brachte sicher mehr als hundertzwanzig Kilogramm auf die Waage. Im Vergleich zu den Mitgliedern des japanischen Fernsehteams wirkte Dr. Yen wie ein Riese. Ein Sumoringer in Anzug und mit Fliege, der sich hinter dem Rednerpult aufbaute.

Dr. Yen sprach die Teilnehmer auf Englisch an. »Good morning, ladies and gentlemen. Auch von meiner Seite ein herzliches Willkommen hier in Terra Nova II. Ich bedaure es außerordentlich, dass ich nicht in der Lage war, Sie bei Ihrer Ankunft zu begrüßen. Lassen Sie mich zur Verdeutlichung meines Vortrags den Raum ein wenig abdunkeln und eine Präsentation starten. Alle Bilder, die ich Ihnen gleich zeigen werde, und natürlich auch die Grafiken in der Präsentation, stehen Ihnen in Ihren Unterkünften auf dem Server zur Verfügung und können von dort auf Ihr Notebook oder einen USB-Stick kopiert werden. Winston sagte es gerade, Terra Nova II wurde deshalb hier gebaut, weil in ziemlich genau dreitausendachthundertfünfzig Metern Tiefe eine Überraschung auf uns wartet.«

Hinter Dr. Yen fuhr eine hauchdünne, fast transparente Leinwand von der Decke herab. Wie schon bei der Präsentation in Tasmanien war auch hier das erste Bild eine schematische Darstellung der Forschungsstation. Auch diesmal schien das Bild wieder mitten im Raum zu schweben. Dr. Yen nahm eine Fernbedienung und drückte auf einen Knopf. Statt der Station war nun eine Satellitenaufnahme des antarktischen Kontinents zu sehen.

»Bereits Mitte des letzten Jahrhunderts hat der russische Polarforscher Andrei Petrowitsch Kapiza in der Antarktis seismische Messungen durchgeführt. Seine These: Unterhalb der russischen Wostok-Forschungsstation muss es einen unterirdischen See geben. Heute wissen wir, dass Kapiza recht gehabt hat, das haben moderne Radarmessungen Anfang der neunziger Jahre mit Satelliten aus dem All bewiesen. Wir gehen davon aus, dass zwischen zweihundertfünfzig und vierhundert unterirdische Seen existieren, der Wostok-See dürfte der größte von ihnen sein. Seine Fläche wird auf rund fünfzehntausendsiebenhundert Quadratkilometer geschätzt, das ist größer als der US-Bundesstaat Connecticut.«

»Himmel, dieser Riesensee hat die Fläche von Schleswig-Holstein«, flüsterte Harry Julia zu. Die schaute ihn überrascht an. Woher zum Teufel wusste Harry solche Flächenmaße?

»Schauen Sie mich nicht so an, als hätte ich zwei Köpfe, Julia, wir haben erst im letzten Jahr eine Harry-Gantman-Spezialshow Deutschland produziert.«

»Ich glaub Ihnen ja, Harry«, flüsterte Julia zurück, um sich dann wieder auf Dr. Yen zu konzentrieren.

»Hier sehen Sie eine schematische Darstellung dieses großen Sees tief unter dem Eispanzer, der den antarktischen Kontinent überzogen hat. Wir sprechen in diesem Zusammenhang auch von sogenannten subglazialen Seen. Radarmessungen haben gezeigt, dass sich der Eispanzer hebt und senkt. Das deutet darauf hin, dass es zum Teil einen Wasseraustausch geben muss. Aber das ist vorerst Theorie. Auf der anderen Seite kann es ebenso gut sein, dass das Wasser seit Millionen von Jahren von der Außenwelt abgeschnitten ist.«

»Entschuldigen Sie, Dr. Yen, aber haben die Russen diesen Wostok-See nicht angebohrt und dabei DNA-Spuren gefunden?«, meldete sich der Vertreter der New York Times zu Wort.

»In der Tat, Mr. ...?«

»Ich heiße Paul, Paul Graham, New York Times.«

»In der Tat, Mr. Graham, Sie haben vollkommen recht. Unsere russischen Kollegen haben den See angebohrt, danach stieg das Wasser ins Bohrloch, später wurde dann ein Eiskern geborgen und untersucht. Wir wissen, dass das Wasser der subglazialen Seen zwar Minustemperaturen hat, trotzdem bleibt es flüssig, weil der Druck des fast vier Kilometer starken Eispanzers zu groß ist.«

Noch einmal meldete sich Graham zu Wort. »Es gibt also Leben in diesen Seen, die möglicherweise seit Hunderttausenden, wenn nicht Millionen von Jahren isoliert von der Außenwelt existieren?«

Neben Julia stieß Harry leise die Luft aus. Ein Geräusch, das in ihren Ohren wie ein überraschtes Pfeifen klang. Keine Frage, Harry hatte gerade die nächste Sensationsmeldung vor Augen.

»Um es deutlich zu sagen«, Dr. Yen lächelte schief, »es ist wohl nicht davon auszugehen, dass es dort unten Dinosaurier gibt.«

Das Bild mitten im Raum drehte sich in die Horizontale. Auf einer zerklüfteten Ebene tauchten die kuppelförmigen Umrisse der Forschungsstation auf.

»Ich möchte Sie auch gar nicht lange mit der Forschungsgeschichte subglazialer Seen langweilen. Nur müssen Sie den Hintergrund kennen. Vor acht Jahren haben Radarmessungen Hinweise auf einen weiteren großen See ergeben. Dieser See hat zwar nicht ganz die Fläche des Wostok-Sees, dafür liegt er aber auch nicht am Kältepol unseres Planeten, und, glauben Sie mir, das ist ein entscheidender Vorteil. Der neue See, wir haben ihn Nova-See getauft, ist wie gesagt kleiner, dafür gehen von ihm allerdings lange Canyons aus. Diese wassergefüllten Schluchten sind vermutlich bis zu eintausend Kilometer lang und durchziehen weite Teile des Kontinents. Nach einer von mir entwickelten Tiefenskala, die, wie ich nicht ohne Stolz anmerken darf, mittlerweile international genutzt wird, ist der Nova-See in Tiefenzone 10. Tiefenzone 9 wäre unmittelbar oberhalb der Wasseroberfläche.«

»Heißt das, Dr. Yen, dass Terra Nova II hier gebaut wurde, um diesen See anzubohren, damit man Wasserproben untersuchen kann?« Ulrike Buschlau-Werrig setzte sich aufrecht hin, den Rücken durchgedrückt, das Kinn leicht erhoben. Mit großem Nachdruck stellte sie sich der Runde ein weiteres Mal vor. »Ulrike Buschlau-Werrig, ich arbeite für deutsche Radiostationen.«

»Ja und nein, Frau Buschlau. Ja, Terra Nova II hat das Ziel, den Nova-See zu untersuchen. Und ja, wir werden ihn anbohren.«

Julia bemerkte ein Glitzern in Dr. Yens Augen. Der lässt gleich eine Bombe platzen, schoss es ihr durch den Kopf.

»Und nein, wir werden uns nicht mit Wasserproben begnügen. Wir haben vor, in Tiefenzone 9, also in knapp viertausend Metern Tiefe, eine Art Unterwasserstation einzurichten. Wir werden die ersten Menschen sein, die mit U-Booten ein subglaziales Seen-System erforschen.«

Das Schweigen, das diese Ankündigung auslöste, sprach Bände. Julia versuchte die Tragweite zu verstehen. Den Russen war es offenbar mit Mühe gelungen, ein zehn bis zwanzig Zentimeter starkes Loch durch das Eis zu bohren. Und Dr. Yen wollte U-Boote in den Nova-See bringen – Wahnsinn!

Harry Gantman fand als Erster die Sprache wieder. »Dr. Yen, wie können Sie so sicher sein, dass diese Mammutaufgabe gelingen kann? Hier geht es schließlich nicht um ein kleines Bohrloch.«

Dr. Yen lächelte selbstgefällig. »Unser Optimismus hat einen einfachen Grund, Mr. Gantman. Sie sind doch Harry Gantman, nicht wahr?«

Harry nickte und wirkte geschmeichelt, dass Dr. Yen ihn kannte.

Der fuhr fort: »Wie gesagt, es gibt einen einfachen Grund. Wir haben es bereits getan. Wir sind aktuell schon bis zu einer Tiefe von zweitausend Metern vorgedrungen. Dort unten gibt es einen Relaisraum, und von dort werden wir die zweite Etappe angehen.«

Oh mein Gott, dachte Julia, T-4 steht für Tiefenzone 4, die Hälfte der Strecke bis zum Nova-See.

»Und damit Sie sich alle ein Bild machen können, lade ich

Sie ein, heute Nachmittag mit mir zusammen in Tiefenzone 4 vorzudringen. Natürlich werden wir dies nicht alle gleichzeitig tun können, dafür ist der Platz zu beschränkt, aber ich verspreche Ihnen, am Ende des Tages werden Sie alle einmal in mehr als zweitausend Metern Tiefe gewesen sein.«

Dr. Yen verbeugte sich, und die Darstellung der Terra-Nova-II-Station verblasste. Gleichzeitig wurde es im Saal wieder heller. Und mit dem Licht setzte ein aufgeregtes Murmeln und Tuscheln ein.

39

»Wer kann schon sagen, was dort in der Tiefe seit Millionen von Jahren überlebt hat?«

In Julias Ohren klang Harry, als würde er bereits den Einstieg in einen neuen Beitrag sprechen, dabei dozierte ihr Boss lediglich in einer kleinen Gruppe, bestehend aus Mitarbeitern der Forschungsstation, Ulrike Buschlau-Werrig und dem australischen Kollegen, der sich schlicht mit Tom vorgestellt hatte.

Harry war seit der Ankündigung von Dr. Yen wie elektrisiert. Immer wieder erklärte er, was für ein Glücksfall es war, dass sein Filmteam bei der Weltpremiere dabei sein durfte. Sue hatte in den letzten Stunden mehr als einmal laut erklärt, dass die Fahrt in zweitausend Meter Tiefe sicher schon öfter durchgeführt worden war – aber das störte Harry überhaupt nicht. Er hatte sich in den Kopf gesetzt, dass heute eine Weltpremiere stattfand, und davon war er nicht abzubringen.

»Ist es uns Menschen überhaupt erlaubt, dieses Terrain zu erobern, das die Natur bislang vor uns verschlossen hatte? Ja, ich denke, auch diese Frage muss gestellt werden.«

Julia verdrehte die Augen. Harry war wirklich in Hochform. »Mich interessiert eine ganz andere Frage«, sagte eine leise Stimme neben ihr. »Vielleicht gibt es dort unten lediglich ein paar Bakterien, Algen und Polarmeerquallen. Vielleicht aber kommen wir auch in Kontakt mit dem, was dazu beigetragen hat, dass die Dinosaurier ausgestorben sind.« Julia drehte sich zu der Stimme um. Es war George, der mit einem Glas Fruchtsaft in der Hand neben ihr stand und sie herausfordernd anschaute.

»Hör bloß auf damit, George, wenn Harry das zu hören bekommt, ist der gar nicht mehr zu halten.«

»Ich habe ja bloß Spaß gemacht. Aber mal im Ernst: Als die Russen ihre Pläne bekannt gegeben haben, den Wostok-

See anzubohren, gab es einen Aufschrei in der Fachwelt. Ich hab's gerade mal gegoogelt. Namhafte Wissenschaftler haben eine Kontaminierung des Sees befürchtet. Der russische Bohrer wurde mit Silikon vor dem Einfrieren bewahrt, nicht gerade die Wunschsubstanz, die man in einem Gewässer haben möchte, das seit Jahrtausenden oder gar seit Jahrmillionen jungfräulich geblieben ist. Irgendwie haben sie es am Ende doch hinbekommen, oder aber sie haben den Deckmantel des Schweigens darübergebreitet. Wie auch immer, wenn das hier erst einmal publik wird, und das wird es nach dem heutigen Tag, kann es sein, dass unser guter Winston und Dr. Yen in einen wahren Shitstorm geraten. Ich meine, ein kleines Bohrloch ist eine Sache, ein Schacht, ein Habitat und U-Boote sind eine ganz andere Hausnummer.«

Ja, dachte Julia, da war was dran. Auch sie hatte die Zeit bis zum Nachmittag genutzt, um sich Informationen zum Thema zu beschaffen. Sie konnte es immer noch nicht fassen, dass es gelungen war, die bisherigen Arbeiten geheim zu halten. Aber unabhängig davon, ob man das Projekt guthieß, war es unbestritten eine technische Pionierleistung.

»Wie haben die es nur in so kurzer Zeit geschafft, bis in Tiefenzone 4 vorzudringen?«, fragte sie.

»Ich denke, unser japanischer Doktor ist das Genie dahinter. Winston MacCullum hält die Verbindung zur Kommission und koordiniert die Arbeiten hier in der Station, Dr. Yen aber ist derjenige, ohne den das Ganze nie funktioniert hätte. Er hat offenbar eine Möglichkeit gefunden, den mechanischen Bohrkopf durch einen Hochleistungslaser zu ersetzen. Der Rest ist wohl Betriebsgeheimnis.«

Nach einer Pause fragte George: »Hast du schon nachgeschaut, wann du an der Reihe bist?« Er deutete auf eine Liste, die im Kuppelsaal ausgehängt worden war. Sie alle waren in Viererteams eingeteilt worden, mehr Personen passten offensichtlich nicht in die Kapsel, mit der man die Fahrt in die Tiefe antreten würde.

Julia war sich gar nicht sicher, ob sie überhaupt hinunterfahren wollte. Der Gedanke war alles andere als verlockend, auf der anderen Seite mochte sie aber auch nicht kneifen. »Ja, ich hab schon nachgesehen, ich werde bei der vierten Tour dabei sein. Ab zwei Uhr soll es losgehen. Sue darf bei der ersten Fahrt mit hinunter. Sie hat Harry ihren Platz angeboten, damit er sozusagen bei der Premierenfahrt dabei sein kann.«

George lachte leise in sich hinein. »Lass mich raten: Der gute alte Harry hat abgelehnt. Denn so wie ich ihn kennengelernt habe, ist er zwar der legitime Nachfolger von Indiana Jones, aber eben doch nur in seinen Erzählungen. Im wahren Leben lässt er bei Abenteuern gerne anderen den Vortritt.«

George hatte mit seiner Vermutung ins Schwarze getroffen. Julia hatte es inzwischen aufgegeben, über das Verhalten ihres Chefs nachzudenken. Noch vor wenigen Tagen wäre es ihr unsagbar peinlich gewesen – aber nun? Harry war eben Harry, der würde sich nicht ändern, also wozu sich darüber aufregen?

»Es geht zwar erst in einer guten halben Stunde los, aber ich habe gehört, dass wir schon früher in das zweite Hauptgebäude gehen können. Hättest du Lust, dich dort ein wenig umzuschauen?«, fragte sie George.

»Ja, gute Idee. Ich hol schnell meine Kamera und die Ausrüstung, dann muss ich nicht noch mal zurück in mein Zimmer.«

· ·

Der Doc schaute auf seine Armbanduhr. In dreißig Minuten würden er und seine Männer in die Station eindringen. Er warf einen Blick auf sein Notebook, die Energiezufuhr in Hauptgebäude 2 stieg deutlich an. Drüben in der Station machte man sich offenbar bereit, er selbst war es schon seit Tagen. Um exakt zwei Uhr würden sie die Schleuse öffnen, den Kontrollraum betreten und Geschichte schreiben. Am Ende des Tages würde es Tote geben, aber so war das im Krieg. Töte einen, und du bist ein Mörder, töte tausend, und du bist ein Held. Der Doc wusste nicht, von wem diese oder ähnliche Worte stammten, aber sie gefielen ihm.

Mit einer gleitenden Bewegung zog er seine Pistole aus dem Holster. Routiniert überprüfte er ein letztes Mal das Magazin, dann lud er durch. Das Geräusch ließ seine Männer aufschauen. »Es geht los, in weniger als einer halben Stunde schlagen wir zu. Jeder von euch weiß, was er zu tun hat. Wir werden es ihnen allen zeigen.«

Zustimmendes Gemurmel, dann begann jeder im Team seine Ausrüstung zu ordnen und die Waffen zu kontrollieren. Der Doc hatte vor, heute zum Helden zu werden.

．．

Julia kam aus dem Staunen nicht mehr heraus. Zusammen mit George war sie zum Hauptgebäude 2 hinübergegangen. Diesmal ließ sich die Tür problemlos mit ihrem Armband öffnen. Sie folgten einem langen Gang, der in einen großen Raum mündete. Gut die Hälfte des Raumes war mit Steuerpulten belegt. Wenn mir Terra Nova II in den letzten Tagen immer wie ein Raumschiff vorgekommen ist, dann ist das hier die Kommandobrücke, dachte sie. Julia sah, dass selbst George beeindruckt war.

»Ah, Ms. Kern und Mr. O'Connor. Wie schön, dass Sie schon da sind. Schauen Sie sich gerne um und fragen Sie ruhig, wenn Ihnen etwas unklar ist.« Dr. Yen kam ihnen entgegen. Der Wissenschaftler trug jetzt einen weißen Laborkittel über dem Anzug. »Ich habe Ihrem Kameramann ein paar Details gezeigt.«

Erst jetzt bemerkte Julia, dass Roy bereits filmte.

»Das alles sieht sehr futuristisch aus, Dr. Yen. Wozu dieser ganze Aufwand?«

»Ganz sicher nicht für die Fahrt mit der Kapsel. Um die Reise in die Tiefenzone 4 anzutreten, müssen wir lediglich ein paar Schalter umlegen und sozusagen den Aufzug starten. Nein, was Sie hier sehen, ist das Herzstück der künftigen Forschung in Tiefenzone 9. Ein Teil unserer Wissenschaftler wird von diesen Steuerpulten aus unbemannte U-Boote, ähnlich wie Flugdrohnen, durch den Nova-See steuern. Schließlich müssen wir damit rechnen, dass es in den Canyons Engpässe gibt und dass wir dort mit größeren Fahrzeugen Schwierigkeiten bekommen. Daher werden wir auch kleinere torpedoähnliche Unterwasserdrohnen einsetzen, die ihre Bilder und Messwerte hierher übertragen, damit sie ausgewertet werden können.«

»Haben Sie denn keine Angst, dass Sie mit Ihrer Arbeit ein isoliertes Ökosystem kontaminieren?«, fragte George.

»Natürlich, deswegen betreiben wir ja diesen ganzen Aufwand hier. Sehen Sie dort drüben die Tür? Dahinter verbirgt sich eine Schleuse. Sobald wir erst einmal zu T-9 vorgedrungen sind, wird jeder in dieser Schleuse spezielle Schutzkleidung anziehen müssen. Nicht weil eine Fahrt in die Tiefe ein Risiko darstellen würde, sondern weil wir die Umwelt dort unten nicht verunreinigen wollen. Nach der Schleuse sind alle Arbeitsbereiche strengen Vorgaben unterworfen, ähnlich den Reinräumen in der Raumfahrt, Medizin oder Computerchip-Fertigung – Sie verstehen sicher, was ich meine?«

George verzog bei dieser Frage keine Miene. Ja, wir haben verstanden, dachte Julia. Wir sind schließlich nicht auf den Kopf gefallen. Der belehrende, gönnerhafte Tonfall von Dr. Yen ging ihr zunehmend auf die Nerven.

Es waren weiß Gott keine verblendeten Umweltfanatiker gewesen, die die Russen für ihre Vorgehensweise am Wostok-See kritisiert hatten. So viel hatte sie in den letzten anderthalb Stunden bereits bei ihrer Recherche herausgefunden.

»Sie schließen also ein Risiko für die Umwelt aus?«, hakte sie noch einmal nach.

»Absolut! Der Bereich, von dem aus die Kapsel betreten wird, steht sogar unter Unterdruck, sodass mögliche Erreger nicht nach außen dringen können.« Dr. Yen lachte leise. Es war in Julias Ohren ein selbstgefälliges und eingebildetes Lachen. »Ich glaube nicht an den Unfug mit dem Bösen aus der

Tiefe, aber niemand soll uns nachsagen, dass wir nachlässig arbeiten würden.«

»Und dieser Relaisraum, der in Tiefenzone 4 gebaut wurde?«

»Wurde nach den entsprechenden Vorarbeiten mit unserer Lasertechnologie von sterilen, ferngesteuerten Robotern gebaut, bevor überhaupt ein erster Mitarbeiter seinen Fuß dort hineingesetzt hat. Die Fernsteuerung der Roboter ist überhaupt der Grund für diesen Relaisraum in Tiefenzone 4. Es gab die Befürchtung, dass unsere Steuersignale den vier Kilometer starken Eispanzer nicht optimal durchdringen. Deshalb haben wir sozusagen einen Zwischenstopp eingelegt. Glauben Sie mir, der Großteil der Investitionen, von denen Winston gesprochen hat, ist nicht in die Inneneinrichtung der Station geflossen. Entschuldigen Sie mich kurz, ich möchte gerne noch ein paar Dinge prüfen.«

Dr. Yen lief zu einem Techniker, nahm ihm ein Notepad aus der Hand und studierte die Anzeige.

»Der Mann mag für andere ein Genie sein, auf mich wirkt er mehr wie ein selbstverliebtes Ekel«, raunte George Julia zu. »Allein schon bei diesem Lachen krieg ich eine Gänsehaut. Erinnert mich an Blofeld in den Bond-Filmen.«

»Du meinst, er hat in seinem Zimmer eine weiße Perserkatze?«

»Würde mich nicht wundern, Ms. Kern.«

40

»Willkommen in Hauptgebäude 2 unserer Forschungsstation.« Winston MacCullum breitete beide Arme aus, als wollte er alle Anwesenden an sich drücken. »Ich gehe davon aus, dass jeder von Ihnen sich gerne einmal unten im Relaisraum umschauen will. Hier oben auf den großen Monitoren an der Wand können diejenigen, die noch warten müssen, alles live per Videoeinspielung mitverfolgen. Aber natürlich steht Ihnen auch unser Team für Einzelinterviews zur Verfügung. Ich denke, da wird niemandem die Zeit lang.«

MacCullum nahm ein Klemmbrett vom Tisch und warf einen Blick darauf. »Sie haben die Liste vielleicht schon gesehen. Dr. Yen und ich werden die erste Fahrt mitmachen. Dr. Yen wird dann dort im Relaisraum auf die nächsten Gruppen warten und Fragen beantworten, während ich Ihnen wieder hier oben zur Verfügung stehe. Mit uns werden Frau Reinhard aus Deutschland und meine Forschungskollegin Mila Jakobivic hinabfahren. Frau Jakobivic arbeitet derzeit in der Bohrkern-Analyse und kann Ihnen sicher auch zu diesem Thema eine Menge verraten.«

»Wie lange dauert denn die Fahrt bis zur Tiefenzone 4?«, fragte Tom, der australische Kollege, und sprach damit wohl dem japanischen Redakteur und Ulrike Buschlau-Werrig aus der Seele, denn beide nickten.

»Eine Frage, die ich an dich weitergebe, Huan.«

Dr. Yen nahm den Faden sofort auf.

»Wir haben keinen großen Wert auf Höchstgeschwindigkeit gelegt, hier kommt es nicht auf Sekunden an. Die Kapsel ist nichts anderes als ein Hightech-Aufzug, der in einem Schacht aus natürlichem Eis, das entsprechend präpariert wurde, auf und ab fährt. Wir werden mit einer Geschwindigkeit von rund zehn Meter pro Sekunde unterwegs sein, das heißt, in rund dreieinhalb Minuten sind wir in Tiefenzone 4.

Moderne Aufzüge sind deutlich schneller, aber mit denen müssen wir uns ja nicht vergleichen.«

Julia trat neben Sue. »Du wirst also aus unserer Gruppe die Erste sein, die dort runterfährt. Wenn dir das unangenehm ist, dann sag es ruhig.«

»Ach was, ich mache die Fahrt, stelle Mila, Winston und unserem Dr. Mabuse ein paar Fragen.« Sue klopfte mit der flachen Hand auf die Brusttasche ihrer Jacke. Julia sah, dass dort das obere Ende des Kugelschreiber-Rekorders heraus- schaute. »Lassen wir uns überraschen, was ich so alles erfahre, wenn Roy mit seiner Kamera nicht dabei ist. Wir müssen das Material ja später nicht unbedingt verwenden.«

Winston kam auf sie zu. »Darf ich dann Sie, Frau Reinhard, bitten, mir in die Schleuse zu folgen. Mila, würdest du uns begleiten?«

Sue drückte zum Abschied kurz Julias Arm, dann folgte sie Winston.

George hatte sich inzwischen mit den Technikern unter- halten, Fotos und kurze Videosequenzen aufgenommen. Jetzt stellte er sich neben Julia. »Hoffentlich geht das gut.«

»Sag mal, seit wann bist du so pessimistisch?«

George wies auf drei Männer, die sich hinter der Sicher- heitschefin aufgebaut hatten. »Ich meine nicht die Fahrt in die Tiefe, sondern die drei Vögel da vorne. Die sehen mir nicht gerade wie Gelehrte aus.«

»Es sei denn, Forschungsarbeit ist so gefährlich, dass sie eine Pistole und ein Walkie-Talkie am Gürtel tragen müssen.«

»Okay, du stimmst mir also zu, die gehören zur Security. Aber warum sind sie überhaupt hier? Wieso ist das nötig?«

»Vielleicht beschützen sie uns«, sagte Julia.

»Oder sie sorgen für unsere Bewachung«, erwiderte George.

Sue verließ den Raum als Letzte, hinter ihr schloss sich die Stahltür. Die ersten Übertragungsbilder der Kameras zeigten einen kleinen runden Raum. Es dauerte nicht lange, dann betraten Sue, Mila, Winston MacCullum und Dr. Yen diesen Raum.

Das muss schon das Innere der Kapsel sein, überlegte Julia.

Auf einer Digitalanzeige über den riesigen Flachbildschirmen sprangen große rote Ziffern auf vierzehn Uhr.

. .

»Wir gehen!«

Der Doc stand auf, und die anderen Männer folgten seinem Beispiel.

Draußen vor dem Hangar verschmolzen die sieben Gestalten in den weißen Tarnanzügen mit der Umgebung. Der Sturm hatte nachgelassen, wobei der Doc sicher war, dass dies nur eine kurze Atempause war. Seine Wetteranalyse war ohne Zweifel korrekt. Bereits am Abend würde der Sturm mit neuer Kraft über Terra Nova II herfallen. Gut so. Damit konnte er sicher sein, dass niemand den Menschen in der Forschungsstation zu Hilfe kommen würde.

Als die Gruppe das Hauptgebäude 2 erreichte, bezogen seine Männer rechts und links der Außenschleuse Position. Der Doc hielt das silberne Armband in den Sensorbereich.

»Ben Foster, technischer Leiter, Zutritt gewährt«, lautete die erwartete Botschaft.

Als die beiden Türhälften auseinanderglitten, zog der Doc seine Pistole. Die SIG Sauer XM 17 lag trotz des Schalldämpfers gut in der Hand. Die Pistole war seit zwei Jahren die neue Dienstwaffe der U.S. Army. Siebzehn Schuss im Magazin. Der Doc war sicher, dass er heute nicht alle Kugeln benötigen würde. Aber sollte es darauf ankommen, war er bereit. Das galt auch für seine Männer. Zusammen brachten sie es auf eine Feuerkraft von einhundertneunzehn Schuss, erst danach mussten sie nachladen. Unwahrscheinlich, dass das nötig sein würde.

Vierzehn Uhr. Zeit zum Angriff.

. .

Jeder im Kontrollraum starrte wie gebannt auf die Monitore. Auch Anne Bergström und die drei Security-Mitarbeiter.

Das war der erste Fehler.

Der zweite Fehler war, dass sich das Security-Team nicht aufgeteilt hatte. Es gab niemanden, der draußen vor dem Kontrollraum Wache stand. Wobei ... er wäre lediglich ein paar Sekunden früher gestorben. Als die Tür aufglitt und die schwarz gekleideten Gestalten in den Kontrollraum stürmten, reagierte niemand besonders schnell, nicht einmal die Security-Leute.

Das war der dritte Fehler.

Drei Fehler und keine Chance, es noch einmal besser zu machen. Julia wurde am Arm gepackt und heruntergerissen. Sekundenbruchteile später lag sie neben George auf dem Boden, der einen Arm schützend über ihren Kopf legte. In Julias Ohren klangen die Schüsse wie lautes Händeklatschen. Die drei bewaffneten Männer der Security brachen zusammen, Einschusslöcher in der Stirn und in der Brust – tot, bevor sie den Boden berührten. Anne Bergström war unbewaffnet gewesen, ein Umstand, der ihr wahrscheinlich das Leben rettete.

»Darf ich kurz um Ihre Aufmerksamkeit bitten.«

Selbst durch die Skimaske hindurch klang die Stimme des Mannes mitten im Raum eher gelangweilt. Gelangweilt und gleichzeitig voller Selbstvertrauen. Das machte Julia noch mehr Angst als der gewaltsame Tod der drei Männer. Wer immer der Unbekannte war, er hatte die Situation komplett im Griff. Keine Hektik, keine lauten Befehle, nicht mal der Anflug von Aufregung.

»Im Namen des WDI erkläre ich Terra Nova II offiziell für besetzt. Sie alle werden exakt das tun, was wir von Ihnen verlangen. Ungehorsam wird mit dem sofortigen Tod bestraft, wobei ich allerdings auf Ihre Kooperation baue.«

»Nachdem Sie gerade vor unseren Augen drei Männer erschossen haben?«, empörte sich Paul Graham. »Warum sollten wir Ihnen glauben?«

Der Unbekannte legte den Kopf schief. »Darf ich nach Ihrem Namen fragen?«

»Graham, Paul Graham.«

»Angenehm, Sie dürfen Doc zu mir sagen. Für wen arbeiten Sie, Mr. Graham?«

»New York Times.«

»Die gute alte New York Times. Ich schätze Ihre Zeitung sehr, Mr. Graham. Aber Ihre Fragen lassen doch einen gewissen Widerspruchssinn erkennen. Sie wissen ja, Widerspruch ist die Keimzelle des Ungehorsams.«

Der Mann, der sich selber mit Doc vorgestellt hatte, hob die Pistole und drückte ab. Der Schuss traf Graham mitten in die Stirn. Julia kniff die Augen zusammen und drehte das Gesicht zur Seite. Galle stieg ihr sauer die Kehle hoch. Von den Angreifern hatte bislang nur der Doc gesprochen. Die übrigen sechs Männer zielten stumm mit ihren Pistolen auf die Angestellten und die Presseleute. Der Doc trat mit der Stiefelspitze gegen den reglosen Körper von Paul Graham.

»Töte einen, und du bist ein Mörder, töte tausend, und du bist ein Held«, hörte Julia den Mörder murmeln, dann sagte er laut: »Sicher haben Sie jetzt verstanden, was ich meinte, als ich erklärt habe, dass ich keinen Ungehorsam dulden werde. Gibt es noch jemanden unter Ihnen, der seine Zweifel äußern möchte?«

Mit erhobenen Händen trat Anne Bergström vor. »Was wollen Sie?«

»Eine durchaus berechtigte Frage, wurde aber auch Zeit, dass jemand sie ausspricht. Wir vom WDI erwarten die sofortige Einstellung aller Arbeiten, die darauf abzielen, den Nova-See zu kontaminieren. Wir erwarten die vollständige Zerstörung des Relaisraums in Tiefenzone 4 und von der Internationalen Kommission eine Zusicherung, dass der Nova-See das bleibt, was er ist: ein intaktes, von Menschenhand unberührtes Ökosystem.«

Bei der Erwähnung des Relaisraums zuckte Julias Blick zu den Monitoren. Während sich hier oben im Kontrollraum alles verändert hatte, schien in der Kapsel die Zeit stehen geblieben zu sein. Winston MacCullum, Sue, Mila und Dr. Yen standen zusammen und unterhielten sich leise. Ahnungslos, dass knapp zwei Kilometer über ihren Köpfen gerade vier Menschen ermordet worden waren.

Der Doc trat zum Steuerpult, hielt dem Techniker die Pistole an die Schläfe und sagte: »Lauter machen!«

Aus den Lautsprechern klang nun klar und deutlich Dr. Yens Stimme. »Da sind wir. Wir verlassen jetzt die Kapsel und betreten den Relaisraum in Tiefenzone 4.« Der Satz war noch nicht verklungen, als die Monitore schwarz wurden. Der Techniker drückte hektisch auf ein paar Knöpfe. »Das Videosignal ist ausgefallen.«

»Dann sorgen Sie gefälligst dafür, dass wir wieder sehen können.« Der Doc sprach sanft, geradezu bittend. Julia bekam eine Gänsehaut. Aus den Lautsprechern hörte man laut und deutlich weiter Dr. Yens Erklärungen. »Von dort drüben steuern wir den Laser-Bohrkopf, um den zweiten Schacht voranzutreiben.«

Der Doc schüttelte verärgert den Kopf. »Na los, ich will doch nichts verpassen.«

Dann drehte er sich um. »Wo war ich stehen geblieben? Ach ja, die Staatengemeinschaft wird uns ihre volle Kooperation zusichern und nicht weiter diesem Wahnsinn dort unten Vorschub leisten.«

Anne Bergström stieß ein aufgebrachtes, wütendes Schnauben aus. »Sie wollen fünf Nationen erpressen? Glauben Sie wirklich, dass die internationale Staatengemeinschaft, die hinter Terra Nova II steht, so ohne Weiteres auf Ihre Forderungen eingehen wird?«

Der Doc machte vier schnelle Schritte auf Anne Bergström zu und presste ihr die Mündung des Schalldämpfers auf die Stirn. Julia konnte die Frau nur bewundern. Bergström zuckte nicht einmal mit der Wimper. »Wollen Sie mich auch erschießen, nur weil ich die Wahrheit sage?«

Die Sekunden zogen sich quälend in die Länge. Julia war

sicher, dass der Doc abdrücken würde, doch der ließ die Pistole sinken. »Nein, für die Wahrheit muss niemand sterben. Das heißt, nicht solange Sie Ihren Job richtig machen. Denn Sie, Mrs. Bergström, werden die Kommission davon überzeugen, dass unsere Forderungen gerecht und erfüllbar sind. Aber wir sind keine Unmenschen – wir lassen Ihnen vierundzwanzig Stunden Zeit. Wobei, die Zerstörung des Relaisraums können wir schon mal sofort angehen.«

»Wie wollen Sie das erreichen? Da unten sind Menschen.«

»Ja, ich weiß. Ich komme schließlich nicht ohne Rückendeckung hierher.«

Wovon redet der Mann?, überlegte Julia. In diesem Moment brach in Tiefenzone 4 die Hölle los.

41

»Huan, was wollen Sie mit der Pistole?«

Winston klang mehr überrascht als erschrocken.

Julia, die immer noch neben George auf dem Boden lag, versuchte sich vorzustellen, was der Stationsleiter gerade gesehen haben mochte. Beim Knall des Schusses zuckte sie erschrocken zusammen.

»Huan, nein!«, schrie Winston. Dann drang Sues Stimme aus dem Lautsprecher: »Winston, sind Sie wahnsinnig?«

»Lassen Sie mich, ich muss ihn aufhalten.« Zwei weitere Schüsse.

Dem lang gezogenen Schrei folgte ein ersticktes, fast unmenschliches Röcheln.

»Huan!«

Julia wechselte einen panischen Blick mit George. Unten im Relaisraum war ein tödlicher Zweikampf entbrannt. Irgendetwas ging scheppernd zu Bruch. Es klang, als würde jemand einen Stuhl gegen die Wand schmettern. Ein Schmerzensschrei, das dumpfe Klatschen von Schlägen, dann wieder Winston, atemlos, keuchend: »Lass die Waffe fallen. Lass –«

Ein weiterer Schuss beendete den Satz. Danach Stille. Aus den Lautsprechern war nur noch ein statisches Rauschen zu hören. Julia rutschte zu George und verbarg ihr Gesicht an seiner Brust. Ihre Hände krallten sich in seinen Pullover. Die schreckliche Stille war für sie Gewissheit. Sie begann zu weinen.

• •

Niemand im Kontrollraum wagte es, irgendeine Frage zu stellen oder etwas zu sagen. Diesen Kampf um Leben und Tod mit anhören zu müssen, gezwungen, die Schmerzensschreie zu ertragen, hatte sie alle verstummen lassen. Vier Männer waren vor ihren Augen erschossen worden, und dann diese Tragödie Tausende von Metern unter ihnen.

Anne Bergström fand als Erste ihre Sprache wieder. »Mein Gott, Mike, hol die verdammte Kapsel nach oben«, befahl sie einem Mitarbeiter.

Dann wandte sie sich an den Doc: »Ich weiß nicht, was im Relaisraum passiert ist, aber ich bitte Sie inständig, lassen Sie mich dort hinunterfahren.«

Der Doc nickte und wedelte mit der Pistole in Richtung Schleuse. »Warum nicht. Nur zu, aber beeilen Sie sich und denken Sie daran, dass ich Ihnen gerade eben einen sehr großen Wunsch erfüllt habe. Ich möchte, dass Sie das nicht vergessen, wenn Sie für uns die Verhandlungen mit der Kommission führen.«

Während Anne Bergström zur Schleuse lief, drehte sich der Doc einmal im Kreis. »Und alle anderen hier im Raum bitte ich jetzt, ohne große Hektik meinen Männern in den Kuppelsaal zu folgen. Beachten Sie die Anweisungen, führen Sie jeden Befehl aus, dann haben Sie sehr gute Chancen, den morgigen Tag zu erleben. Ach, bevor ich es vergesse. Ihre Armbänder erlauben die Ortung jedes Einzelnen. Sollte jemand versuchen zu fliehen, erschießen wir zwei aus der Gruppe. Und ich sag vorher nicht, wen. Lassen Sie sich überraschen.«

42

»Ich mache mir schwere Vorwürfe. Wenn ich geahnt hätte, was passieren würde – ich hätte niemals Sue den Vortritt gelassen. Ich weiß natürlich noch nicht, was wirklich geschehen ist, das werden wir hoffentlich bald erfahren, aber so viel steht fest, ich hätte sicherlich anders reagiert. Es wäre schließlich nicht das erste Mal gewesen, dass ich mich und andere aus einer heiklen Lage gerettet hätte. So etwas kann man nicht lernen, das muss man selber erlebt haben. Die Besonnenheit, einen kühlen Kopf zu bewahren, nun, das gelingt nur, wenn man wie ich dem Tod mehr als einmal ins Auge geblickt hat.«

Harry Gantmans lautstarke Erklärung im Kuppelsaal war für Julia der Tropfen, der das Fass zum Überlaufen brachte. Sie ging quer durch den Raum zu der kleinen Gruppe, in der Harry stand, tippte ihm auf die Schulter und sagte: »Harry, entschuldige bitte.«

Als sich ihr Boss umdrehte, verpasste sie ihm eine schallende Ohrfeige und brüllte: »Sue ist tot, weil du dich geweigert hast, bei der ersten Fahrt dabei zu sein. Ich habe diese Prahlerei endgültig satt. Du hast dem Tod ins Auge geblickt? Dass ich nicht lache. Du gehst ja nicht einmal über einen Zebrastreifen ohne Begleitung. Schäm dich! Eine deiner besten Mitarbeiterinnen ist heute erschossen worden. Zeig Betroffenheit und verdammt noch mal etwas Respekt.«

Julias Stimme brach und ging in ein Schluchzen über. Sie spürte, wie zwei starke Arme sie von hinten umfingen und von dem fassungslosen, stumm dastehenden Harry Gantman wegzogen.

»Lass gut sein, Julia. Komm, setz dich. Warte, ich hol dir was zu trinken.«

Hemmungslos weinend ließ sich Julia von George zu den Sesseln am Fenster führen. Unter all den Schmerz und die Trauer mischte sich ein weiteres Gefühl: die Scham darüber, dass sie gerade in der Öffentlichkeit ihren Boss geschlagen hatte. Und die Erkenntnis, dass das wahrscheinlich das Ende ihrer Arbeit für Harry Gantman war.

George ließ sich neben ihr in einen Sessel fallen und drückte ihr ein Glas in die Hand. Mechanisch trank sie, verschluckte sich und musste husten. Der Whisky, den George eingeschenkt hatte, brannte heiß in ihrer Kehle. Sie traute sich gar nicht, nachzusehen, was Harry gerade tat. Zumindest hatte er aufgehört, Vorträge zu halten.

»Meine Fresse, ich hätte nie gedacht, dass ich Harry Gantman einmal dabei zuschauen darf, wie er verlegen den Schwanz einzieht und sich stumm in einer Ecke versteckt«, sagte George.

»Bei meinen letzten Arbeitgebern habe ich die Kündigung immer schriftlich eingereicht, die musste ich nicht schlagen.«

George grinste breit. »Julia, du bist eine bemerkenswerte Frau. Ich fürchte, du wirst dir mehr einfallen lassen müssen, um bei Harry Gantman rauszufliegen. Unser guter Harry weiß nämlich selbst ganz genau, wann er den Bogen überspannt hat. Ich wette zwei Monatsgehälter gegen eine Tasse Kaffee, dass er sich innerhalb der nächsten drei Stunden bei dir entschuldigen wird.«

Julia wischte sich mit der Hand die Tränen aus dem Gesicht und trank noch einen Schluck, diesmal nicht so hastig und ohne Husten. »Die Wette nehme ich an, George. Ich hoffe nur, du hast recht. Wobei, wer weiß, ob wir hier überhaupt lebend rauskommen.«

George wollte gerade etwas antworten, als die Tür des Kuppelsaals aufgeschlossen und Anne Bergström von zwei Männern hereingeführt wurde. Augenblicke später verriegelten die Wachen die Tür wieder von außen.

Sofort wurde Bergström von verschiedenen Mitarbeitern der Station umringt.

»Bitte, hört mir alle zu. Jeder von uns hat das Drama im Relaisraum mit anhören müssen. Ich komme direkt von der Krankenstation. Claudia ist zuversichtlich, dass Winston wieder gesund wird, er ist schwach, aber bei Bewusstsein. Winston wurde an der Schulter verletzt, als er mit Huan um die Waffe gekämpft hat. Dabei hat sich ein Schuss gelöst und Huan getötet. Die Schüsse, die Huan zuvor auf Mila und Susanne Reinhard abgegeben hat, waren leider tödlich, beide hatten keine Chance. Niemand von uns kann sich erklären, was im Kopf von Huan vorgegangen sein mag. Was hat diesen Mann dazu getrieben, sich auf die Seite von Terroristen zu schlagen?«

Anne Bergström wischte sich mit der Hand müde über das Gesicht. »Mir jedenfalls ist das ein Rätsel, ich werde es wahrscheinlich nie verstehen. Unsere Gebete und Gedanken sollten jetzt den Toten und ihren Familien und Freunden gelten, und wir sollten Winston die Daumen drücken, dass er bald wieder okay ist.«

Jemand aus der Runde drückte Anne Bergström ein Glas in die Hand. Sie hob das Glas in die Höhe. »Auf Mila, auf Susanne Reinhard und Paul Graham. Auf John, Pascal und Edward. Möge der Herr sich ihrer Seelen annehmen und sie in Frieden ruhen lassen.«

Jeder im Raum, der ein Glas in der Hand hielt, hob es zum Gedenken an die Toten. Es dauerte ein paar Atemzüge, bevor das Stimmengemurmel wieder einsetzte.

Sue ist tot. Allein der Gedanke kam Julia vollkommen absurd vor. Warum? Warum hatte Dr. Yen sie erschossen? Vielleicht würde sie nie eine Antwort erhalten, aber sie nahm sich vor, danach zu suchen. Sue hatte es verdient. Und ihre Familie, ihre Freunde und ihre Kollegen sollten erfahren, warum Sue gestorben war. Sobald Julia die Augen schloss, hörte sie wieder die Schüsse. Und noch schlimmer: das leise statische Rauschen aus den Boxen in der Stille danach.

»Ich frage mich, ob wir wirklich warten sollen, bis den Terroristen einfällt, dass sie sich keine Zeugen für sechs Morde leisten können.« George rieb sich nachdenklich das Kinn.

Seine Frage rüttelte Julia auf. Gerade eben noch hatte sie gedacht, keinen klaren Gedanken fassen zu können, doch jetzt spürte sie, wie sich neue Entschlossenheit ihren Weg bahnte.

Um Sue kannst du später noch trauern, jetzt sorg dafür, dass du lange genug am Leben bleibst, um zu trauern. »Wir sollten Hilfe rufen.«

»Klar, das habe ich auch schon gedacht, nur dass ich keine Möglichkeit habe, die 112 oder 911 zu wählen.« Die Worte waren kaum heraus, da schüttelte George den Kopf. »Entschuldige bitte, ich wollte nicht sarkastisch werden. Aber in einem Raum eingeschlossen zu sein und von sieben Mördern bewacht zu werden hinterlässt Spuren. Bleiben wir für einen Moment bei deinem Vorschlag, Hilfe zu rufen. Das ist eine Herausforderung wie jede andere auch. Wenn man etwas Unmögliches schaffen will, ist es gut, dieses Unmögliche in Etappen aufzuteilen, damit man nicht ein großes, sondern nur viele kleine Probleme lösen muss.«

»Ja, das klingt gut, in der Theorie jedenfalls. Aber das hier ist doch kein normales Problem, wie man es im Berufsleben schon mal hat.«

»Das weiß ich auch! Aber wenn wir nicht wenigstens versuchen, eine Lösung zu finden, drehen wir allesamt durch. Wir sollten sehen, dass wir die Schwierigkeiten einzeln angehen. Ein Schritt nach dem anderen.«

»Falls wir hier herauskommen – und ich sage ganz bewusst ›falls‹ –, würden die Probleme erst anfangen. Aber es hat ja keinen Sinn, darüber nachzudenken. Wir sind eingesperrt, und wir werden von sieben bis an die Zähne bewaffneten Männern bewacht.« Julia rieb sich mit beiden Händen die Schläfen. Bildete sie sich das nur ein, oder wurde die Luft im Kuppelsaal immer stickiger?

»Der Doc hört sich gerne selbst reden, die übrigen sechs sind allerdings keine Plaudertaschen«, sagte George leise, »aber ich hab mir so meine Gedanken gemacht. Erstens: Das sind Profis, so wie die geschossen und getroffen haben. Jeder von denen hält nicht zum ersten Mal eine Pistole in der Hand. Zweitens: Dank Dr. Yen weiß dieser Doc enorm gut über die Station Bescheid. Ich habe gehört, dass sich einer der Männer in das Netzwerk eingeklinkt hat, um uns zu überwachen.«

»Du meinst die Ortung mittels der Armbänder?«

»Ganz genau. Drittens – und hier wird es spannend: Wie sind die Terroristen überhaupt zur Station gekommen? Wie sie dagegen heute hereingekommen sind, ist klar. Ist dir das silberne Armband am Handgelenk dieses Docs aufgefallen?«

»Du meinst, das ist Fosters Armband?«

»Natürlich, er hat jetzt freien Zutritt zu allen Sektoren der Station.«

»Aber warum ist es wichtig, wie die Terroristen zu Terra Nova II gelangt sind?«, fragte Julia.

»Die nächste Forschungsstation ist mehr als einhundert Kilometer weit entfernt, bei diesem Sturm da draußen könnte sie auch genauso gut auf dem Mond liegen. Aber der Sturm war auch schon gestern Abend nicht ohne. Die Terroristen sind sicher nicht gelaufen, das verschafft uns Möglichkeiten. Wir müssen versuchen, ihr Transportmittel zu finden.«

Julia schüttelte energisch den Kopf. »Nein, George, das ist doch der reine Selbstmord. Wir haben es mit skrupellosen Fanatikern zu tun, die, ohne mit der Wimper zu zucken, vier Menschen erschossen haben. Wir sind in diesem Raum hier eingeschlossen. Selbst wenn wir die Tür aufkriegen, stehen draußen Wachen. Nehmen wir einmal an, wir schaffen es, unbemerkt an diesen Wachen vorbeizukommen, dann sind wir immer noch inmitten der menschenfeindlichsten Umgebung, die man sich vorstellen kann.«

»Du kannst meinen Plan doch nicht einfach verwerfen.«

»Plan? Du hast keinen Plan.«

»Gut, aber ich versuche immerhin, so etwas wie einen Plan zu entwickeln. Wie ich gerade schon sagte, wir lösen das in Etappen.«

Wir lösen das. Das klingt so, als könnte man wirklich etwas erreichen, dachte Julia. Entweder ist George ein hoffnungsloser Optimist oder total verrückt. Aber habe ich eine Wahl? Sie seufzte. »Na gut, dann nenn mir deine Probleme, und ich denke darüber nach, während du weiter überlegst, wie wir hier lebend herauskommen.«

»Gut. Die elektronische Überwachung ist eine harte Nuss. Es wird sehr schwierig werden, unbemerkt irgendetwas zu unternehmen. Und ich gehe davon aus, dass die selbst ernannten und mordenden Naturretter den Kommunikationsraum besetzt halten. Mal kurz aus den Zimmern eine Mail schicken wird auch nicht gehen. Abgesehen davon wüsste ich auch nicht, wem wir schreiben sollten.«

Julia dachte angestrengt nach. Georges Satz hatte eine Erinnerung ausgelöst, aber sie bekam den Gedanken nicht richtig zu fassen. *Nicht nachdenken, einfach kommen lassen!*

»Dann werd ich mal ein paar Gespräche führen, bestimmt weiß ich gleich mehr«, sagte Julia entschlossen.

Als Anne Bergström sah, wie Julia auf sie zusteuerte, stand sie auf und reichte ihr die Hand.

»Es tut mir so schrecklich leid, Frau Kern. Ich weiß, dass Sie mit Frau Reinhard befreundet waren. Mein aufrichtiges Beileid.«

»Herzlichen Dank. Ich habe bewundert, wie Sie den Terroristen die Stirn geboten haben. Darf ich fragen, was die Kommission gesagt hat?«

»Noch nichts, der Sturm da draußen hat jede Verbindung zur Außenwelt gekappt. Ich habe die Anweisungen der Terroristen befolgt und eine erste Nachricht abgesetzt, aber die wird erst versendet, wenn die Verbindung wieder steht. Glücklicherweise hat dieser Irre, der sich Doc nennt, das eingesehen.«

»Wir sollten versuchen, hier herauszukommen.«

Bergström musterte Julia überrascht. »Wie kommen Sie darauf?«

Julia lächelte grimmig. »Ist das eine ernst gemeinte Frage?«

Die Sicherheitschefin zögerte kurz, bevor sie antwortete: »Nein, Sie haben recht. Ich dachte nur, dass ich mit meinen Befürchtungen allein wäre. Das war wohl ziemlich naiv. Bei so vielen Toten wäre es leichtsinnig, Zeugen am Leben zu lassen.«

Julia nickte und sagte dann: »Genau aus diesem Grund

habe ich ein paar Fragen an Sie: Kennen Sie sich mit diesen Armbändern gut aus?«

»Ja, Ben und ich haben einen Teil des Sicherheitssystems eigenhändig programmiert.«

»Sie haben bei Ihrem ersten Briefing gesagt, dass unsere Armbänder auch geortet werden können, damit niemand draußen verloren geht.«

»Das stimmt. Jedes einzelne Armband hat eine individuelle Codenummer, die im Computer mit einem Namen verknüpft ist. Im Kommunikationsraum können wir über den Hauptrechner den jeweiligen Standort abrufen. Dafür nutzen wir auf der einen Seite die erfassten Daten in den Schleusen und auf der anderen Seite die Positionsdaten, die die Sensoren im Umfeld der Station liefern.«

»Und was ist mit den biometrischen Daten?«

»Das sind nur allgemeine Parameter: Pulsfrequenz und Körpertemperatur.«

Julia dachte über das eben Gehörte nach. »Nehmen wir einmal an, ich würde mein Armband einfach ablegen.«

»Dann wird nach sechzig Sekunden im Rechner ein Alarm ausgelöst, weil die Messwerte für Pulsschlag und Körpertemperatur fehlen. Wir haben bewusst einen zeitlichen Puffer eingebaut, weil es am Anfang verschiedene Fehlalarme gab. Da hatte zum Beispiel eine Mitarbeiterin das Armband abgelegt, während sie einen engen Pulli anzog. Wir sind in ihr Zimmer gestürmt, weil wir dachten, ihr wäre etwas passiert.«

»George hat gehört, dass die Terroristen Zugriff auf den Computer haben und damit auch auf die elektronische Überwachung.«

»Korrekt. Ich war im Kommunikationsraum. Einer der Männer hat offenbar von Yen sämtliche Passwörter erhalten. Diese Schweine haben nicht nur unsere Station, sondern auch das Computersystem unter ihrer Kontrolle.«

»Was glauben Sie, wie haben diese Männer es geschafft, in einem Polarsturm Terra Nova II zu erreichen?«

»Sie könnten mit einem Kettenfahrzeug gekommen sein.«

»Ein Fahrzeug wie der Voyager?«

»Sie überraschen mich mehr und mehr, Frau Kern. Ich hätte nicht gedacht, dass Sie sich auch mit Schneefahrzeugen auskennen.«

»Ist eine lange Geschichte, die dazu noch böse endete. Fakt ist, dass ich ein Vierteljahr lang fast täglich mit dem Voyager unterwegs war.«

»Die Geschichte würde ich gerne hören, hoffen wir, dass wir beide Gelegenheit bekommen, darüber zu plaudern. Um aber auf Ihre Frage zurückzukommen: Ich kann mir keinen Startpunkt vorstellen, von dem aus es im Sturm möglich wäre, zu Terra Nova II zu gelangen.«

»Trotzdem sind die Terroristen hier.«

»Sie sagen es.« Anne Bergström zögerte und schaute sich prüfend um, ob auch niemand zuhörte. »Ich vermute, dass die Männer schon vor dem Einsetzen des Sturms vor Ort waren.«

Julia dachte über die Tragweite dieser Vermutung nach. Wenn das stimmte, dann waren die Terroristen praktisch zeitgleich mit der Journalistengruppe eingetroffen. »Sicher gibt es einen Grund für Ihre Vermutung.«

»Im Grunde nur eine Kleinigkeit. Ben hat mir vorgestern Abend noch eine Nachricht geschickt. Zu seinen Aufgaben gehörte es auch, den Energiebedarf unserer Station im Auge zu behalten. Schließlich sammeln wir gerade erst Erfahrungen, wie effektiv das Solarsystem unter den polaren Wetterbedingungen funktioniert. Und bestimmte Bereiche wie zum Beispiel das Hauptgebäude 2 haben einen hohen Energiebedarf, da können wir uns Engpässe nicht leisten. Ben war aufgefallen, dass im noch ungenutzten Nebengebäude von Orbital Nord Strom verbraucht wurde. Er führte das auf einen defekten Sensor zurück. Wenn er sich da mal nicht geirrt hat.«

»Und was ist in diesem Nebengebäude?«

»Es ist eingerichtet, aber wir nutzen es noch nicht. Später sollen die künftigen Technikerteams dort ihren Aufenthaltsraum haben. Es wäre ja Unfug, in jeder Pause zum Hauptgebäude hinüberlaufen zu müssen. Orbital Nord ist der Haupt-hangar, es gibt einen zweiten Hangar für die Hubschrauber und eben das Nebengebäude mit einem Aufenthaltsraum, einer Kaffeeküche und Toiletten. Und jetzt verraten Sie mir doch bitte, was Sie vorhaben.«

»Ich denke, wir müssen die nächsten Stunden nutzen, in denen die Forderungen noch nicht an die Kommission gesendet werden können. Wenn aber erst einmal die Uhr tickt, ist es vielleicht zu spät.«

»Auch wenn ich noch immer keine Vorstellung habe, wie Sie die Zeit konkret nutzen wollen – lassen Sie mich bitte wissen, wenn ich Sie irgendwie unterstützen kann.«

43

Der Doc presste die Lippen zusammen und las die Wetter-
prognose auf dem Monitor im Kommunikationsraum. Neben
Nummer 3, dem Computerexperten, warteten noch Nummer 2 und Nummer 5 auf weitere Anweisungen. Der Doc
hatte von Anfang an darauf bestanden, dass alle im Team
Sturmhauben trugen und ohne Namen angeredet wurden.
Dass er dabei eine Ausnahme bildete, störte ihn nicht weiter.
Ein Spitzname war nur ein Spitzname, den konnte man ablegen wie eine gebrauchte Socke.

»Hey, Doc, Nummer 1 steht oben vor der abgeschlos-
senen Tür und 4 vor der Krankenstation. Nummer 6 dreht
seine Runden durch die Gänge. Wir sollten Schichten für den
Wachdienst einteilen.«

Der Doc nickte geistesabwesend. Ein Teil seines Bewusst-
seins beschäftigte sich mit dem Aufstellen eines Wachdienst-
plans, ein anderer Teil analysierte die Wetterdaten. Wenn er
ehrlich war, hatte er nicht damit gerechnet, dass der Sturm
jegliche Kommunikationsverbindungen unterbrechen würde.
Das war mehr als ärgerlich, weil er nicht vorgehabt hatte,
länger als achtundvierzig Stunden nach dem Überfall in der
Station zu bleiben.

Immerhin hatte sein Team alles unter Kontrolle, und mit
den vorhandenen Vorräten konnten sie notfalls auch mehrere
Wochen ausharren. Zudem baute er darauf, dass die Gefan-
genen von der brutalen Gewalt des Überfalls eingeschüchtert
genug waren. Wie bei jeder Mission hatte es auch bei diesem
Überfall einen kritischen Moment gegeben, an dem alles hätte
anders ausgehen können. Sieben Bewaffnete gegen rund vierzig Menschen. Mit dem richtigen Willen und der Bereitschaft,
gegebenenfalls verletzt zu werden, hätten die Stationsmit-
arbeiter und Presseleute mit seinen Männern leichtes Spiel
gehabt. Aber er hatte die Unbewaffneten richtig eingeschätzt.

Das waren alles Laien, und diejenigen, die Kampferfahrung hatten, hatte er direkt erschießen lassen.

Dennoch war dieser Kommunikationsabbruch ärgerlich, weil sie nun nicht auf das Erfüllen des Ultimatums pochen konnten. Niemand außerhalb von Terra Nova II wusste zurzeit überhaupt etwas von dem Überfall, geschweige denn von der vierundzwanzigstündigen Frist.

Vielleicht sollte ich trotzdem ein Exempel statuieren, nur damit alle wissen, wie ernst wir es meinen.

»Gibt es eine Aufstellung aller Mitarbeiter und Gäste?«, fragte der Doc den Mann, den alle Nummer 3 nannten. Dessen Finger flogen über die Tastatur, und Augenblicke später füllten Passfotos den großen Monitor.

Jemand von der Presse wäre optimal, weil dann die Medien den Regierungen zusätzlichen Druck machen würden. Sobald jemand aus ihren eigenen Reihen betroffen war, konnte man sicher sein, dass die Presse das Thema so schnell nicht wieder fallen ließ. Der Doc schaute sich jedes einzelne Foto genau an. Da, die Blonde aus Deutschland war ideal. Sie würde eine gute Figur machen, wenn man sie bei ihrer Hinrichtung filmte. Der Doc merkte sich ihren Namen: Julia Kern.

44

»Okay, Julia, dann lass uns damit anfangen, das große Problem in lauter kleine Probleme aufzuteilen«, schlug George vor.

»Warte mal, dahinten auf dem Sideboard steht noch Wasser.« Julia stand auf, um sich ein Glas einzuschenken.

»Entschuldigen Sie, Julia.«

Überrascht drehte sie sich zu der Stimme um. Sie hatte gar nicht bemerkt, dass Harry näher gekommen war.

»Bitte sagen Sie jetzt nichts, Julia. Denn alles, was Sie gesagt haben, war richtig. Ich weiß nicht, was mich vorhin geritten hat. Vielleicht wollte ich es einfach nicht wahrhaben, dass Sue nicht mehr da ist. Ja, ich habe tatsächlich in diesem Moment selber geglaubt, dass ich an ihrer Stelle anders gehandelt hätte. Aber was will man gegen einen Wahnsinnigen mit einer Pistole in der Hand tun? Sue und ich waren nicht immer einer Meinung, aber genau deshalb habe ich sie geschätzt. Machen wir uns doch nichts vor, Sue gehörte zu den wenigen Menschen in meiner Firma, die mir offen sagen, wenn ich Bockmist baue. Nun, Roy wohl auch, und ganz offensichtlich gehören Sie ebenfalls mit dazu. Bitte nehmen Sie meine Entschuldigung an, ich möchte Sie nicht verlieren.«

Harry, der während seiner kleinen Ansprache die ganze Zeit nervös die Hände geknetet hatte, presste die Lippen zusammen und ging dann, ohne eine Antwort von Julia abzuwarten, wieder zurück zu dem Sessel, in dem er vorher schon gesessen hatte.

Meine Güte, da ist aber jemand schwer über seinen Schatten gesprungen, dachte Julia. Sie nahm ihr Glas und ging zurück zu George.

»Und, was wollte er?«

»Ich bin dir einen Kaffee schuldig.« Zum ersten Mal seit Stunden stahl sich ein zaghaftes Lächeln in ihr Gesicht.

»Hab ich mir doch gedacht. Und was hast du von Anne Bergström erfahren?«

»Die Station hat zurzeit keine Verbindung zur Außenwelt.«

»Ist das die gute oder die schlechte Nachricht?«

»Ich würde sagen, sowohl als auch. Die gute Nachricht ist, dass das Ultimatum der Terroristen dadurch noch nicht weitergegeben werden konnte. Wir haben also etwas Zeit gewonnen. Die schlechte Nachricht ist, dass wir ebenfalls keine Verbindung zur Außenwelt aufbauen können, damit fällt die Idee, einen Hilferuf abzusetzen, erst einmal ins Wasser.«

George kratzte sich nachdenklich am Kopf. »Okay, darüber denken wir später nach. Hat Bergström etwas zu der elektronischen Überwachung gesagt?«

»Ja. Die Armbänder erfassen biometrische Daten und schlagen Alarm, wenn man sie ablegt. Es gibt allerdings einen kurzen zeitlichen Puffer von sechzig Sekunden, bevor der Alarm losgeht.«

»Mist!« George schlug mit der flachen Hand verärgert auf die Sessellehne. »Ich hatte gehofft, dass man Personen individuell auswählen muss, um ihren Standort zu ermitteln.«

Ein nachdenkliches Schweigen breitete sich zwischen den beiden aus. Plötzlich hatte Julia eine Idee. »Hast du ›Jurassic Park‹ gelesen?«

»Klar, und den Kinofilm gesehen. Ich weiß im Moment nur noch nicht so genau, was Dinosaurier mit unserer Situation zu tun haben.«

»In dem Park wird jeder einzelne Dinosaurier elektronisch erfasst. Aber weil man es sich bequem machen will, beendet der Computer die Zählung, sobald die festgelegte Zahl von Tieren erreicht ist. Das Katastrophale liegt darin, dass man lange Zeit nicht real überprüft, wie viele Tiere überhaupt existieren. Man verlässt sich blind auf die Computerzählung. Bei uns ist das ganz ähnlich. Die Terroristen wissen, dass wir alle hier im Raum sind. Jeden Einzelnen können sie orten. Und wenn jemand das Armband ablegt, schlägt das System automatisch Alarm.«

»Du meinst, die Terroristen verlassen sich darauf, was der Computer ihnen vorgibt, und sie machen sich nicht die Mühe, das Ganze persönlich zu überprüfen?«

»Jedes Armband erfasst Puls und Körpertemperatur. Solange also jemand hier im Raum unser Armband zusätzlich zu seinem eigenen trägt, wird kein Alarm ausgelöst. Für den Computer sind wir immer noch hier im Raum.«

»Das ist ziemlich clever.«

»Danke für das Kompliment, aber diese Idee hilft uns nicht dabei, durch eine abgeschlossene Tür hindurch und an bewaffneten Wächtern vorbeizukommen.«

George lächelte breit und stand auf. »Komm, Julia, wir suchen uns zwei Träger für unsere Armbänder, und dann nehmen wir den exklusiven O'Connor-Fluchtweg in die Freiheit.«

»Du weißt, wie wir aus diesem Raum kommen?«

»Yep.«

»Los, sag es mir.«

George grinste. »Sagen? Nee, viel besser, ich zeig es dir.«

»Das kann definitiv funktionieren«, kommentierte Anne Bergström den Plan der beiden. »Am liebsten würde ich Sie begleiten.«

»Auf keinen Fall«, widersprach George, »die Terroristen können jeden Moment hier hereinkommen, um Sie aufzufordern, eine neue Nachricht abzusetzen. Ihr Verschwinden würde also sofort auffallen. Uns beide kennt niemand, und wenn die Terroristen nicht alle Anwesenden hier im Raum auf einer Liste einzeln abhaken, wird unser Abgang kaum auffallen.«

Anne Bergström dachte über das nach, was George gerade gesagt hatte. »Sie haben wahrscheinlich recht. Aber wie wollen Sie durch die Schleusen kommen, wenn Ihre beiden Armbänder hier im Raum bleiben?«

»Wir schleichen uns von der Küche ein Stockwerk hinauf in die Krankenstation und leihen uns ein silbernes Armband von Winston MacCullum oder Frau Dr. Braller aus.«

»Und dann?«

»Dann gehen wir dorthin, wo die Terroristen hergekommen sind. Irgendwie müssen sie ja zur Station gekommen sein.«

»Ganz schön vage, Ihr übriger Plan, Mr. O'Connor.«

George zuckte mit den Schultern. »Es ist der beste, der mir auf die Schnelle eingefallen ist.«

»Lassen Sie sich bloß nicht erwischen.«

»Da stehen unsere Chancen gut«, sagte Julia, »wir haben es mit sieben Terroristen zu tun. Diese sieben Männer müssen den Raum hier oben bewachen, den Kommunikationsraum besetzen und die Krankenstation im Auge behalten. Außerdem wollen sie den Relaisraum in Tiefenzone 4 zerstören. Ich vermute, dass der Anführer im Kommunikationsraum ist, weil er eine Antwort der Kommission nicht verpassen will. Und Sie sagten, dass ein weiterer Mann dort am Computer sitzt. Bleiben noch fünf übrig, die an drei Orten sein müssen. Den Terroristen fehlt es an Personal, um alle Ebenen und Flure zu kontrollieren. Hat die Krankenstation möglicherweise noch einen zweiten Eingang?«

»Ja, wenn auch nur indirekt. In der Krankenstation gibt es eine zweite Tür, die in ein separates Treppenhaus führt. So kommt man direkt von Ebene 2 hinunter auf Ebene 0, wo die Labore sind. Wir wollen nicht, dass man mit Laborproben durch die Haupttreppenhäuser und Verbindungsflure laufen muss. Sie müssen also ins Basement gehen, dort in ein Labor und dann die Nebentreppe wieder hinauf zur Krankenstation. Als ich Winston besucht habe, hielt ein Mann vor dem Haupteingang der Krankenstation Wache. Ich glaube nicht, dass die Nebentreppe ebenfalls bewacht wird.«

Julia schaute George an. »Wir sollten loslegen, bevor ich meine Meinung über unser Himmelfahrtskommando ändere.« Sie öffnete den Verschluss ihres Armbandes und gab es Anne Bergström, die das Armband direkt wieder anlegte.

»Dann will ich auch mal«, sagte George und ging zu Roy hinüber. Die beiden wechselten leise ein paar Worte, Julia sah, wie Roy zustimmend nickte, dann übergab George dem Kameramann sein Armband.

Als George wieder neben ihr stand, fragte Julia: »Jetzt könntest du doch mal verraten, wie du aus diesem verschlossenen Raum hinausgelangen willst.«

»Die Antwort ist einfach. Man muss sich nur fragen, wie es dem Küchenpersonal gelungen ist, das ganze warme Essen über zwei Stockwerke hinweg hier unter die Kuppel zu holen.«

Julia sah George ratlos an, Anne Bergström dagegen begann leise zu lachen. »Mr. O'Connor, das ist zwar verrückt, aber auch genial.«

»Worüber reden wir?«

»Julia, wir werden den Aufzug in die Freiheit nehmen, und zwar den Speiseaufzug, den unsere mordlüsternen Terroristen offenbar überhaupt nicht kennen, denn sonst hätten sie hier im Raum eine Wache postiert.«

Hinter einer Wand, die als Sichtschutz diente, wurden aufgestapelte Stühle und mehrere zusammenklappbare Tische gelagert. Leise miteinander redend schlenderten Julia und George bis zu der Sichtschutzwand. Unauffällig schaute sich George noch einmal um, dann gab er Anne Bergström das verabredete Zeichen.

»So, mir reicht es jetzt!«, rief die Sicherheitschefin laut, »hat noch jemand außer mir Hunger?«

Klassische Ablenkung. Wie ein Zauberer, der auf der Bühne sein Publikum ansprach, damit seine Assistentin sich unbemerkt hinter einer Kiste verstecken konnte.

Alle Augen im Raum richteten sich auf die Sicherheitschefin, niemand achtete auf Julia und George, die blitzschnell hinter der Sichtschutzwand verschwanden.

»War das wirklich nötig?«, fragte Julia.

»Dass wir beide fliehen wollen, wissen nur Anne Bergström und Roy. Und das ist auch gut so. Wer weiß, ob Yen nicht noch Komplizen innerhalb der Belegschaft hatte.«

Der Gedanke war Julia noch gar nicht gekommen.

Mitten in der Wand vor ihnen war der Speiseaufzug einge-baut. Die Öffnung war ungefähr so groß wie das Küchenfens-ter in ihrer Godesberger Wohnung. Groß genug, um in den Aufzug hineinzuklettern. George drückte auf einen Knopf, und die Türen öffneten sich lautlos.

»Ladies first.« George deutete eine Verbeugung an. »Rutsch in die hintere Ecke, zieh die Beine an, das wird jetzt ein wenig unbequem.«

Julia kletterte in die Lastenkabine. Sie musste den Kopf einziehen und zog die Beine an, aber es ging. Richtig eng wurde es, als George sich ebenfalls in die Kabine zwängte. Diese Enge schnürte Julia die Luft ab. Plötzlich saß sie nicht in einem engen Aufzug, sondern war gefangen in der Dunkel-heit des Schneemobils. Ihr Atem raste.

Sie schloss die Augen, versuchte die Bilder in ihrem Kopf zu verdrängen.

»Geht es so?« Georges Frage holte sie wieder zurück in die Kabine aus Stahl. »Zum Glück ist dieses Modell nicht eines, wo man die Türen von außen verschließen muss, damit sich das Ganze in Bewegung setzt«, erklärte George und beugte sich nach vorne, um mit dem ausgestreckten Arm auf den Knopf zu drücken. Mit einem Ruck fuhr der Aufzug an.

Abwärts, ein Sturz in die Tiefe. Julia stöhnte auf.

»Alles okay bei dir?«

Julia konnte nur stumm nicken, wahrscheinlich spürte George dieses Nicken mehr, als dass er es sah. Mit einem lauten Knarzen und einem unangenehmen Nachfedern endete die Fahrt nach unten. Julia atmete erleichtert auf. Raus, sie wollte nur raus.

Die Tür glitt wieder auf, an George vorbei sah Julia einen großen Herd und glänzende Arbeitsflächen aus Edelstahl. Dass Manu hier noch vor wenigen Stunden gearbeitet hatte, erschien Julia wie eine Episode aus einem anderen Leben. Ein Leben, bevor Menschen vor ihren Augen erschossen wurden und sie mit anhören musste, wie Sue starb.

George kletterte aus der Kabine und reichte Julia eine Hand, um ihr herauszuhelfen.

»Okay, die Küche ist auf Ebene 1. Wir müssen noch eine Etage tiefer, um in ein Labor zu kommen.«

George ging zu einem Schrank und öffnete die oberste Schublade.

»Na bitte.« Er nahm ein Küchenmesser mit einer gut zwanzig Zentimeter langen Klinge und rollte es in ein Geschirrtuch ein. »Ein Messer ist immerhin besser als gar keine Waffe. Wenn du es einsetzen musst, dann stich in den Hals und sieh zu, dass du danach wegrennst.«

Entschlossen nahm Julia das Bündel, das erstaunlich schwer in ihrer Hand lag, und schob es in ihre Jackentasche. George nahm sich ebenfalls ein Messer und wickelte es in ein weiteres Geschirrtuch, damit er es gefahrlos hinter den Gürtel seiner Hose schieben konnte. Dann öffnete er neue Schubladen.

»Was suchst du denn jetzt noch?«

»Einen Moment. Die sind doch hier so gut ausgestattet … Würde mich wundern, wenn sie so etwas nicht hätten … Ah, da haben wir ihn ja.«

George hielt einen Steakklopfer in die Höhe. »Fehlt nur noch eine Sache.« Zielstrebig ging er zu einem Verbandskasten, der neben der Küchentür an der Wand hing. Aus dem Kasten holte er zwei breite Rollen Heftpflaster.

»Was willst du denn damit?«

»Irgendwie müssen wir ja in das Labor gelangen.« Mehr kam von ihm nicht. George hatte offensichtlich nicht vor, seine rätselhafte Antwort näher zu erklären. Julia schnaubte ungehalten, folgte ihm aber.

Gemeinsam schlichen sie die Treppe hinunter, aufmerksam lauschend, ob ihnen Schritte entgegenkamen. Alles blieb still. Als sie die große Halle im Basement betraten, schaltete sich automatisch das Licht an.

George fluchte leise. »Diese verdammten Bewegungsmelder, da könnten wir ebenso gut einen Fanfarenzug vorwegschicken, um unsere Ankunft anzukündigen.«

Julia deutete auf die Spinde hinten an der Wand. »Wir brauchen unsere Schutzkleidung, wenn wir nach draußen wollen.«

»Verdammt, daran hatte ich nicht gedacht. Ohne unsere Armbänder können wir die Schränke nicht öffnen. Lass uns erst zur Krankenstation gehen, damit wir uns ein silbernes Armband abholen können. Ohne das kommen wir sowieso nicht aus dem Gebäude.«

Julia seufzte, George hatte recht, aber ihr wäre wohler gewesen, wenn sie sich nicht noch einmal hier unten hätte aufhalten müssen. In der großen Halle kam sie sich vor wie auf dem Präsentierteller. Im Moment waren sie alleine, sie wollte ihr Glück aber nicht unnötig strapazieren. Allerdings war es aussichtslos, zu versuchen, einen Spind mit einem Küchenmesser aufzubrechen. Es half alles nichts, sie brauchten zuerst das silberne Armband.

»Da vorne geht es zu den Laboren.« Sie deutete auf ein Hinweisschild.

Möglichst leise liefen sie durch den Flur, vorbei an mehreren Türen. Hinter ihnen erlosch das Licht in der Halle, die Notbeleuchtung war dämmrig und trübe.

Kurz vor Ende des Flurs blieb George vor einer Tür stehen. »Labor 1, dann wollen wir unser Glück mal hier versuchen.«

In diesem Augenblick erkannte Julia den Denkfehler, den sie gemacht hatten. Man brauchte die Armbänder nicht nur, um den Spind im Basement zu öffnen, sondern auch für die verschiedenen Türen in der Station, beispielsweise die Türen zu den Laboren.

»Ohne Armbänder kommen wir hier nicht rein«, flüsterte sie.

»Yep. Deswegen das Heftpflaster und dieser praktische Steakklopfer.«

George begann, auf die Glasscheibe, die als schmales Sichtfenster in die Tür eingelassen war, sternförmig Heftpflasterstreifen zu kleben.

»Du hast daran gedacht?«

»Ich improvisiere zwar gerne, aber ich habe auch ab und zu

meine hellen Momente«, grinste George. »Wir wollen doch nicht, dass jemand auf uns aufmerksam wird, weil wir die Scheibe ohne Schalldämpfung einschlagen.« George holte mit dem Steakklopfer aus. In diesem Moment ging in der großen Halle das Licht an.

Julia Kern. Der Doc freute sich auf das, was jetzt kam. Die Deutsche ähnelte seiner verstorbenen Schwester, der gleiche Typ. Das machte sein Vorhaben noch reizvoller. Er nickte Nummer 1 zur Begrüßung zu. »Irgendwelche Probleme?«

»Nein, die haben sich bislang ruhig und gesittet verhalten. Vor ein paar Minuten hat diese Sicherheitsfrau an die Tür geklopft und nach Essen gefragt.«

»Die können ruhig ein wenig hungern. Ich gehe jetzt rein. Behalte du den Raum im Auge, ich möchte nicht von hinten überrascht werden.«

Nummer 1 nahm seine Pistole und zog den Schlitten zurück, um sie durchzuladen, bevor er die Tür aufschloss.

»Guten Abend, meine Damen und Herren. Ich hoffe, Sie genießen die Möglichkeit, ungestört unter sich zu sein.« Zufrieden registrierte der Doc, wie die Menschen vor ihm zurückwichen. Er musterte die einzelnen Gesichter. Julia Kern, mittelgroß, blonde Locken, hübsche Nase. Es dauerte eine gewisse Zeit, bis ihm dämmerte, dass er sie nirgendwo entdeckte. Ein zweiter Rundumblick, diesmal noch gründlicher. Überall ängstliche Gesichter, aber keine Julia Kern. Mit einem leisen Fluch griff der Doc nach dem Funkgerät an seinem Gürtel.

»Doc an Nummer 3, bitte kommen.«

»Hier … was … versteh dich …« Die abgehackte Antwort ging in statischem Rauschen unter. Draußen vor den großen Fenstern unter der Kuppel tobte der Polarsturm. Mit einem weiteren Fluch rannte der Doc aus dem Raum.

Die Schritte kamen näher. Julia sah den langen Schatten eines Mannes, der durch die Halle ging. George reagierte blitzschnell. Lautlos lief er zu einer Tür auf der gegenüberliegenden Seite des Gangs. Er drückte die Klinke herunter. Abgeschlossen. Die Schritte kamen näher. Nächste Tür. Abgeschlossen. Panisch schaute sich Julia nach einem Versteck um, nur gab es in diesem Flur nichts außer Türen.

»Julia!«

Kein Rufen, ein gehauchtes Flüstern, trotzdem war Julia davon überzeugt, dass der Mann es gehört haben musste. *In wenigen Sekunden steht er hier im Flur, unsere Flucht ist vorbei, bevor sie richtig begonnen hat.*

Julia spürte Georges Hand an ihrem Arm. Mit einem heftigen Ruck zog er sie zu sich. Zwei, drei Schritte, und sie wurde durch eine schmale Tür gedrängt. George lehnte sich mit seinem ganzen Gewicht gegen Julia, um die Tür hinter sich zuziehen zu können. Offenbar hatte er eine Art Besenschrank entdeckt, denn zwei längliche Stiele bohrten sich schmerzhaft in ihren Rücken. George legte eine Hand auf ihren Mund und erstickte damit ihr Schnaufen.

Die Pflasterstreifen auf der Scheibe, dachte Julia. Die Schritte im Flur klangen in ihren Ohren unnatürlich laut. Zügige Schritte, kein Zögern. Angstvoll wartete Julia darauf, dass sie anhielten, dass die Tür hinter George aufgerissen, ihr armseliges Versteck entdeckt wurde.

Ein Schweißtropfen brannte in ihrem Auge. Die Schritte hielten inne. Ganz nah.

· ·

Der Doc rannte durch den Flur und brüllte gleichzeitig in sein Funkgerät.

»Julia Kern. Ich will wissen, wo Julia Kern zurzeit ist.«
Statt einer Antwort weiteres Rauschen.

Dass die Wetterlage dort draußen auch noch den Funkverkehr störte, nahm der Doc persönlich. Wut kochte in ihm hoch. Er erreichte die Ebene 2. Das Grün der Wände sollte wahrscheinlich beruhigend wirken, ihn machte es aggressiv. Er stieß die Tür zum Kommunikationsraum so heftig auf, dass sie laut gegen die dahinterliegende Wand krachte.

Nummer 3 fuhr erschrocken herum. »Ich versuche die ganze Zeit, dich zu erreichen, höre aber nur ein paar Satzfetzen und sonst nichts.«

Der Doc blieb stehen und atmete einmal tief durch. Wut machte unvorsichtig. Wenn er wütend war, verlor er die Kontrolle über sich selbst. Und er hasste es, die Kontrolle zu verlieren.

»Julia Kern. Ich will wissen, wo sie ist.«

Nummer 3 beeilte sich, den Wunsch zu erfüllen. Seine Finger rasten förmlich über die Tastatur.

»Julia Kern, da haben wir sie. Sie trägt das Armband mit der Codenummer 33-14. Ortung startet jetzt.«

Nummer 3 drückte die Enter-Taste. Der große Bildschirm an der Wand zeigte einen Längsschnitt des Hauptgebäudes 1. Dort blinkte ein roter Punkt. Nummer 3 klickte den Punkt mit der Maus an. Die Ansicht wurde vergrößert, der Punkt blinkte weiter. Daneben tauchte ein Text auf.

»Julia Kern, Hauptgebäude 01, Ebene 03, Raum Scott.«

Nummer 3 runzelte überrascht die Stirn.

»Raum Scott? Laut Computer ist Julia Kern oben im Kuppelsaal. Warst du nicht gerade erst dort oben, Boss?«

»Verdammte Schlampe!«

In diesem Moment schrillte ein hoher Warnton durch den Raum.

»Was zum Teufel ist das?«, schrie der Doc über den Ton hinweg.

Nummer 3 tippte weitere Befehle ein. Der Warnton verstummte.

»Das versteh ich nicht. Julia Kern ist oben im Kuppelsaal, aber eben hat ihr Puls aufgehört zu schlagen.«

Der Doc stürmte aus dem Raum.

Julia hatte das Gefühl, dass sie seit einer Ewigkeit angstvoll den Atem angehalten hatte, dabei waren es wahrscheinlich nur wenige Sekunden gewesen. Draußen ging der Mann weiter. Die Schritte entfernten sich. Stille. Sie spürte, wie sich Georges Körper, der immer noch dicht an ihren gepresst war, entspannte. Seine Hand gab ihre Lippen frei. Julia atmete erleichtert auf.

»Heilige Scheiße, das war aber knapp«, murmelte George. Er öffnete die Tür und zog Julia zurück in den Flur. »Jetzt oder nie!«

George nahm das Handtuch, in dem sein Messer eingewickelt war, hielt es vor die Scheibe und schmetterte den Steakklopfer gegen das Glas. Das Tuch dämpfte den Schlag, die Leukoplaststreifen sorgten dafür, dass keine Glasscherben laut klirrend auf den Boden fielen. Drei, vier weitere Schläge, dann konnte George die zusammengeklebten Scherben nach innen drücken. Vorsichtig griff er mit dem Arm durch die Lücke zur Innenklinke.

»Zum Glück nicht abgeschlossen. Komm, Julia!«

Ein paar Monitore tauchten den Laborraum in ein gespenstisches bläuliches Licht. Es reichte aus, um sich zurechtzufinden und nicht gegen irgendwelche Labortische zu laufen oder Geräte umzustoßen. Die Tür zu dem separaten Treppenhaus war nur als großer dunkler Schatten an der Wand zu erkennen. Glücklicherweise hatte diese Tür kein elektronisches Schloss. In dem engen Treppenhaus schraubte sich eine Wendeltreppe mit verzinkten Gitterstufen in die Höhe.

»Versuch, möglichst leise aufzutreten«, sagte George, »so eine Metalltreppe kann einen Höllenlärm machen, der wahrscheinlich quer durch alle Stockwerke zu hören ist.«

Hintereinander und auf jeden Schritt achtend machten sie sich an den Aufstieg.

Von wegen kein Pulsschlag. Die wollen mich verarschen! Gut, das Spiel gewinne ich. Wütend riss der Doc die Tür auf. Nummer 1 hielt die Anwesenden mit seiner gezogenen Waffe in Schach.

Der Doc zog seine eigene Pistole.

»Auf den Boden, alle auf den Boden, und zwar sofort!« Er feuerte quer durch den Raum, der Schuss traf eine Wasserflasche, die in einem Scherbenregen explodierte. Sein gebrüllter Befehl, vor allem zusammen mit dem Schuss, sorgte dafür, dass sich alle ohne zu zögern hinwarfen. Der Doc schaute sich im Raum um. Das schwarze Armband lag gut sichtbar auf einem Sideboard.

Der Doc nahm es, warf es auf den Boden und trat mit dem Absatz darauf.

»Das habt ihr euch clever ausgedacht. Julias Armband liegt offen herum, und keiner weiß etwas davon. Nur dass eben noch ein Pulsschlag erfasst wurde. Deshalb habe ich eine einfache Frage: Wer hat dieses Armband getragen?«

Der Doc beugte sich zu einer Frau herunter, die wimmernd die Hände über den Hinterkopf gelegt hatte. Sanft, geradezu einschmeichelnd wurde seine Stimme, als er sich noch tiefer hinabbeugte. »Es ist doch eine so leichte Frage, nicht wahr?« Unvermittelt brüllte er los: »Wer hat das verfluchte Armband getragen? Ich knall euch ab, ich zerschmettere eure Knie, die Ellenbogen – fragt euch selbst, ist es das wert?«

Die Frau vor ihm schluchzte auf, jemand im Raum weinte. Aber niemand antwortete.

Der Doc ging durch den Raum, beugte sich vor, griff in dichtes schwarzes Frauenhaar und riss den Kopf brutal zurück. Die Frau schrie vor Schmerzen laut auf. »Wie heißt du, was machst du hier?«

»Manu, ich bin die Köchin«, presste die Frau hervor, während ihr gleichzeitig Tränen die Wangen herunterliefen.

»Ich möchte, dass ihr alle ganz genau zuhört. Ich erwarte eine Antwort, und zwar in fünf Sekunden.«

Der Doc drückte seine Pistole an Manus Schläfe. »Fünf Sekunden, oder ich blase Manu den Kopf weg, und dann nehme ich mir den nächsten Kopf vor. Ich habe noch sechzehn Kugeln hier im Magazin, sechzehn Köpfe, bevor ich nachladen muss. Ach ja, bei Paul war ich nicht mal wütend, als ich ihn erschossen habe. Jetzt aber bin ich stinksauer. Eins, zwei, drei ...«

»Lassen Sie sie los!«

Der Doc wandte sich zu der Stimme um. »Mrs. Bergström, Sie enttäuschen mich. Ich hätte Sie für klüger gehalten.«

Er ließ Manu los und richtete die Pistole auf die Sicherheitschefin.

»Nennen Sie mir einen Grund, warum ich jetzt nicht abdrücken sollte.«

»Schießen Sie ruhig. Bestimmt kann Ihr Handlanger da drüben an der Tür genauso gut wie ich mit der Kommission verhandeln. Schließlich sind schon alle Ihre Forderungen erfüllt worden. Nein, warten Sie, das stimmt ja gar nicht. Sie stehen ja noch ganz am Anfang der Verhandlungen.«

Anne Bergströms Stimme triefte vor Sarkasmus. Sie starrte dem Doc in die Augen. Im Raum war es totenstill, selbst das Wimmern war verstummt. Langsam ließ der Doc die Pistole sinken.

»Genießen Sie Ihren kleinen Triumph. Es wird der letzte sein, den Sie erleben, wenn unseren Forderungen nicht nachgekommen wird. Denn fragen Sie sich mal: Was hätten wir noch zu verlieren? Aber weil ich Sie am Leben lasse und weil ich Manu gerade verschont habe, will ich wissen, wie Julia Kern aus diesem Raum verschwinden konnte.«

Anne Bergström machte mit dem Kopf eine vage Bewegung in Richtung Sichtschutzwand.

»Behalte sie im Auge«, befahl der Doc seinem Mann an der Tür, dann ging er um die Wand herum.

Als er den Speiseaufzug sah, verfluchte er sich selbst. *Ein Fehler, du hast einen Fehler gemacht. Du bist gar nicht so gut, wie du denkst. Du bist unvollkommen, du bist ... ein Versager, du ...*

»Ich bin der Doc!«

Sein Brüllen übertönte die Stimme in seinem Kopf. Mit einem Aufschrei schoss er auf den Bedienknopf des Aufzugs. Ein Schuss, zwei, drei, vier Schüsse. Querschläger jaulten an ihm vorbei, Putz flog herum, ein Kurzschluss verschmorte Kabel. Als die Schüsse verhallten, waren von der Aufzugssteuerung nur noch rauchende Trümmer übrig.

49

»Als Sie die Treppenhaustür geöffnet haben, hätte ich fast einen Herzinfarkt erlitten.« Claudia Braller lehnte sich an ihren Schreibtisch und nahm ihre spitz zulaufende rote Brille ab, um sich mit Daumen und Zeigefinger den Nasenrücken zu reiben. Die Stationsärztin sah müde und erschöpft aus, dunkle Schatten lagen unter den Augen. Julia vermutete, dass daran mehr als nur ein langer Tag schuld war. Wer als Mediziner in der Antarktis arbeitete, rechnete sicher nicht damit, dass Menschen erschlagen und erschossen wurden.

»Wir wollten Sie nicht erschrecken«, sagte George, »aber Sie sind unsere einzige Möglichkeit, aus der Station zu gelangen. Anne Bergström hat uns den Weg über das separate Treppenhaus verraten.«

An der vorderen Stationstür hörte man ein lautes Klopfen. »Hey, Frau Doktor, die Zeit ist gleich um.«

Bei dem Klopfen fuhr George herum und machte gleichzeitig einen Schritt nach vorne, um sich zwischen Julia und die Tür zu stellen.

»Machen Sie sich keine Sorgen, vor der Tür steht zwar ein Wachposten, aber ich habe sie zusätzlich verriegelt. Ich habe darauf bestanden, die Notoperation an Winston ungestört durchführen zu können. Der Deal ist, dass ich einmal in der Stunde herauskomme und einen Zwischenbericht abgebe. Ich könnte natürlich auch den Hinterausgang benutzen, aber was soll ich da draußen? Wissen Sie, wohin Sie wollen?«

Es lag etwas Drängendes in dieser Frage, ein Unterton, der Julia instinktiv davon abhielt, die Wahrheit zu sagen. »Wir wollen uns zum Orbital Ost durchschlagen und von dort aus versuchen, Hilfe anzufordern«, erwiderte sie deshalb.

»Ich kann nur hoffen, dass Ihnen das gelingt. Was für ein furchtbares Gemetzel. Diese Kerle müssen zur Rechenschaft gezogen werden, die gehören lebenslänglich hinter Gitter.«

»Dann helfen Sie uns, Frau Dr. Braller«, warf George ein, »wir benötigen dringend ein silbernes Armband.«

Es sprach für den Scharfsinn der Ärztin, dass sie keine Nachfragen stellte.

»Sie können Winstons Armband nehmen. Kommen Sie mit, er ist noch bewusstlos, aber er hätte sicher nichts dagegen, Sie bei der Rettung seiner Station zu unterstützen.«

George und Dr. Braller verschwanden in einem Nebenraum, von dem Julia annahm, dass dort der verwundete Stationsleiter lag. Es dauerte nur wenige Minuten, dann kamen die beiden wieder zurück. George hielt lächelnd seinen Arm hoch: Ein silbernes Armband schmückte nun sein rechtes Handgelenk.

»Wir müssen jetzt gehen, Frau Doktor. Geben Sie uns bitte noch einen kleinen Vorsprung, bevor Sie sich bei der Wache blicken lassen. Wer weiß, ob der nicht doch durch einen Zufall die Hintertür hier entdeckt. Wenn es so weit ist, möchten wir möglichst weit weg sein.«

»Dann gehen Sie schnell, ich werde darauf achten, dass niemand in den Raum kommt.«

Als die Ärztin die Tür zum Treppenhaus hinter ihnen schloss, standen George und Julia oben am Treppenabsatz und lauschten hinunter ins Halbdunkel. Julia biss sich nervös auf die Unterlippe. Die Vorstellung, zurück in die Halle zu gehen und dort für jeden gut sichtbar Schutzkleidung anzulegen, behagte ihr gar nicht.

»Wie wäre es, wenn wir die Schutzkleidung aus unseren Spinden holen und sie dann in einem anderen Raum anziehen? Einem Raum, den wir hinter uns abschließen können?«, flüsterte sie.

»Da bin ich dabei. Wer weiß, ob ich beim nächsten Rundgang eines Wächters wieder so einen bequemen Besenschrank finde.«

»Sehr witzig, Mr. O'Connor«, zischte Julia und stieg die Treppe hinab.

Du bist vollkommen. Du hast die Macht. Du bist der Doc. Sein Mantra übertönte die bösartigen, nagenden Zweifel in seinem Kopf. Er würde nicht so schwach sein, diesen Zweifeln zu folgen. Wo konnte die Journalistin schon hin? Draußen tobte ein Sturm. Sie saß in der Station fest, hatte sich wahrscheinlich unter irgendeinem Bett verkrochen. An Hilfe von außen war nicht zu denken. Er würde nach ihr suchen lassen, und wenn man sie fand, würde er sich persönlich um sie kümmern.

Du wirst es bereuen, weggelaufen zu sein, Julia.

Ja, er würde sich mit der hübschen Julia vergnügen. Erst einmal aber musste er hier fertig werden.

Der Doc baute sich vor Anne Bergström auf. »Sie werden mit mir kommen. Na los, worauf warten Sie?«

Jeder in dem Raum hatte seinen Wutanfall mit angehört. Er hatte die Beherrschung verloren und damit Schwäche gezeigt. Er musste ihnen allen Stärke beweisen.

»Sie werden im Kommunikationsraum noch einmal versuchen, mit der Kommission zu sprechen. Und ich rate Ihnen, keine Spielchen zu treiben.«

»Was denn für Spielchen?«

Statt einer Antwort kam Docs maskiertes Gesicht ganz nahe an Bergströms Gesicht heran. »Ich werde zu jeder vollen Stunde herkommen und eine Geisel erschießen.«

Der Doc schaute auf seine Armbanduhr. »Und zwar genau ab jetzt.« Lauter rief er: »Habt ihr das alle gehört? Jede Stunde eine Geisel. Ihr könnt schon mal losen, wer als Erstes drankommen soll, da lass ich euch die Wahl. Aber macht euch keine Sorgen, wenn ihr euch nicht einigen könnt, wähle ich einfach selbst jemanden aus.«

Der Doc versetzte Bergström einen Stoß in den Rücken. »Bewegung, ich hab's satt, alles zweimal sagen zu müssen.«

In diesem Sturm war jeder Schritt ein Kampf. Jeder Meter, den sie vorwärtskamen ohne zu stürzen, ein kleiner Sieg. Julia lief dicht hinter George her, sie musste nur den Arm ausstrecken, um seinen Rücken zu berühren, und trotzdem verschwand seine Gestalt oft sekundenlang im aufgewirbelten Schnee. Julia keuchte, die Sturmhaube und der hochgeschlossene Kragen des Schneeanzugs schnitten ihr die Luft ab, es fühlte sich an, als müsste sie durch ein zusammengelegtes Handtuch atmen.

Hörte der Weg denn gar nicht mehr auf? Wie schön wäre es jetzt, einfach stehen zu bleiben, Pause zu machen, Kräfte zu sammeln – oder sich im Kampf gegen den Sturm geschlagen zu geben. Die heftigen Böen, die an ihrer Kleidung rissen wie Dutzende Hände, wären sicher nicht mehr ganz so schlimm, wenn sie sich einfach zu Boden sinken ließ. Sie würde sich einfach hinlegen und ausruhen.

Julia schluchzte auf. *Reiß dich zusammen, Julia, denk daran: Du bist eine Gewinnerin.*

Hatte das gerade Sue gesagt? Es war ihre Stimme gewesen. Sue hatte recht, sie durfte jetzt nicht aufgeben, nicht so kurz vor dem Ziel.

»Das … war … das … Schwerste … was ich … meine Fresse!«

George stand vornübergebeugt im Windschatten des Schleuseneingangs und schnappte heftig nach Luft. Julia konnte nicht antworten, Tränen brannten in ihren Augen, so froh war sie darüber, endlich angekommen zu sein. George richtete sich auf, hielt das silberne Armband ins Sensorfeld, und zusammen stolperten sie in den Vorraum. Hinter ihnen schloss sich zischend die Tür, und mit einem Schlag hörte das Brüllen des Sturms auf. Im Inneren der Schleuse war die Stille praktisch greifbar. Julia rutschte an der Wand herunter und blieb sitzen.

»Keinen Schritt geh ich mehr, nicht einen, ich werde einfach hierbleiben.«

George torkelte zum Sensorfeld und öffnete die Innenschleuse. Dann ging er zurück zu Julia, griff unter ihre Arme und hob sie hoch. »Komm, ich helfe dir. Du willst doch sicherlich die Kaffeeküche da drinnen nicht verpassen.«

Gestützt von George schleppte sich Julia weiter. Das hier sollte also mal der Aufenthaltsbereich für die Techniker werden.

»Verdammt noch mal!« Georges Fluch hallte als Echo von den Wänden zurück.

Julia brauchte zwei Sekunden, bis ihr klar wurde, warum George fluchte. Der Raum war leer. Hier gab es nichts, was darauf hingewiesen hätte, dass die Terroristen hier gewesen waren. Keine Ausrüstung, keine Fahrzeuge – rein gar nichts. Julia traf die Erkenntnis wie ein Fausthieb: Sie hatten sich umsonst durch den Sturm gekämpft.

. .

Der Doc öffnete die Tür zum Kuppelsaal und stieß Anne Bergström zurück in den Raum.

»Das haben Sie gut gemacht. Warten wir ab, ob Ihr dringender Appell Früchte trägt.«

»Hören Sie, Sie bekommen doch, was Sie wollen. Glauben Sie wirklich, dass es Ihre Position verbessern wird, wenn Sie weitere Unschuldige töten?«

»Tja, wenn Sie das so sagen … Lassen Sie mich nachdenken. Doch, ich glaube, das werde ich einfach mal ausprobieren.« Der Doc schaute auf seine Armbanduhr. »Und zwar in genau vierzig Minuten. Genießen Sie die Zeit.«

. .

»Da, Julia, trink. Ich hab drüben in der Küche ein paar Päckchen Instantkaffee gefunden. Kaffee, Milchpulver und Zucker, heißes Wasser drauf, zack – fertig. Ist nicht gerade ein Latte macchiato, aber das Beste, was das Haus hier zu bieten hat.«

Dankbar nahm Julia den dampfenden Becher in beide Hände und trank vorsichtig einen Schluck. Der Kaffee war heiß und viel zu süß, aber trotzdem köstlich. Das Getränk weckte ihre Lebensgeister.

»Es kann gut sein, dass die Terroristen sich hier versteckt hatten, bevor sie die Station überfielen. Aber das hilft uns nicht weiter.«

George schlürfte mit spitzen Lippen seinen Kaffee, bevor er antwortete: »Zumindest sind wir hier in den nächsten Stunden sicher. Ich glaube nicht, dass irgendjemand diesen Höllenweg vom Hauptgebäude hierher gehen wird.«

»Sicher ist nicht gut genug«, sagte Julia. »Wir sind schließlich nicht geflohen, um unsere eigene Haut zu retten, sondern um Hilfe zu holen.«

»Ich will mich auch gar nicht ausruhen. Ich bin nur froh, dass wir uns die nächsten Schritte überlegen können, ohne ständig über die Schulter schauen zu müssen. Denk mal nach, Julia, du kennst die Kommunikationseinrichtungen der Station genauso gut wie ich. Der Polarsturm sorgt mit seinen atmosphärischen Interferenzen dafür, dass die Station keinen Kontakt zum Satelliten aufnehmen kann. Kein Satellit, kein Internet, keine Mails, keine Anrufe. Und damit leider auch: keine Hilfe. Wobei ich mich ohnehin frage, woher die Kavallerie kommen soll.«

Da war er wieder, dieser eine Gedanke, den Julia schon einmal nicht zu fassen bekommen hatte. Doch diesmal war es anders. Diesmal fiel es Julia ein.

»Du hast mir erzählt, dass in der Nähe der australischen Casey-Station eine Militäreinheit ein Manöver durchführt. Wenn wir diese Einheit alarmieren könnten, hättest du deine Kavallerie hier.«

»Trotz des Sturms?«

»Ich habe keine Ahnung, aber wenn das Soldaten sind, die

unter Extrembedingungen trainieren, sollte ein Polarsturm allenfalls eine Herausforderung für sie sein.«

George trank einen weiteren Schluck und dachte über das nach, was Julia gesagt hatte.

»Wäre auf jeden Fall einen Versuch wert. Bleibt leider immer noch die Frage, wie wir eine Nachricht an die Jungs in der Casey-Station übermitteln können. Wir können ihnen schließlich keine Flaschenpost schicken oder eine Nachricht an einen Ballon binden.«

Julia sprang auf, heißer Kaffee schwappte auf den Boden, aber das störte sie nicht. »George, du bist brillant.«

»Du hast eine Idee, nicht wahr? Ja, du hast eine Idee, das sehe ich dir an der Nasenspitze an.«

Julia lächelte. »Sagen wir mal so, es könnte eine vernünftige Idee werden, aber dafür brauchen wir weitere Informationen. Wir brauchen Zugang zu einem Computer, nicht um ins Internet zu kommen, sondern um Daten vom Stationsserver abzurufen.«

George stand jetzt ebenfalls auf, trank seinen Becher leer und stellte ihn auf einem Tisch ab. »Ich habe drüben in der Wand ein Terminal entdeckt. Wollen wir doch mal sehen, ob mein silbernes Armband nicht das ›Sesam, öffne dich‹ zum Computernetzwerk ist.«

Es hätte so viel schiefgehen können, aber diesmal war das Glück auf ihrer Seite. George hielt das Armband an einen Sensor, und wenige Augenblicke später wurde der Computerbildschirm aktiviert.

»Winston MacCullum, Stationsleiter, uneingeschränkter Zugriff auf alle Bereiche und Computerordner«, stand dort.

»George O'Connor und seine Computerverbindung stehen Ihnen zu Diensten, Frau Kern. Welche Frage darf ich Ihnen beantworten?«

»Schau nach, ob es eine Liste der Wetterstationen von Terra Nova II gibt.«

»Wie das Wetter draußen ist, kann ich dir auch so sagen: schrecklich.«

»Sehr witzig. Nun mach schon. MacCullum hatte doch erzählt, dass die Station die gesamte Bandbreite der üblichen Polarforschung abdeckt. Und dazu gehört, wie ich weiß, auch die Erfassung von Wetterdaten. Terra Nova II muss verschiedene kleinere Messstationen im Umkreis haben.«

»Okay so weit, aber wie soll uns das helfen?«

Die Erkenntnis, dass sie kurz davor war, einen Ausweg zu finden, versetzte Julia regelrecht in Euphorie. Die Müdigkeit und die Erschöpfung waren vergessen. Jetzt war da nur noch die Entschlossenheit, den Mördern von Sue das Handwerk zu legen.

»Eine Möglichkeit, mit der man Daten von einer externen Messstation erhalten kann, ist eine Art Kurzwellensender. In der Arktis hatten wir Stationen, die ihre Daten via APRS übertragen haben. Das ist die Abkürzung für ›Automatic Packet Reporting System‹. Dabei werden Daten in kleineren Paketen übertragen, und weil es mittlerweile weltweit Relaisstationen gibt, kannst du praktisch mit diesem Amateurfunksystem auch über weite Strecken hinweg kommunizieren. Es gibt sogar eine Verbindung zur Internationalen Raumstation. Viel wichtiger aber: Wenn wir Glück haben, wird diese Form der Kurzwellenübertragung nicht von dem Sturm gestört.«

George schüttelte ungläubig den Kopf. »Amateurfunk, Kurzwellensender – sorry, Julia, vielleicht liegt es ja daran, dass der Sturm da draußen mir das Hirn durcheinandergewirbelt hat. Wir suchen eine Wetterstation, die per Kurzwellensender mit Terra Nova II kommuniziert – und dann?«

»In der Regel gibt es in jeder Wetterstation nicht nur einen Kurzwellensender, sondern auch eine Tastatur und einen kleinen Monitor. Damit kann der Mitarbeiter vor Ort Daten abrufen oder auch neue Einstellungen eingeben. Vor allem aber kann man in Stationen mit APRS-Technik nicht nur die Wetterdaten übertragen, man kann auch Kurznachrichten verschicken.«

Bei dem Wort »Kurznachrichten« begannen Georges Augen zu leuchten. »Warum sagst du das denn nicht gleich? Das heißt, wir können der australischen Station und damit den Soldaten eine Nachricht senden?«

»In meinem Kopf sind jede Menge Wenn und Aber unterwegs. Erster Schritt: Wir finden erst mal heraus, wo die nächste Messstation ist. Zweiter Schritt, und ich sag das wirklich nur ungern: Wir müssen die Messstation erreichen. Und sollte jetzt hier im Computersystem nicht ausführlich beschrieben sein, welche Technik dort vorhanden ist, werden wir erst vor Ort erkennen, was möglich sein wird. Aber sei ehrlich, haben wir irgendeine Wahl?«

George begann auf der Tastatur zu tippen. »Haben wir nicht, da hast du recht. Also fang ich schon mal mit der Suche an.«

Gemeinsam durchsuchten die beiden in den nächsten Minuten die Datenbank der Forschungsstation. Ohne Erfolg.

Sie fluchten, dann schwiegen sie und dachten weiter nach. Dabei wuchs das Gefühl, dass ihnen die Zeit davonlief.

Plötzlich rief Julia: »Ich hab's. Wir haben an der falschen Stelle gesucht. Statt irgendetwas über das Thema Messstation zu finden, sollten wir den Bereich Wetterforschung nach vorliegenden Daten durchforsten. Vielleicht gibt es von dort aus einen Link zu den einzelnen Messstationen.«

»Ist mir alles recht. Versuchen können wir's.«

Tatsächlich dauerte es nicht lange, bis sie fündig wurden. »Schau dir das an, Julia, du hattest recht. Rund um Terra Nova II sind insgesamt fünfundzwanzig Messstationen aufgebaut. Und jede liefert zurzeit ihre Werte, trotz des Sturms.«

Julia atmete erleichtert auf, das klang gut. George wählte mit einem Trackingball in der Tastatur eine Messstation aus.

»Sieh mal, hier stehen die Koordinaten. Wenn ich die nehme und mit der Übersicht des Gesamtkomplexes vergleiche … Voilà, da hast du den Standort.«

»Ist das die Messstation, die für uns am ehesten zu erreichen ist?«

»Yep. Und jetzt die schlechte Nachricht: Von hier aus sind das gut und gerne drei Kilometer. Ehrlich gesagt traue ich mir nicht einmal zu, fünfhundert Meter draußen zurückzulegen. Das Teil könnte genauso gut sonst wo stehen, drei Kilometer sind für uns definitiv nicht erreichbar.«

Julia schloss die Augen und versuchte die Panik, die sich in ihr breitmachte, zu unterdrücken. Nach Sues Ermordung hatte sie sich selbst ein Versprechen gegeben. Sie war nicht bereit, dieses Versprechen zu brechen. Aber das bedeutete, dass sie sich ihrem schlimmsten Alptraum stellen musste.

»Es gibt eine Möglichkeit. Wir nehmen den Voyager und fahren dorthin.«

»Heilige Scheiße, warum komme ich nicht selbst auf solche Ideen?«

»Ich habe geschworen, dass ich nie wieder in ein solches Fahrzeug einsteige.«

»Das kann ich gut verstehen. Aber haben wir eine andere Möglichkeit?«

Julia schluckte, dann murmelte sie: »Nein, keine. Nicht, wenn wir die anderen retten wollen.«

52

Anne Bergström hörte die Schritte, die sich der Tür näherten. Die Menschen im Raum saßen in kleinen Gruppen zusammen, einige wenige unterhielten sich mit gedämpften Stimmen, die meisten starrten schweigend vor sich hin.

Schicksalsergeben, nicht bereit zu kämpfen, sich gegen das aufzulehnen, was kam. Sie schaute auf ihre Uhr. Die Stunde war vorbei. Die Tür wurde aufgeschlossen.

Das Eintreten des Anführers sorgte für Unruhe im Raum. Unruhe, die kurz davor war, in Panik umzuschlagen.

»Eine Stunde. Ich habe gesagt, dass ich in einer Stunde wieder da sein werde. Und da bin ich.«

Die Stimme wurde zwar von der Sturmhaube gedämpft, aber in ihr schwang deutlich hörbar freudige Erwartung mit.

»Hören Sie, niemand hier im Raum hat Ihnen etwas getan. Mehr noch, Sie werden mit unnötiger Gewalt auch nicht schneller an Ihr Ziel gelangen.«

»Ach, wissen Sie, unser wichtigstes Ziel haben wir schon erreicht. Wir haben die Relaisstation tief unten im Eis zerstört. Von dort wird so schnell niemand mehr ein intaktes Ökosystem angreifen. Aber das heißt ja nicht, dass ich auf mein privates Vergnügen verzichten muss. Ich habe Sie gewarnt: Kommt innerhalb von sechzig Minuten keine Rückmeldung, muss der Erste von Ihnen sterben.«

Der Doc zog seine Pistole und hielt sie hoch über den Kopf. »Irgendjemand unter Ihnen, der sich freiwillig opfern möchte?«

Ehe Anne Bergström noch etwas sagen konnte, meldete sich von hinten eine Stimme laut zu Wort: »Sie durchgeknalltes Arschloch. Sie wollen Menschen erschießen? Dann tun Sie es! Aber ersparen Sie uns Ihre Psychospielchen.«

Harry Gantman hatte sich aus dem Sessel erhoben und ging jetzt auf den Doc zu.

»Mr. Gantman, bitte bleiben Sie zurück«, bat Anne Bergström.

»Ach was. Wir werden doch sowieso alle sterben. Diese Mörder werden niemanden von uns am Leben lassen. Aber ich habe es satt, wie ein Schaf darauf zu warten, zur Schlachtbank geführt zu werden.«

Der Doc richtete seine Pistole auf Harry.

»Mr. Gantman, Sie wollen also als Erster abtreten? Warum nicht!«

Der Doc krümmte den Zeigefinger am Abzug.

Als sich die Innenschleuse hinter ihr zischend öffnete, fuhr Julia erschrocken herum. Aber es war nur George, der zurückkam.

»Alles okay, Julia, wir können losfahren.«

George hatte darauf bestanden, das kurze Stück zum Fahrzeughangar alleine zu gehen. Julia hatte die Wartezeit dafür genutzt, im Computer nach Informationen darüber zu suchen, wie man eine Nachricht an die Casey-Forschungsstation senden konnte. Jetzt schaute sie George erwartungsvoll an.

»Und?«

»War leichter, als ich gedacht hatte. Die Fahrzeugschlüssel hingen sauber beschriftet in einem Schlüsselkasten über der Werkbank. Mit dem Voyager zu fahren ist nicht schwer, solange du mich nicht zwingst, rückwärts einzuparken. Bist du fündig geworden?«

»Die Kurzwellensignale werden von Zwischenstationen, sogenannten Digipeatern, weitergeleitet. Ich hab einen Hinweis darauf gefunden, dass Terra Nova II und Casey zwei Digipeater installiert haben. Australien ist schließlich an Terra Nova II beteiligt und will auf diese Weise einen Austausch von Wetterdaten sicherstellen. Alles andere werden wir erst an der Messstation überprüfen können.«

»Ob du's glaubst oder nicht, ich hab den Eindruck, der Sturm lässt langsam nach. Es kann natürlich auch sein, dass ich mich einfach an dieses furchtbare Wetter gewöhnt habe. Zum Glück hat die Fahrzeugkabine eine hervorragende Umluftheizung.«

»Ich habe hier die Koordinaten, die wir ins Fahrzeugnavi eingeben können. Wir sollten uns beeilen. Wer weiß, was sich da drinnen im Hauptgebäude gerade abspielt.«

· ·

»Boss! Eben hat Nummer 3 eine Antwort auf unsere Forderungen erhalten.«

Anne Bergström hätte nicht gedacht, dass sie einmal beim Anblick eines schwer bewaffneten, maskierten Terroristen so etwas wie Erleichterung verspüren würde. Aber genau so war es. Im Zeitlupentempo ließ der Doc die Pistole sinken.

»Sie können sich glücklich schätzen, dass ich kein nachtragender Mensch bin, Mr. Gantman. Die Kommission hat sich gerade noch rechtzeitig gemeldet, rechtzeitig genug, um Ihren vorzeitigen Abgang zu verhindern. Aber seien Sie nicht betrübt, gerade eben haben die nächsten sechzig Minuten begonnen. Ich bin schneller zurück, als Sie denken. Vielleicht beenden wir dann, was wir angefangen haben.«

Der Doc drehte sich um und verließ zusammen mit dem anderen Mann den Raum. Als die Tür wieder hörbar verschlossen wurde, begann Harry Gantman am ganzen Körper zu zittern. Anne Bergström führte ihn zu einem Sessel, und Roy drückte ihm ein Glas in die Hand, das Harry ohne zu zögern hinunterstürzte.

»Das war ausgesprochen mutig von Ihnen, Mr. Gantman«, sagte Anne Bergström, »mutig und sehr unvernünftig. Ich muss sagen, das hätte ich von Ihnen nicht erwartet.«

Harry Gantman hielt seinem Kameramann das Glas hin, damit er es noch einmal auffüllen konnte. »Ich bin selbst von mir überrascht.«

· ·

Julia klammerte sich mit schweißnassen Händen an einen Griff oberhalb der Tür. George hatte zwar damit recht, dass sich das Kettenfahrzeug leicht steuern ließ, das hieß aber nicht, dass die Fahrt dadurch bequem war. Bei all den Schneewehen und Eisspalten neigte sich die Fahrerkabine in besorgniserregender Weise mal nach rechts und mal nach links.

Julia hatte einmal auf einem Rodeoautomaten gesessen, der mit seinen heftigen Auf-und-ab-Bewegungen den Ritt auf einem Wildpferd simulierte. Die Fahrt durch den Schneesturm fühlte sich so ähnlich an. Sie stemmte die Füße auf den Boden, um nicht nach vorne geworfen zu werden, als der Voyager einen steilen Abhang hinunterpflügte.

»Rutschst du hier runter, oder hast du noch die Kontrolle?«, schrie Julia.

»Sagen wir mal so, ich glaube, ich rutsche gerade kontrolliert.«

Im Licht der Instrumentenbeleuchtung sah George hochkonzentriert aus. Und, Julia konnte es kaum glauben, ihm schien das Ganze auch noch Spaß zu machen.

»Das hier ist ein echter Teufelsritt, aber grundsätzlich könnte ich mich an so ein Kettenfahrzeug gewöhnen«, rief er und schaute kurz zu Julia herüber.

»Guck nach vorne! Und wag es bloß nicht, vergnügt zu grinsen.«

»Wie die Dame befiehlt.«

. .

»Wir haben zwei Nachrichten erhalten«, erklärte Nummer 3, als der Doc den Kommunikationsraum betrat. »Die eine ist von Silvia Pence, der Vorsitzenden der Internationalen Kommission, die Terra Nova II betreibt. Die andere Nachricht ist verschlüsselt.«

»Ich will zuerst wissen, was Pence schreibt«, forderte der Doc. »Um die verschlüsselte Nachricht kümmere ich mich später.«

Wenn Nummer 3 neugierig war, ließ er sich das nicht anmerken. Mit unbewegtem Gesicht öffnete er ein Fenster auf dem Monitor und rief die erste Nachricht auf. Der Doc überflog die Botschaft. Es war im Grunde das, was er erwartet hatte. Die Kommission forderte die sofortige Freigabe der Geiseln, appellierte, kein weiteres Blut zu vergießen, und bat darum, weiter zu verhandeln.

Möglicherweise wird es weitere Verhandlungen geben,

doch dafür muss ich die andere Nachricht lesen, dachte der Doc.

»Druck die zweite Nachricht«, forderte er. Augenblicke später griff Nummer 3 unter den Tisch und holte ein Blatt aus dem Drucker.

»Hier, Boss. Was sollen wir jetzt tun?«

Der Doc nahm den Ausdruck entgegen. »Ich werde das hier dechiffrieren, und dann sehen wir weiter.«

··

Die Flutlichtscheinwerfer des Kettenfahrzeugs fraßen sich durch die schneegeschwängerte Luft. Angestrengt hielt Julia Ausschau, versuchte, einen Hinweis auf die Messstation zu entdecken.

»Laut dem Kasten hier«, George tippte mit dem Finger auf ein Display, »müssten wir jeden Moment da sein. Wie sieht denn diese Messstation aus?«

»Achte einfach auf eine Signalfarbe. Rot oder Orange. Wie hier die Messstationen aufgebaut sind, kann ich nicht sagen, aber ganz sicher sind sie so angestrichen, dass man sie inmitten der Eiswüste gut erkennt.«

»Rot oder Orange – alles klar, also so eine Farbe wie die da vorne?« George trat auf die Bremse, und das Kettenfahrzeug kam mit einem Ruck zum Stehen. Julia schaute George von der Seite an. »Das hast du doch absichtlich gemacht, oder?«

George lächelte erleichtert. »Ich gebe zu, dass ich den orangen Farbfleck da vorne schon gesehen habe, bevor du das Wort Signalfarbe in den Mund genommen hast, aber –«

Julia boxte ihn auf den Oberarm. »Du bist ganz unmöglich, hat dir das schon mal jemand gesagt?«

»Nein, du bist die Erste.« Der Blick, mit dem George sie dabei bedachte, löste bei Julia ein Kribbeln auf der Haut aus. Das ist jetzt wirklich der absolut falsche Zeitpunkt für einen Flirt, ermahnte sie sich. Aber das Kribbeln blieb.

Allein das Aussteigen aus der warmen Fahrerkabine des

Voyagers kostete Julia enorme Überwindung. Stell dich nicht so an, dachte sie. Du bist in die Antarktis gekommen, durch einen Schneesturm gelaufen, mit einem Voyager gefahren, dann wird das ja wohl auch noch zu schaffen sein. Die letzten drei Tage waren, was ihre Ängste betraf, Konfrontationstherapie pur gewesen, allerdings in Eigenregie, ungewollt und ohne therapeutische Begleitung. Julia biss die Zähne zusammen. *Ich werde jetzt nicht aufgeben, nicht so kurz vor dem Ziel.*

»Alles okay bei dir, Julia?« George brüllte gegen den Sturm an.

Als Antwort hob Julia den Daumen. Dann stapfte sie durch den knietiefen Schnee auf die Messstation zu. Diese sah anders aus als alles, was sie früher schon einmal gesehen hatte, aber das verwunderte Julia nicht mehr. Terra Nova II war so außergewöhnlich und einzigartig, dass sie sich gewundert hätte, wenn hier eine herkömmliche Wetterstation zum Einsatz gekommen wäre.

Die Messstation hatte eine entfernte Ähnlichkeit mit einem Bohrturm. George hatte zwei lichtstarke Handscheinwerfer in der Fahrerkabine gefunden. In dem grellweißen Licht der LED-Lampen erkannte Julia verschiedene vertraute Instrumente, darunter die Propeller eines Anemometers, eines Windmessgerätes. Neu dagegen war eine Art Glaskabine im unteren Bereich. Fast so, als hätten die Designer eine Duschkabine eingeplant, dachte Julia. Offenbar konnte hier ein Mitarbeiter geschützt stehen und Daten abrufen oder Einstellungen vornehmen.

Julia drehte am Türknauf. Die Kabine war verschlossen. Mist!

George trat neben sie, griff ebenfalls an den Türknauf und rüttelte.

»Warum zum Teufel verschließt man hier inmitten der Einöde eine Wetterstation?«, brüllte er.

»Ich habe keine Ahnung. Natürlich muss die Tür geschlossen bleiben, damit die Geräte geschützt sind, aber abgeschlossen? Das ist total verrückt. Was machen wir denn jetzt?«

»Ich schau nach, ob wir in der Fahrerkabine etwas finden, mit dem sich die Tür aufbrechen lässt.«

George stapfte zurück zum Voyager.

»George!« Auf Julias Ruf hin drehte er sich um. Julia winkte ihn zu sich heran.

»Was ist? Hast du einen Weg gefunden, wie du die Tür öffnen kannst?«

»Ich werde das nicht können, du dagegen schon.« Julia richtete den Handscheinwerfer auf ein kleines Glasfeld im Türrahmen, nicht größer als eine Visitenkarte, das ihr vorher nicht aufgefallen war.

George brauchte einen Moment, um zu begreifen, dann streifte er den schweren Fäustling ab, schob den Ärmel des Schneeanzugs etwas zurück und hielt das silberne Armband gegen das Glas. Die dunkle Glasfläche strahlte wenige Sekunden später grün auf, und mit einem lauten Klicken entriegelte sich das Schloss der Tür.

George zog die Tür auf. »Geh du rein, Julia, zu zweit haben wir da drin keinen Platz.«

An der hinteren Wand der Kabine war ein großer grauer Metallkasten angebracht, dessen Vorderfront mit einem Rollo aus Metalllamellen verschlossen war. Julia deutete auf ein weiteres kleines Sensorfeld neben dem Metallkasten und drehte sich zur Seite, sodass George zumindest Platz fand, kurz an ihr vorbeizugreifen. Er verstand sofort, was sie wollte, und hielt das Armband gegen das Feld, dann trat er wieder einen Schritt zurück und schloss die Tür.

»Ich warte im Fahrzeug«, rief er.

»Okay.«

Julia konzentrierte sich auf ihre Aufgabe. Auch diesmal leuchtete das Glasfeld grün auf. Sie griff an den unteren Rand der Jalousie und schob sie mühelos nach oben. Erleichtert atmete sie auf. Der Kasten enthielt einen Monitor, eine Metalltastatur mit eingebautem Trackball und verschiedene LED-

Anzeigen, auf denen Messwerte blinkten. Das Öffnen des Metallkastens aktivierte gleichzeitig den Bildschirm.

In verschiedenen Einzelfenstern wurden Diagramme angezeigt. Die halfen ihr jetzt nicht weiter. Los, denk nach. Julia unterdrückte eine aufsteigende Panik. Was, wenn sie sich vertan hatte, wenn die ganze Mühe umsonst gewesen war? Hör auf zu jammern, dachte sie, das hier ist deine einzige Chance, also nutze sie. Sie streifte die Fäustlinge ab. Glücklicherweise war die Tastatur so konzipiert, dass man sie mit Fingerhandschuhen bedienen konnte. Sie wählte das Hauptmenü aus, und die Diagramme und Messwerte verschwanden. Sie scrollte durch die Programmübersicht. Erleichtert erkannte Julia ein vertrautes Icon auf dem Bildschirm. Mit dieser Software hatte sie schon gearbeitet. Sie wählte das Programm aus und begann mit neuer Entschlossenheit zu tippen.

54

Der Doc las die entschlüsselte Nachricht ein zweites Mal. Das hier war die Antwort, auf die er gewartet hatte, ein wichtiger Schritt hin zur Erfüllung all seiner Wünsche.

»Boss, das musst du dir ansehen.« Nummer 3 stand im Türrahmen.

»Ich komme.« Der Doc stand auf, faltete die Nachricht zusammen und verstaute sie sicher in der Tasche seiner Jacke. »Was gibt es denn?«

Nebenan im Kommunikationsraum zeigte Nummer 3 auf den Computermonitor.

»Die Australier in der Casey-Station haben eine Nachricht empfangen. Irgendjemand hat den Kurzwellensender einer Wetterstation für das Absetzen eines Notrufes genutzt. Offenbar haben die Australier auf allen Kanälen, die ihnen zur Verfügung standen, die Empfangsbestätigung verschickt.«

Julia Kern, dachte der Doc, du schlaues kleines Luder. Er fragte sich, wie es die Journalistin geschafft hatte, sich alleine durch den Sturm zu der Messstation durchzuschlagen. Aber die Idee, das Sendesystem für einen Notruf zu benutzen, war genial, das musste er ihr zugestehen.

»Das wird unsere Pläne nicht beeinträchtigen.«

»Ich widerspreche da nur ungern, Boss, aber ich habe in den Terra-Nova-II-Unterlagen gestöbert. Es gab da eine Hausmitteilung von MacCullum: Seit zehn Tagen führt eine australische Eliteeinheit ein Manöver durch, die Soldaten sind in der Nähe der Casey-Station. Selbst wenn sie nicht mit dem Hubschrauber fliegen können, weil das Wetter zu schlecht ist, können die in etwas mehr als einer Stunde hier sein.«

Der Doc murmelte einen leisen Fluch, während er im Kopf die Möglichkeiten überschlug. Eine Stunde war Zeit genug, sich abzusetzen. Sie hatten ihr Ziel erreicht. Zu gern hätte er noch der Internationalen Kommission ihre Hilflosigkeit vorgeführt, indem er die eine oder andere Geisel erschoss. Aber erst die Arbeit, dann das Vergnügen.

»Bereite alles für den Rückzug vor. Hast du den Computervirus vorbereitet?«

Nummer 3 nickte. »Ein Knopfdruck, und mein Programm frisst sich durch den gesamten Server. Selbst wenn sie ein ganzes Team von Programmierern daransetzen, werden sie Wochen brauchen, um die Dateien zu rekonstruieren. Terra Nova II ist für Monate lahmgelegt.«

»Sehr gut, dann fang an. Ich informiere die anderen. In zehn Minuten treffen wir uns unten in der Halle.«

»Aber der Hubschrauber kann unmöglich fliegen.«

Der Doc lächelte unter seiner Sturmhaube. Das stimmte, aber auch daran hatte er bei seinem Plan gedacht. »Im Hangar stehen Kettenfahrzeuge. Wir werden zum Abholpunkt Beta fahren, das dauert zwar länger, aber niemand wird uns aufhalten können.«

Nummer 3 schien mit dieser Erklärung zufrieden zu sein. Er koppelte eine externe Festplatte ab und gab sie dem Doc. »Hier ist eine vollständige Kopie der Serverdaten.« Er holte aus einem Kästchen einen USB-Stick und steckte ihn ein. »In fünf Minuten gibt es hier nur noch Datenschrott.«

55

Julia kletterte in die Fahrerkabine und schloss die Tür hinter sich. Sie atmete einmal tief durch, genoss für den Moment die Wärme in der Kabine, zog die Handschuhe aus und schlug die Kapuze zurück. Zum ersten Mal seit Stunden war sie zufrieden. »Casey hat meinen Notruf empfangen und bestätigt.«

»Ja!« George schlug vor Begeisterung mit der flachen Hand auf das Lenkrad, dann beugte er sich zu Julia hinüber und küsste sie auf die Wange. »Das hast du klasse gemacht.«

Julia wurde rot, nicht weil das Kompliment sie verlegen machte, sondern weil dieser Kuss auf ihrer Haut mehr brannte, als ihr lieb war.

»Wir sollten zurück zu Terra Nova II fahren und uns dort verstecken, bis die Hilfe eingetroffen ist. Glaubst du, die Terroristen suchen nach uns?«, fragte sie.

»Dafür müssten sie erst einmal mitbekommen haben, dass wir geflüchtet sind. Nein, ich denke, wir sind in diesem Nebengebäude ziemlich sicher.«

George startete den Motor.

»Halt dich gut fest, du weißt ja, es wird holprig.« Während Julia im Navigationssystem des Voyagers Terra Nova II als Ziel auswählte, fuhr George mit dem Kettenfahrzeug eine große Kurve, um zu wenden.

Die Rückfahrt erschien Julia weit weniger schlimm als die Hinfahrt. Vielleicht weil sie jetzt wusste, dass ihr Plan aufgegangen war und sie nicht mehr ins Ungewisse fuhren. Die warme Luft in der Fahrerkabine machte Julia schläfrig. Sie nickte ein.

Ein lauter Fluch ließ sie hochschrecken. Sie kniff die Augen zusammen, versuchte, im trüben Licht der Polarnacht die Gebäude der Forschungsstation auszumachen, doch da war nichts.

»For fuck's sake!« George schlug wieder auf das Lenkrad, diesmal aber voller Frust. »Julia, wir haben ein Problem.«

..

Das Team würde im Basement zusammenkommen, sie würden eines der Kettenfahrzeuge nehmen und die anderen unbrauchbar machen. Mit ihrem Vorsprung war es ein Kinderspiel, zu entkommen. Außerdem würden sich diese australischen Soldaten nur langsam vorarbeiten. Zu groß war die Gefahr, in einen Hinterhalt zu geraten. Die Soldaten würden in die Station eindringen, Ebene für Ebene durchkämmen und nach möglichen Fallen Ausschau halten. Das würde ihm und seinen Männern zusätzliche Zeit verschaffen.

Nein, ihnen drohte keine Gefahr, davon war der Doc überzeugt.

Er schaute auf seine Uhr, ihm blieben noch fünf Minuten bis zum vereinbarten Treffen. Fünf Minuten und ein volles Magazin in seiner Pistole, denn er hatte rechtzeitig nachgeladen. Der Doc spürte die vertraute Erregung bei dem Gedanken, Gantman, diesem Loser, den Lauf an die Schläfe zu halten und abzudrücken. Vielleicht würde er ihm auch erst die Knie zerschießen, und wenn Gantman dann am Boden lag … Ja, der Gedanke gefiel ihm.

»In vier Minuten. Sammelpunkt ist der Haupteingang auf Ebene 0. Wir ziehen uns zurück«, befahl er Nummer 6, dem Wächter vor der Kuppelsaaltür. Der Mann nickte stumm und nahm die Anweisung widerspruchslos entgegen. Trotzdem sah der Doc in den Augen des Mannes dieselbe Enttäuschung, die er selbst verspürte. Er hätte einfach gern mehr Zeit gehabt, um sich um die Geiseln zu kümmern. Als Nummer 6 im Flur verschwunden war, zog der Doc seine Pistole und schloss die Tür zum Saal auf. Er griff nach der Klinke. Was zum Teufel …?

Der Doc rüttelte an der Tür, vergeblich. Er schaute auf die Uhr, drei Minuten bis zum Rückzug. Außer sich vor Wut hämmerte er gegen das Türblatt. Dann trat er zwei Schritte zurück und hob die Pistole.

Sein Schrei ging in den Schüssen unter.

. .

»Warum fahren wir nicht weiter?«

»Der Tank ist leer. Ich hab nicht darauf geachtet, wie viel Sprit eigentlich im Tank war.«

Der Tank ist leer. Die Folgen dieses Satzes sickerten nur langsam in Julias Bewusstsein. Sie waren mitten in der Eiswüste gestrandet. Plötzlich wurde es still in der Fahrerkabine. Das Umluftgebläse war ausgegangen. Die Heizung lief noch, aber wie lange? Es war nur eine Frage der Zeit, bis die Batterie ihren Geist aufgab.

»Es tut mir leid, Julia. Ich bin einfach davon ausgegangen, dass die Fahrzeuge im Hangar alle fahrbereit sind.«

Die alten Ängste griffen sie erneut an. Hatte sie wirklich geglaubt, sie könnte allem entkommen, es diesmal besser machen?

Es würde sich wiederholen. Hier, in der Kabine eines Voyagers. Sie würden warten, beten, auf Rettung hoffen. Julia begann zu zittern, nicht vor Kälte, sondern aus Furcht vor einem längst bekannten Alptraum.

George rückte näher heran, legte den Arm um sie. »Sie werden uns finden. Rechtzeitig.«

Das Knacken des abkühlenden Motors klang endgültig. Draußen war nichts, nur Eis und Schneewehen. Ein graues, tödliches Nichts.

56

Die Menschen im Kuppelsaal zuckten bei jedem Schuss zusammen, irgendjemand fing hinten im Raum an zu weinen.

Anne Bergström schloss die Augen. Zum ersten Mal seit vielen Jahren begann sie zu beten. Tonlos bewegte sie die Lippen.

Draußen vor der Tür schrie jemand. Brüllte seine Wut und Enttäuschung raus.

»Ich hoffe, unsere Tür hält«, murmelte Gantman neben ihr.

Sie schaute den Journalisten an. »Ihre Idee, die Tür von innen zu blockieren, hat sich jedenfalls gelohnt, Mr. Gantman. Diese Idee rettet möglicherweise Leben.«

Harry Gantman lachte freudlos auf. »Ja, aber nur, wenn die Kerle da draußen nicht schwerere Geschütze auffahren. Dann hilft nur noch beten.«

. .

Sie waren ganz dicht zusammengerückt, suchten die Wärme des anderen. Aber die Kälte drang unerbittlich in die Kabine. Der Schnee hatte die Windschutzscheibe längst zugeweht, versperrte jede Sicht nach draußen.

»Sollen wir versuchen, zu Fuß zurückzukommen?«

Julia schüttelte bei Georges Frage heftig den Kopf. »Das wäre reiner Selbstmord. Wir haben keinen Orientierungspunkt. Selbst bei klarem Wetter würden wir irgendwann im Kreis laufen und den Weg nicht überleben.«

»Also bleiben wir hier und warten.«

Ja, dachte Julia verbittert, wir warten, aber diesmal wird es ein Warten ohne Hoffnung auf Rettung sein. Diesmal wird niemand ein Fahrzeug vermissen, niemand weiß, wo wir sind. Vielleicht wäre es leichter, einfach aufzugeben. Wie der schwer kranke Lawrence Oates, der bei der Tragödie der Scott-Expedition aus dem Zelt ging und für immer im Schneesturm verschwand.

Als hätte George ihre düsteren Gedanken erraten, drückte er ihre Hand. »Wir schaffen das, Julia.«

»Ich wüsste nicht, wie«, flüsterte sie.

George schwieg.

Er antwortet nicht, weil es keine Antwort gibt.

··

Nach den Schüssen und dem Schrei war es still geworden. Anne Bergström schaute auf ihre Uhr. Zwei Stunden Stille. Warum war dieser Mörder nicht wieder zurückgekommen? Sie dachte an Julia Kern und George O'Connor. War ihnen die Flucht geglückt, hatten sie es geschafft, Hilfe anzufordern? War das der Grund dafür, dass sich seit zwei Stunden vor der Tür des Kuppelsaals nichts mehr regte? Hoffnung keimte in ihr auf.

Harry Gantman ließ sich neben ihr in einen Sessel fallen. »Was glauben Sie, warum die die Tür nicht aufbrechen?«

Bergström musterte den Journalisten. Harry Gantman wirkte nicht eingeschüchtert oder verängstigt, nur müde und erschöpft. »Ich weiß es nicht, vielleicht haben wir unverschämtes Glück, vielleicht –«

Ein lautes Hämmern an der Tür unterbrach sie.

»Hallo, ist da jemand drin? Hallo, machen Sie auf. Hier ist Major Sam Clark. Mrs. Bergström, sind Sie da drin? Wir kommen von der Casey-Station. Julia Kern und George O'Connor haben einen Notruf abgesetzt.«

»Oh mein Gott«, hauchte Anne Bergström, »sie haben es geschafft.«

»Das könnte eine Falle sein, um uns herauszulocken«, gab Gantman zu bedenken.

Anne Bergström war bereits auf den Beinen. »Schnell, die Tür«, rief sie ein paar Mitarbeitern zu. »Öffnet die Tür.« Bergström drehte sich zu Harry Gantman um. »Nein, Mr. Gantman, das ist kein Trick. Niemand da draußen weiß von George O'Connor, außer er hat es selbst durchgegeben.«

Es dauerte nur wenige Minuten, um mit vereinten Kräften die Barrikade aus Schränken und Tischen sowie den provisorischen Riegel aus einem Tischbein zu entfernen. Schließlich aber sprang die Doppeltür auf, und vier Soldaten betraten den Kuppelsaal.

Die Sicherheitschefin von Terra Nova II trat vor. »Ich bin Anne Bergström.«

Einer der Soldaten salutierte. »Major Clark, wir haben die Gebäude durchkämmt, Sie sind jetzt außer Gefahr. In Ihrem Kommunikationsraum lag noch ein Ausdruck des Notrufs und seiner Bestätigung. Die Terroristen wussten von unserer Anwesenheit bei der Casey-Station. Ich denke, sie haben sich zurückgezogen.«

»Gott sei Dank!« Anne Bergström atmete einmal tief durch. Zum ersten Mal seit Stunden, wie es ihr schien. »Major, sind Julia Kern und George O'Connor in Sicherheit?«

Der Soldat runzelte die Stirn. »Es tut mir leid, Ma'am, wir haben keine Ahnung, wo sie sich aufhalten. Casey hat den Notruf über eine der Wetterstationen erhalten. Vielleicht haben die beiden sich in einem anderen Gebäude versteckt.«

Natürlich, die Wetterstationen mit APRS, sehr clever, dachte Bergström. Aber was, wenn sie noch gar nicht zurück waren?

»Major, waren Sie mit Ihren Männern auch im Hangar?«

»Ja, dort haben wir als Erstes haltgemacht.«

»Wie viele Schneefahrzeuge stehen dort?«

»Nur noch eines, wieso?«

Sie sind noch nicht zurück. Sie sind immer noch dort draußen.

Bergström rannte aus dem Kuppelsaal zum nächsten Terminal im Flur. Doch der Computermonitor blieb schwarz. Irgendjemand hatte das System der Station heruntergefahren.

Major Clark war ihr bis zum Terminal gefolgt.

»Schnell, Major, Sie müssen bei Casey nachfragen, von welcher Wetterstation der Notruf abgesetzt wurde. Beeilen Sie sich!«

· ·

Das Zittern hatte aufgehört. Kein gutes Zeichen. Sie war so erschöpft. Sie … Julia versuchte sich zu konzentrieren, aber alles um sie herum war wie in Watte gehüllt. George saß noch neben ihr, wie lange schon? Die Augen fielen ihr zu. Kein Zittern, *Adynamiestadium*. Woher kam dieses Wort in ihrem Kopf? Und das Dröhnen, das laute Dröhnen, als würde draußen etwas vorbeifahren. Neben ihr stöhnte George. Julia wollte ihm von dem Dröhnen erzählen, aber ihr fehlte die Kraft. Langsam sank ihr Kopf auf seine Schulter.

Sie spürte Hände, die sie aus der Kabine heraushoben.

»Wir haben sie gefunden, sie leben!«

Wir leben! Wir leben!

57

Fünf Wochen später: Gantman-Tower, Köln/Deutschland

»Bei mir im Studio begrüße ich jetzt meinen TV-Kollegen Harry Gantman. Harry, wir alle kennen mittlerweile die blutige Tragödie, die sich in der Antarktis abgespielt hat. Du warst mit einem Kamerateam vor Ort, bist Opfer dieses schrecklichen Überfalls geworden. Das alles muss doch ein Alptraum gewesen sein?«
»Ich will gar nicht so tun, als ob wir nicht alle furchtbare Angst hatten. Mein Team und ich, wir sind ja nicht nur Zeugen dieses Anschlags gewesen.«
»Tatsächlich gehörte eine deiner Mitarbeiterinnen zu den Opfern der Terroristen.«
»Ich habe nicht nur eine brillante Regisseurin und Produktionsleiterin verloren, sondern auch eine enge Kollegin, eine Person, mit der ich täglich zusammengearbeitet, der ich vertraut habe. Susanne Reinhard wird immer in unserem Gedächtnis und unseren Gebeten bleiben.«
»Genauso wie der Gedenkgottesdienst, der hier in Köln für die Opfer des feigen Anschlags gefeiert wurde. Aber lass mich doch bitte noch einmal zurück auf deine Erlebnisse in der Antarktis kommen. Nach dem Überfall auf Terra Nova II haben die WDI-Aktivisten –«
»Tja, ich denke, wir sollten hier nicht mehr von Aktivisten sprechen. In meinen Augen, und diese Einschätzung teilen auch die Strafverfolgungsbehörden, sind das feige und eiskalte Killer gewesen.«
»Dennoch bleibt als Fakt, dass seit dem Überfall auf Terra Nova II niemand mehr etwas von den … ähm, Terroristen gehört hat.«
»So wie ich diese Männer erlebt habe, haben sie mit militärischer Präzision zugeschlagen. Einen solchen Überfall

wie den in der Antarktis muss man sorgfältig planen. Wer kann schon sagen, welche Ziele als Nächstes ins Visier genommen werden. Nein, ich glaube, wir haben noch nicht das Ende des WDI-Terrors erlebt.«

»Zumindest, Harry, hast du ihn überlebt. Und wie du mir im Vorgespräch gesagt hast, warst du nur einen Wimpernschlag vom Tod entfernt.«

»Ach, es gab viele tapfere Menschen in dieser Station, die am Ende den Terroristen die Stirn geboten haben. Da möchte ich gar nicht so sehr darüber sprechen, was ich oder andere einzeln geleistet haben. Was mich immer noch bewegt, ist der Augenblick, in dem wir alle erkannten, dass wir zusammenhalten müssen, als Gruppe, als Schicksalsgemeinschaft. Nur weil wir den Raum, in dem wir gefangen gehalten wurden, von innen versperrt haben, uns dort verbarrikadiert haben, war es letztlich möglich, zu überleben.«

»Über eure Rettung durch eine australische Eliteeinheit werden wir gleich in der zweiten Stunde unserer Sendung sprechen. Auch etwas Besonderes, weil Militär in der Antarktis gar nicht aktiv sein darf, aber das war wohl eine extreme Ausnahme. Jetzt, kurz vor den Nachrichten, nur noch die Frage an dich, was bleibt von diesen traumatischen Erlebnissen?«

»Du sagst es, es waren traumatische Erlebnisse. Im Herbst wird mein Buch ›Tödliche Antarktis‹ auf den Markt kommen, aber noch viel wichtiger als dieses Buchprojekt ist die Entscheidung, dass wir in einem Harry-Gantman-Spezial über unseren Aufenthalt in der Antarktis berichten werden. Wir haben das in der Redaktion lange und ausführlich diskutiert. Ich denke, wir sind es unserer Kollegin Susanne Reinhard schuldig, den geplanten Vierteiler auszustrahlen und damit auch ihre Arbeit zu würdigen. Am Wochenende jedenfalls wird der erste Teil zu sehen sein.«

»Über diesen Vierteiler werden wir gleich noch ausführ-

licher sprechen. Nach den Nachrichten, Wetter und Ver-
kehr geht es weiter hier im ›Radio Talk am Nachmittag‹.
Bei mir im Studio ist mein Kollege Harry Gantman. Am
Mikrofon Ben Grafforst.«

Mit einem Mausklick beendete Julia den Livestream auf ihrem Rechner und nahm die Kopfhörer ab. Die Radiosendung war einer von vielen Medienauftritten, die Harry in den zurückliegenden Wochen absolviert hatte. Hatte sie sich darüber gewundert, dass Harry bereits nach wenigen Tagen die Buchrechte für sein Abenteuer an einen großen Verlag verkauft hatte? Nein, hatte sie nicht.

Sie lehnte sich zurück und gähnte herzhaft, weil sie sich unbeobachtet fühlte. Umso mehr schrak sie zusammen, als Michael sie von der Seite ansprach.

»Du solltest Feierabend machen, Julia. Auf jeden Fall möchte ich nicht, dass du hier am Schreibtisch einschläfst.«

Julia drehte sich mit dem Bürostuhl zu ihrem Redaktionsleiter herum. »Es geht schon noch. Allerdings waren die letzten drei Tage wirklich heftig.«

»Dafür, dass du erst seit zwei Wochen wieder dabei bist, hast du geschuftet für drei. So, und nun noch mal offiziell als dein Redaktionsleiter: Fahr den Rechner runter, nimm deine Tasche und verschwinde, ich will dich vor zehn Uhr morgen früh hier nicht mehr sehen. Harry will um Punkt zehn mit allen Beteiligten noch einmal über die Marketingmaßnahmen für den Vierteiler sprechen. Ruh dich aus, damit du morgen fit bist.«

»Noch mehr Marketingmaßnahmen? Harry trommelt doch bereits auf allen Kanälen. Wenn jetzt noch die Einschaltquoten stimmen, kann da gar nichts mehr schiefgehen. Ach, übrigens: Ich hab mich noch gar nicht dafür bedankt, dass du mich aus der vierten Folge herausgehalten hast.«

»Dein Wunsch war mir Befehl. Wäre auch ziemlich schwierig geworden, ein Kettenfahrzeug im Schneesturm, die Elitesoldaten, die euch gefunden haben.« Michael grinste bei seiner Aufzählung. »Das hätte echt jedes Budget gesprengt.«

Da hat er wohl recht, dachte Julia. Dass George und sie überlebt hatten, verdankten sie der Umsicht von Anne Bergström. Hätte die nicht die richtigen Schlüsse gezogen und die Rettungsaktion organisiert …

Julia verdrängte die Erinnerung an die Angst und die Hoffnungslosigkeit, die sie da draußen im Eis gespürt hatte. Sie hatten überlebt, nur das zählte. Sollte Harry ruhig den Ruhm ernten. »Ich gönne Harry die Aufmerksamkeit«, sagte sie. Unter drohender Lebensgefahr war eine ganz neue Seite von ihm ans Licht gekommen. Julia hatte es zuerst gar nicht glauben wollen, aber Roy hatte es ihr bestätigt: Harry hatte den Terroristen die Stirn geboten.

»Unser Boss, so viel ist sicher, hat Leben gerettet. Niemand kann ihm übel nehmen, dass er danach das getan hat, was er am besten kann: eine spannende Harry-Gantman-Show daraus zu produzieren«, erklärte Michael. »Und jetzt ab mit dir. Ab dem kommenden Monat habe ich dir ja sowieso nichts mehr zu sagen.«

Julia packte Notizbuch und Füller in ihre Tasche, nahm das Handy aus der Ladestation und ihren Mantel vom Haken. Es war erst kurz nach vier am Nachmittag, der plötzliche Feierabend fühlte sich fast wie ein halber Urlaubstag an. Auf dem Weg zum Aufzug verabschiedete sie sich noch kurz von ihren Kolleginnen und Kollegen und erntete ein paar nachdenkliche Blicke. Ihr Status in der Redaktion hatte sich geändert. Sie war nicht mehr die Neue, die in der Nische schuftete. Ihr künftiges Büro wurde gerade gestrichen. Harry hatte ihr zum nächsten Ersten den Posten als Produktionsleiterin angeboten.

Ich weiß, was du jetzt denkst, Julia. Natürlich muss ich Sue ersetzen, aber ich würde dir diese Stelle nicht anbieten, wenn ich nicht davon überzeugt wäre, dass du die Richtige bist. Harrys Worte gingen ihr durch den Kopf, als sie mit dem Aufzug nach unten fuhr. Sie hatte gezögert, sich Bedenkzeit ausgebeten. Sie wollte nicht Karriere auf Kosten ihrer toten Freundin machen.

Und sie hatte lange mit George telefoniert. Der war Weihnachten und über den Jahreswechsel in Hamburg gewesen, weil sein Vater mit einem Herzinfarkt im Krankenhaus lag.

»Frag dich einfach, was Sue gesagt hätte.« Julia hatte seinen Rat befolgt und Harry am nächsten Tag darüber informiert, dass sie nach ihrem Weihnachtsurlaub das Angebot annehmen würde.

..

Köln versank im Schneematsch. Eine weiße Weihnacht war der Domstadt auch diesmal verwehrt geblieben. Im Gegenteil, kurz vor den Weihnachtstagen wurde es mal wieder unnatürlich mild, sodass Julia im Nieselregen zu ihren Eltern gefahren war, um im Kreis der Familie die Weihnachtstage zu verbringen.

Erst vor zwei Tagen war dann eine Kaltfront aus Sibirien über das Rheinland hergefallen und hatte den kompletten Verkehr durch heftigen Schneefall und Blitzeis zum Erliegen gebracht. Die Nacht würde wieder eisig werden.

Eisig – das war eine Frage des Blickwinkels. Julia lächelte zufrieden, während sie draußen den Kragen ihres Wintermantels hochschlug und ihren Wollschal fester um den Hals zog. Die Wintertemperaturen am Rhein hatten für sie ihren Schrecken verloren. Sie entschied sich dafür, am Rheinufer entlang die zwei Kilometer in Richtung Dom und Bahnhof zu laufen. Zeit spielte heute keine Rolle, und ein Spaziergang in der kalten, klaren Januarluft würde ihr guttun. Den Anruf hätte sie fast verpasst, weil sie ihr Handy immer noch stumm geschaltet hatte, aber sie spürte das Vibrieren in der Manteltasche. Hastig zog sie das Handy heraus, streifte den Handschuh ab, um mit dem Finger über das Display zu wischen und damit den Anruf entgegenzunehmen.

»Julia Kern, hallo?«

»Ich bin's, George. Julia, wo bist du? Bist du in Köln, in der Redaktion?«

»George, hast du eine neue Telefonnummer?« Julia freute sich darüber, seine Stimme zu hören, aber der drängende, besorgte Klang machte sie stutzig. »Was ist denn los? Ist alles in Ordnung bei dir?«

»Hör zu, Julia, wir müssen uns dringend sehen.«

Ja, dachte Julia, das mussten sie wirklich.

»Wie schnell kannst du zum Bierhaus am Rhein kommen?«

»Du meinst die Kölsch-Kneipe im alten Delfter Haus?«

»Ja, genau!«

Julia überlegte kurz. Das Bierhaus lag in der Kölner Altstadt, höchstens zehn Minuten zu Fuß vom Dom entfernt.

»Ich habe gerade Feierabend gemacht und laufe hier am Rhein entlang. In einer halben Stunde kann ich in der Altstadt sein.«

»Eine halbe Stunde, das passt. Ich muss hier in der Innenstadt noch etwas erledigen, wir sehen uns dann in dreißig Minuten im Bierhaus.«

Ehe Julia noch Fragen stellen konnte, hatte George aufgelegt. Was ist los mit ihm?, fragte sie sich. Dass George so besorgt klang, machte sie unruhig. Das war gar nicht seine Art. Während sie jetzt schneller ging, fiel ihr noch eine viel wichtigere Frage ein: Warum war George in Köln?

Als Julia vor dem weiß getünchten Haus ankam, fragte sie sich, wo sie auf George warten sollte. Sie holte ihr Handy heraus und wählte aus der Anrufliste seine neue Mobilnummer, doch offenbar war sein Handy ausgeschaltet. Soll ich jetzt hier draußen warten oder reingehen?

In den warmen Monaten war der Platz vor dem historischen Gebäude mit Außentischen besetzt. Die standen jetzt zusammengeklappt an der Hauswand.

»Julia!« George kam aus einer Seitengasse, offenbar war er einen Großteil des Weges gerannt, denn als er vor ihr stand, rang er nach Atem.

»Sorry, es hat doch länger gedauert, und dann musste ich die Hälfte der Strecke rennen, damit ich dich nicht verpasse.« Julia sah sofort die dunklen Ringe unter seinen Augen, er wirkte im Gesicht auch etwas schmaler.

»Erholt siehst du aus, Julia, die freien Tage haben dir offenbar gutgetan.«

Julia wusste nicht, was sie darauf antworten sollte. Es gab so viel, was sie George gerne gesagt hätte.

»Deinem Vater geht es hoffentlich besser?«

»Ja, ja, mein alter Herr kommandiert schon wieder die komplette Krankenhausstation herum. Darüber mache ich mir im Moment auch wirklich keine Sorgen.«

George machte einen Schritt auf sie zu, zögerte dann, bevor er sie beinah unbeholfen an sich zog. In der Antarktis hatte er sie mehr als einmal umarmt, hatte ihr Schutz geboten, sie getröstet. Aber schon bei ihrem Rückflug nach Deutschland hatte sich eine Distanz zwischen ihnen aufgebaut. Julia hatte dafür keine Erklärung. Möglicherweise wollte George ihr Zeit lassen. Sie hatte das akzeptiert, allerdings auch gemerkt, dass ihre Telefongespräche nicht in die Tiefe gingen. Plaudern unter Bekannten – mehr nicht. Während der freien Tage nach Weihnachten war Julia klar geworden, dass sie es war, die eine Entscheidung treffen musste. Die kurze Zeit in der Antarktis, die Ereignisse in Terra Nova II hatten viel in ihr bewegt. Die Alpträume waren nicht wieder zurückgekehrt. Es hatte neue Schrecken gegeben, aber jetzt, da George schwer atmend vor ihr stand, wusste sie, dass er mitgeholfen hatte, diese Schrecken zu überwinden.

Sie hatte ihn vermisst. Entschlossen zog Julia die Handschuhe aus und nahm sein schmales Gesicht in beide Hände. Die Stoppeln seines Dreitagebartes fühlten sich rau und kratzig an. Sanft küsste sie ihn auf den Mund. Sie schmeckte seine Überraschung und sah in seinen Augen ein Lächeln.

»Wenn ich ehrlich sein soll, siehst du beschissen aus, George O'Connor. Aber ich bin sehr froh, dass du hier bist, denn ich hatte die Sorge, dass ich dich vielleicht verliere, bevor ich Gelegenheit habe, dich richtig kennenzulernen.«

»Das hast du schön gesagt. Also nicht den Teil, wo ich beschissen aussehe, sondern den Rest. Und das mit diesem Kuss müssen wir unbedingt wiederholen.«

»Mal sehen, was sich da machen lässt.« Dann wurde sie ernst. »Warum bist du in Köln? Was ist passiert?«

George deutete mit einer Kopfbewegung zu der Gastwirtschaft. »Die haben den ganzen Tag von morgens bis abends geöffnet, ich denke, jetzt am Spätnachmittag bekommen wir noch zwei Sitzplätze. Lass uns reingehen, dann erzähle ich dir alles.«

Die Räume der Gastwirtschaft waren vor ein paar Jahren renoviert worden. Der alte Holzboden strahlte immer noch im neuen Glanz, die blanken Holztische waren so zusammengeschoben, dass immer acht Personen auf den schwarz lackierten Holzstühlen daran Platz fanden. Als sie den Gastraum betraten, erkannte Julia, dass George recht hatte. Ja, selbst am späten Nachmittag gab es genügend Touristen, die bei ihrem Besuch in der Kölner Altstadt hier einkehrten. Und noch mal ja, es gab freie Plätze. Lieber wäre ihr ein Zweiertisch gewesen, doch so etwas konnte sie bei ihrem Rundblick nicht entdecken. George schien erst gar nicht danach Ausschau zu halten. Er steuerte direkt einen Achtertisch an, an dem eine Gruppe Chinesen saß, für die diese Kölner Kneipe genauso gut auf einem anderen Planeten hätte stehen können. George wies mit einem Lächeln und einer kleinen Verbeugung auf zwei leere Plätze am Fenster. Einer der Chinesen nickte, um anzudeuten, dass diese beiden Plätze frei waren.

»Warum ausgerechnet hier?«, fragte Julia.

»An diesem Tisch haben wir gute Chancen, dass man uns nicht versteht, wenn wir Deutsch miteinander reden.«

George bestellte zwei Kölsch. Julia war es zwar nicht gewohnt, um diese Uhrzeit Bier zu trinken, sah aber ein, dass diese Bestellung am unauffälligsten war. Sie musste ja nicht mehr Auto fahren. George trank sein Glas in einem Zug halb leer, dann beugte er sich über den Tisch näher zu Julia heran.

»Ich glaube, wir sind in Gefahr. Irgendjemand will uns töten.«

58

Mozart. Die gleiche Musik, ein anderes Apartment, ein anderes Land. Der Doc lehnte sich mit einem Glas Cognac in der Hand in seinem Sessel zurück, schloss die Augen und konzentrierte sich auf die Klänge um ihn herum.

Doch heute war es anders. Heute half die Musik nicht weiter. Verärgert schlug er die Augen auf. Er hatte anderen vertraut, und die hatten es vermasselt. Das war inakzeptabel. Sein Plan war lückenlos gewesen, ein Kunstwerk, eine Strategie, die sicher zum Ziel geführt hätte. Hätte!

»Fuck!«

Wütend warf er das Glas gegen den CD-Player. Es zerschmetterte die Anzeige, die Musik stoppte abrupt.

Die Stille wurde zum Spiegel seiner Wut. Nichts war zu hören, nur sein zorniger Atem.

Wenn er Veränderungen wollte, musste er handeln. Jede Veränderung kostete Geld. Er wollte frei sein für Veränderungen, unabhängig. Nur mit genügend Geld konnte er sich ein Leben gönnen, wie er es sich vorstellte.

Also hatte er sich Verbündete gesucht, die seine Ideale und Ziele teilten. Sein Ideal: Jeder ist sich selbst der Nächste. Die meisten Menschen waren käuflich, also musste er dafür sorgen, dass er sie kaufen konnte. Deshalb hatte er ein klares Ziel vor Augen: Er musste schnell viel Geld anhäufen. Um dieses Ziel zu erreichen, tötete er Menschen. Seine Verbündeten verseuchten die Umwelt, rodeten Regenwald, verwüsteten mit illegalen Minen ganze Landschaften – scheißegal! Ihre Profite wuchsen, die Börsenkurse schossen nach oben.

Der genialste Schachzug in seinem Spiel war ohne Zweifel die Gründung der WDI-Gruppe. Öko-Spinner, die an eine bessere Welt glaubten. Er dagegen glaubte nur an seine Platin-Kreditkarte und daran, was er mit ihr erreichen konnte. Sein aktuelles Ziel war, in die nächste Runde des Spiels zu gelangen.

WDI – We Do It! Ja, das stimmte immer noch, er tat was, und zwar für sich selbst. Die Männer, die ihm gefolgt waren, hatte er großzügig entlohnt.

Die WDI-Bewegung war spurlos verschwunden, hatte sich ins Nichts aufgelöst.

Seine Partner verlangten für ihre Investitionen Ergebnisse. Die würde er liefern. Er würde das Heft jetzt allein in die Hand nehmen. Und er wusste auch schon, wo er anfangen musste.

Julia, schöne blonde Julia. Ich komme!

59

Im ersten Moment glaubte Julia, nicht richtig verstanden zu haben.

»Du spinnst! Was soll denn das heißen: Jemand will uns töten?«

Die Unbekümmertheit in seinen Augen war verschwunden. Das ist kein Scherz, durchfuhr es Julia, er ist wirklich davon überzeugt.

»Wir sind beide in Gefahr, Julia. Was glaubst du, warum ich heute früh ins Flugzeug gestiegen bin, um so schnell wie möglich zu dir nach Köln zu kommen?«

»Aber –«

»Nichts aber. Hier, schau dir das an, die Meldung stand gestern in der Zeitung.«

George holte einen Zeitungsausschnitt aus seiner Hosentasche, strich ihn glatt und schob ihn zu Julia herüber.

Doppelmord schockt Stadt – Nortorf trauert

Ein solches Verbrechen hat Nortorf noch nicht erlebt. Ein grausamer Doppelmord hat die Ruhe in dem kleinen Städtchen bei Rendsburg erschüttert. Wie die Polizei mitteilte, muss der Mörder bereits am vergangenen Wochenende zugeschlagen haben. Die Opfer, ein älteres Ehepaar (sie 65, er 66 Jahre alt), wurden von einer Nachbarin tot in ihrem Einfamilienhaus aufgefunden. »Nach unserem jetzigen Stand der Ermittlungen«, so ein Polizeisprecher, »hat es einen Einbruch gegeben. Wir kennen noch nicht die genauen Umstände, wissen nur, dass beide Opfer erschossen wurden.« Möglicherweise hatte das Ehepaar den oder die Täter überrascht. Wie die Polizeidirektion Neumünster auf Anfrage unserer Zeitung mitteilte, untersucht eine Son-

derkommission der Landespolizei Schleswig-Holstein
den Doppelmord. Die Menschen in Nortorf sind ge-
schockt. Das Paar hatte erst vor Kurzem seine erwach-
sene Tochter beerdigt. »Die beiden waren in den letzten
Wochen am Boden zerstört«, so ein enger Freund des
Paares gegenüber unserer Zeitung. »Der Verlust ihrer
einzigen Tochter hat sie schwer getroffen. Dass so ein
Mord am helllichten Tag passieren kann – unfassbar.«
Die Polizeidirektion Neumünster hat angekündigt, in
den kommenden Wochen mehr Präsenz zu zeigen.

»Der Verlust ihrer Tochter … Nortorf … oh mein Gott!« Die
letzten Worte hatte Julia so laut gerufen, dass ihre chinesischen
Tischnachbarn die Unterhaltung unterbrachen und neugierig
zu ihr herüberschauten.

»Sorry«, sagte Julia mit einem entschuldigenden Lächeln,
dann flüsterte sie: »Sind das etwa Sues Eltern?«

George nickte. »Ich habe Anfang der Woche bei ihnen angerufen, weil ich sie um Erlaubnis bitten wollte, zwei Fotos
von Sue zu veröffentlichen, die ich in Terra Nova II von ihr
gemacht habe. Am Telefon war aber nur eine Polizistin, die
mir erklärte, dass die Reinhards verstorben seien. Und dann
fand ich diese Meldung in der Zeitung.«

»Himmel, wie furchtbar.« Julia verbarg ihr Gesicht in beiden Händen.

»Ich habe dann angefangen zu recherchieren. Es gibt ein
paar Leute, die mir den einen oder anderen Gefallen schuldig
sind. Die Polizei hält noch den Deckel drauf, aber das war
kein gewöhnlicher Einbruch, der eskaliert ist.«

»Warum?«

»Erstens«, George hob den Daumen, »starben die beiden
wahrscheinlich am Nachmittag. Eine Nachbarin war die ganze
Zeit draußen, sie hat aber keine Schüsse gehört. Die Polizei
vermutet, dass der Schütze einen Schalldämpfer verwendet hat.
Ein Einbrecher mit Waffe ist schon selten, einen Einbrecher
mit Waffe und Schalldämpfer gibt es eigentlich nur im Film.«

George hob den Zeigefinger. »Zweitens: Veronika Reinhard wurde mit einem einzigen Schuss mitten in die Stirn getötet. Kein aufgesetzter Schuss, das zeigen die Schmauchspuren. Das war keine Tat im Affekt, weil sie einen Einbrecher auf frischer Tat überrascht hat.«

George hob den nächsten Finger. »Drittens hat man Klaus Reinhard ins Knie und in den Arm geschossen, erst die dritte Kugel ging in den Hinterkopf. Er wurde gefoltert und dann regelrecht hingerichtet. Der Mörder hat die Wohnung durchsucht und offenbar von Klaus Reinhard etwas wissen wollen.«

Julia stöhnte auf. Das Kölsch kam ihr hoch. Sie sprang auf, rannte zu den Toiletten und schaffte es gerade noch in eine Kabine, bevor sie sich erbrach. Ihre Hände zitterten, als sie sich am Waschbecken den Mund ausspülte und das Gesicht wusch.

George schaute sie besorgt an, als sie sich wieder an ihren Tisch setzte.

»Entschuldige, Julia. Ich weiß, das alles ist schrecklich, aber ich konnte es dir auch nicht verschweigen. Geht es wieder?«

Julia presste die Lippen zusammen, und in ihren Augen schwammen Tränen. »Wer sollte Sues Eltern ermorden wollen?« Ihre Stimme klang heiser. Der Gedanke war so absurd, dass sie es immer noch nicht glauben konnte. Sue hatte ein paarmal von ihren Eltern in Norddeutschland erzählt. Zwei pensionierte Lehrer, die mit ihrem Ruhestand zufrieden waren. Bei dem Gedenkgottesdienst in Köln hatte Julia nur wenig Gelegenheit gehabt, mit den beiden zu sprechen, aber als Sue in Nortorf beerdigt wurde, hatte sie den ganzen Tag mit ihnen verbracht. Sue war das einzige Kind von Klaus und Veronika gewesen. Zusammen mit den Eltern hatte Julia geweint und getrauert. Später am Abend hatten die zwei alte Geschichten erzählt, aus Sues Kindheit und ihrer Teenagerzeit, von den wilden Jahren ihrer Tochter. Julia hatte ihnen aufmerksam zugehört, in der Hoffnung, dass, je mehr sie über ihre verstorbene Freundin erfuhr, sie ihr umso deutlicher in Erinnerung bleiben würde.

Die Reinhards hatten für sie in dem Gasthof gegenüber der alten Kirche des Ortes ein Zimmer reserviert. Julia erinnerte sich noch an das schlechte Gewissen, das sie am nächsten Morgen gehabt hatte, weil sie den Aufenthalt in diesem Gasthof und das großartige Frühstücksbüfett so genossen hatte. Damals war ihr das wie ein kleiner Verrat an ihrer Freundin vorgekommen.

»Wer auch immer die beiden getötet hat, er hat das eiskalt durchgezogen«, sagte George.

Julia warf einen verstohlenen Seitenblick auf ihre Tischnachbarn, die längst wieder in ihr eigenes Gespräch vertieft waren. Sie wiederholte ihre Frage: »Warum sollte jemand Klaus und Veronika Reinhard ermorden wollen? Und warum denkst du, dass wir beide in Gefahr sein könnten?«

»Ich habe im Haus meiner Eltern gewohnt, weil ich so meine Mutter besser unterstützen konnte. Zusammen mit meinen Brüdern sind wir regelmäßig ins Krankenhaus zu meinem Vater gefahren. Was ich damit sagen will, ist, dass ich meine Wohnung in Hamburg nur zweimal betreten habe. Einmal unmittelbar nach unserer Rückkehr aus der Antarktis, um frische Kleidung und die gekauften Weihnachtsgeschenke zu holen. Die Feiertage habe ich bei meinen Eltern verbracht. Und dann war ich Anfang der Woche ein zweites Mal in der Wohnung, nachdem ich von dem Tod der Reinhards erfahren hatte. Wie gesagt, ich musste ein paar Gefallen einfordern, und alle meine Kontakte habe ich in einem Notizbuch in meinem Schreibtisch. Deshalb bin ich in meine Wohnung gefahren.«

»Und?«

»Jemand hatte eingebrochen und alles auf den Kopf gestellt.«

»Bei dir ist eingebrochen worden?«

»Es sah aus, als wäre ein Tornado durch die Räume gefegt. Man hat alles sehr gründlich durchsucht, aber ein normaler Einbruch war das nicht. Meine Musikanlage, vor allem aber meine Kameraausrüstung, der teure Computer, ja sogar das Bargeld, das ich im Schlafzimmer in einer Schublade hatte –

nichts davon wurde mitgenommen. Entweder waren die sehr wählerisch, oder ich hatte einfach nicht das, was wirklich gesucht wurde. Gut, dass ich nicht zu Hause war, womöglich wäre es mir ansonsten so gegangen wie den Reinhards.«

»Der Mord an einem alten Ehepaar in Nortorf und ein Einbruch in Hamburg, ich weiß nicht, ob das miteinander zusammenhängt.«

Julia wollte mit ihren Zweifeln nicht Georges Glaubwürdigkeit in Frage stellen, aber das Ganze kam ihr ungeheuerlich vor. War es nicht vernünftig, den Zusammenhang anzuzweifeln?

George schien das nichts auszumachen. »Ich wollte es selber kaum glauben. Aber frag dich doch, wie wahrscheinlich es ist, dass in einem Städtchen wie Nortorf ein älteres Ehepaar am helllichten Tag überfallen und hingerichtet wird. Und wie wahrscheinlich ist es, dass jemand in Hamburg sich die Mühe macht, in eine Wohnung einzubrechen, diese zu verwüsten und dann nichts, aber auch wirklich gar nichts zu stehlen, obwohl es genügend Dinge gegeben hätte, die sich bei einem Hehler versilbern lassen würden. Für mich gibt es auf beide Fragen nur eine Antwort: ziemlich unwahrscheinlich. Wenn du nichts dagegen hast, würde ich mich gern davon überzeugen, dass bei dir zu Hause alles in Ordnung ist.« George lächelte schief. »Ich bin ein bisschen aus der Übung gekommen. Früher klang das irgendwie galanter, wenn ich eine Frau in ihre Wohnung begleiten wollte.«

»Du kannst ja noch daran arbeiten. Und ich wäre sehr froh, wenn du mich nach Godesberg begleiten würdest.«

Sie nahmen den nächsten Zug nach Bad Godesberg. Draußen vor dem Bahnhof steuerte Julia die Rheinallee an.

»Wow, das Godesberger Villenviertel. Na, das nenne ich doch mal ein standesgemäßes Wohnen für eine erfolgreiche Redakteurin«, sagte George, als ihm klar wurde, wohin Julia gehen wollte.

»Standesgemäßes Wohnen – wenn du darunter verstehst, dass meine Wohnung unter dem Dach in einem Altbau liegt, im Sommer tierisch heiß wird, weil die Dachdämmung noch aus dem letzten Jahrhundert stammt, und im Winter nur langsam warm wird, weil meine Heizung noch viel älter ist als die Dachdämmung, dann wohne ich allerdings standesgemäß. Ich hab noch nichts Besseres gefunden und bin froh, so nah am Bahnhof zu wohnen. Und darüber, dass die ältere Dame, die das Haus besitzt, nicht geldgierig ist. Wahrscheinlich könnte sie auch das Doppelte verlangen und würde immer noch einen Mieter finden.«

»Harry Gantman will dich unbedingt behalten, ich denke, Geldsorgen musst du dir bald keine mehr machen.«

Stimmt, dachte Julia, diesen Aspekt ihrer neuen Position bei Harry hatte sie noch gar nicht richtig bedacht.

»Ab dem nächsten Monat werde ich bei Gantman-TV-Produktionen die neue Produktionsleiterin sein«, platzte sie heraus.

»Herzlichen Glückwunsch. Siehst du, genau das meinte ich gerade. Harry weiß genau, was er an dir hat.«

Sanft legte George seinen Arm um ihre Schulter. Eng aneinandergeschmiegt gingen sie unter den alten Bäumen der Rheinallee entlang, vorbei an den imposanten Jugendstilvillen. Viele der großen Fenster, an denen sie vorbeischlenderten, waren hell erleuchtet. Große, warme goldene Felder in den ansonsten dunklen Fassaden. Beraterfirmen, Architekten und

Steuerberater, dazu ein paar Diplomaten, die den Absprung nach Berlin nicht geschafft hatten – sie alle hatten ihren Sitz in diesen alten Häusern.

Julia war selten so früh am Abend schon in der Nähe ihrer Wohnung, und mit einer gewissen Neugierde beobachtete sie die Menschen hinter den Fensterscheiben. Das sah alles so normal aus hinter diesen Fenstern hier in dieser Straße. In dieser Stadt gab es keine Killer, keine Mörder, die ihre Opfer quälten und hinrichteten. Der Tod von Sues Eltern war ein abscheuliches Verbrechen, das sich aufklären würde. Und vielleicht war ja der Einbrecher in Georges Wohnung von irgendetwas gestört worden, sodass er flüchten musste. Ja, genau, wahrscheinlich gab es für alles eine vernünftige Erklärung. Einen barmherzigen Moment lang, während sie mit George Arm in Arm die Straße entlangging, vergaß Julia den schrecklichen Anlass für seine Anwesenheit.

»Da sind wir.« Julia blieb vor einem alten Haus in der Habsburgerstraße stehen. Sie deutete auf die untere Etage. »Dort wohnt Henriette von Bausen, Witwe eines ehemaligen Diplomaten und meine Vermieterin. Und siehst du dort oben die kleinen Fenster im Dach? Da liegt meine Wohnung.«

Julia löste sich aus Georges Umarmung und öffnete das Gartentor, das mit einem leisen Quietschen aufschwang. Der mit alten Steinplatten belegte Weg führte zu einer hohen Haustür aus Eichenholz, schwer, stabil, für die Ewigkeit gebaut.

»Sag mal, Julia, ist deine Vermieterin im Urlaub?«

»Nein, Henriette fährt immer nur im Frühjahr an die Ostsee und im Herbst nach Italien. Wieso fragst du?«

George deutete auf die Zeitungsröhre unterhalb des Briefkastens. »Weil die Zeitung von heute noch nicht herausgenommen wurde.«

Tatsächlich, da steckte noch der zusammengerollte General-Anzeiger. Das sah Henriette gar nicht ähnlich.

»Komisch, Henriettes größtes Vergnügen ist es, den General-Anzeiger morgens beim Frühstück zu lesen.«

»Schließ die Haustür auf, aber mach möglichst kein Geräusch«, drängte George. Im Haus schaute er sie fragend an. Julia zeigte auf eine breite, geschwungene Holztreppe. »Da geht's hoch, wie gesagt, meine Wohnung liegt oben unter dem Dach.«

»Und deine Vermieterin hat hier unten ihre Wohnung, richtig?«

»Ganz genau. In der zweiten Etage gibt es ein Arbeitszimmer, einen Nähraum und zwei Gästezimmer.«

George ging zur Etagentür, und bevor Julia sagen konnte »Die ist immer abgeschlossen«, schwang die dunkle Holztür nach innen auf. Julia runzelte die Stirn. »Was –«

Sie machte Anstalten, in die Wohnung ihrer Vermieterin zu gehen, doch George hielt sie mit einer Handbewegung zurück. »Bleib kurz draußen und rühr dich nicht vom Fleck. Ich bin gleich wieder da.«

»Von wegen, ich warte doch nicht hier vor der Tür, während du den Helden spielst.« Entschlossen schob sich Julia an dem verdutzten George vorbei und verschwand in der Wohnung. George schnaubte resigniert, dann folgte er ihr.

Julia kannte sich in Henriettes Wohnung gut aus.

Hier durch den Flur ins Wohnzimmer zu schleichen kam ihr absurd vor. Alles sah aus wie immer, roch sogar wie immer: ein zu süßlicher Rosenduft gepaart mit dem Odeur alter Bücher. Auf dem Beistelltisch das gehäkelte Deckchen mit der alten Vase und den Trockenblumen, im Wohnzimmer der akkurat ausgerichtete Fernsehsessel und auf dem Esstisch die Schale mit frischem Obst. Nichts, aber auch gar nichts davon wirkte in irgendeiner Art verdächtig. Doch die vertraute Umgebung verhinderte nicht, dass eine unerklärliche Furcht in Julia aufstieg. Was, wenn die »normalen« Erklärungen, die sie eben noch für möglich gehalten hatte, falsch waren?

Henriette war gestern noch kerngesund gewesen, also gab es bestimmt keinen Grund zur Besorgnis. Trotzdem wurde Julia noch nervöser. Der alte Heizkörper im Wohnzimmer tickte laut. Sie stand ratlos in der Tür zum Wohnzimmer und wusste nicht weiter.

Als George sie von hinten am Arm packte, zuckte sie erschrocken zusammen. »Schnell, Julia, wir gehen kurz hoch und vergewissern uns, aber bleiben können wir nicht.«

Sie verstand kein Wort. »Was ist denn los?«

George deutete auf eine Stelle ganz in der Nähe der Etagentür. Jetzt, da das Licht aus dem Hausflur auf den Boden fiel, sah Julia es auch: dunkle, glänzende Flecken. »Ist das …?«

George nickte düster. »Ja, das ist Blut. Irgendjemand wurde dort angegriffen und verletzt. Aber hier ist niemand, wir sollten sehen, dass wir so schnell wie möglich wieder verschwinden.«

Julia folgte George aus der Wohnung. Rasch stiegen sie die Treppe zu Julias Wohnung hinauf. Als sie davor angekommen waren, stellten sie fest, dass auch diese Etagentür nur angelehnt war.

»Diese Tür habe ich heute Morgen ganz sicher abgeschlossen, als ich nach Köln gefahren bin.«

»Glaube ich dir aufs Wort. Da war deine Vermieterin sicher auch noch am Leben.«

Gebannt schaute der Doc auf seinen Laptop. In ihrer Wohnung hatte er nichts gefunden. Wenn es da gewesen wäre, hätte er es entdeckt – hundertprozentig. Auch bei der Alten war nichts zu holen gewesen. Deshalb hatte er seinen kleinen Sensor und eine Mini-Kamera oben vor der Dachwohnung angebracht. Und tatsächlich, das Wild war ihm in die Falle gegangen. Der Alarm wurde ausgelöst, und Julia Kerns Gesicht füllte den Monitor aus.

»Da bist du ja endlich«, murmelte er. »Und du hast jemanden mitgebracht.«

Auf sein Personengedächtnis konnte er sich verlassen. Er kannte den Mann, der neben Julia auf dem Treppenabsatz stand. Er war auch in Terra Nova II gewesen.

»Sieh mal einer an, dann bist du vielleicht gar nicht alleine geflüchtet. Du hattest Hilfe.« Der Doc verzog sein Gesicht zu einem grimmigen Zerrbild eines Lächelns. Julia würde sterben und ihr neuer Freund auch – das war er sich schuldig. Es ging nur noch um den Zeitpunkt. Er konnte seinen Van verlassen, die Straße hinuntergehen und es gleich erledigen, aber das wäre phantasielos. Die beiden hätten beinahe seinen ganzen Antarktis-Plan durchkreuzt, damit hatten sie sich etwas Besonderes verdient. Julia besaß zwar nicht, was er suchte, aber sie konnte ihm helfen. Mit einem Tastendruck löste er die Aufnahme aus. Julias Gesicht in Großformat. Die Panik in ihren Zügen konnte man deutlich erkennen. Ideal für die Besetzung in seiner kleinen Inszenierung.

»And the Oscar for the best actress in a leading role goes to: Julia Kern.« Sein Kichern füllte den Laderaum des Vans.

»Du meinst, sie ist – sie ist tot?«, fragte Julia erschrocken.

»Vielleicht hat sich deine Vermieterin verletzt, ist kurz zu einer Nachbarin gegangen und hat die Tür offen gelassen, das erklärt aber nicht, warum deine Wohnung offen ist. Mir graut davor, was wir bei dir finden werden.«

Julia gab sich einen Ruck. Sie öffnete die Etagentür und machte Licht im Flur. Mit einem erstickten Ausruf blieb sie stehen. George drängte sich neben sie. Im Flur lag der Inhalt der Kommodenschubladen auf dem Boden, Mäntel und Jacken waren auf einen Haufen geworfen worden. Vom Flur konnte sie in ihr Wohnzimmer sehen, und das wenige, was sie schon erkennen konnte, ließ erahnen, dass auch dieser Raum verwüstet worden war.

»Diese Schweine, diese … diese Arschlöcher, die haben meine ganze Wohnung …« Julia schluchzte auf und presste die Hand vor den Mund, um ihre Wut nicht laut rauszuschreien. Wie in Trance ging sie in ihr Wohnzimmer, schaute sich um. Aktenordner, Bücher, ihre CDs, der Inhalt der Sideboards – alles war herausgerissen und gedankenlos zur Seite geworfen worden. Schluchzend hob sie einen Bilderrahmen auf. Das Foto darin zeigte sie mit ihren Eltern. Alle drei streckten der Kamera die Zunge heraus.

Behutsam stellte sie das Foto zurück auf das Sideboard. Der Einbrecher hatte ihre ganz persönlichen Sachen durchwühlt. Julia fühlte sich beschmutzt. Die Achtlosigkeit vor dem, was ihr am Herzen lag, machte sie wütend. Sie machte kehrt und schaute in den nächsten Raum, ihr Schlafzimmer. Auch hier das gleiche verheerende Bild. Sogar ihre Unterwäsche war herausgerissen worden, was Julia besonders widerlich fand. Sie wollte sich schon wieder umdrehen, als sie in dem schmalen Durchgang zwischen Bett und Fenster etwas entdeckte. Da lagen mehrere Decken und Kissen durcheinander, doch etwas anderes erregte ihre Aufmerksamkeit. Sie ging noch einen Schritt weiter und keuchte auf, als ihr klar wurde, dass dort Schuhe zu sehen waren. Schuhe und Beine – da lag jemand.

»George! Schnell, hier!«

Sekunden später stand George in der Tür. Julia deutete auf die reglose Gestalt. »Da, Henriette.«

George kniete sich auf den Boden. »Sie lebt, der Puls ist schwach, aber sie lebt. Schnell, wähl den Notruf. Sag, es gab einen Einbruch und eine Schwerverletzte, möglicherweise hat sie eine schwere Schädelverletzung.« Er richtete sich auf, wandte sich zu Julia um und sagte: »Wir beide sollten schleunigst verschwinden.«

»Aber das ist meine Wohnung, das sind meine Sachen.«

»Erstens wissen wir nicht, wie lange wir hier noch alleine sind, zweitens mache ich mir Sorgen um Roy und – ich gebe es nur ungern zu – auch um Harry. Das sind die Einzigen, die Kontakt zu Sue hatten und die außer uns noch übrig sind. Einer von den beiden ist der Nächste auf der Liste. Wenn du Ausweispapiere und eventuell Geld hier hast, nimm es mit. Um den Rest kümmern wir uns später, versprochen.«

Widerwillig ging Julia ins Wohnzimmer, der Inhalt der Schreibtischschublade lag auf einem Haufen. Sie schob mit der Hand ein paar Briefe und Unterlagen zur Seite und fand ihren Reisepass. Julia lachte freudlos auf. Unter einer Mappe mit Zeugnissen lag ein Briefumschlag mit Bargeld, das sie in der nächsten Woche auf ihr Konto hatte einzahlen wollen. George hatte recht, das waren keine gewöhnlichen Einbrecher gewesen.

· ·

Der Doc ließ den Wagen an und wendete. Es wurde Zeit, dass er weitermachte. Er freute sich auf die Umsetzung seines neuen Plans. Das alte Bild von einer Katze, die mit einer wehrlosen Maus spielte, fiel ihm ein. Das war doch ganz passend.

Julia war seine Maus. Mit seinem Plan würde er ihre Bewegungsfreiheit einschränken, sie in die Enge treiben, möglicherweise würde sie sogar für ein paar Tage aus dem Verkehr gezogen werden.

Hierher, zu ihrer Wohnung, konnte er immer noch zurückkommen, um ein zweites Mal alles zu durchsuchen. So oder so – er war auf der Gewinnerseite, was man von Julia in spätestens zwei Stunden nicht mehr würde behaupten können.

. .

Nachdem sie den Notruf alarmiert hatte, stopfte Julia noch ihr Lieblingsparfüm, zwei Unterhosen und ihre Zahnbürste in die Umhängetasche. Aus irgendeinem Grund fühlte sie sich so wohler. Das Gefühl, völlig ausgeliefert zu sein, ließ nach. So war es ein gezieltes Untertauchen, keine kopflose Flucht, redete sie sich ein.

»Weißt du, wo Roy wohnt?«, fragte George, als sie die Treppe hinunterstiegen. Julia blieb abrupt stehen.

»Mist, ich habe überhaupt keine Ahnung.«

»Und Harry?«

»Der wohnt in Bayenthal, wir waren im letzten Sommer zu einer Grillparty in seinem Garten eingeladen. Ich rufe Michael an, der kennt bestimmt Roys Adresse.«

Auf der Straße zog Julia ihr Handy heraus und suchte in ihren Kontakten nach Michaels Nummer.

»Michael? Ich bin's, Julia. Kannst du mir Roys Adresse geben?«

»Hast du sie?«, fragte George, nachdem sie aufgelegt hatte.

»Ja, Roy wohnt mitten in Köln in der Nähe des Hohenzollernrings. Und Harry ist noch in Frankfurt. Er hat eben mit Michael, meinem Noch-Redaktionsleiter, telefoniert.«

»Also zurück nach Köln. Sollen wir uns ein Taxi nehmen oder einen Mietwagen?«

»Um diese Uhrzeit kannst du einen Mietwagen vergessen, dafür müssten wir erst zum Flughafen. Und ein Taxi kostet nicht nur ein Vermögen, wir sind mit dem Zug auch schneller in der Kölner Innenstadt. Denk daran, noch haben wir Feierabendverkehr.«

»Gut, fahren wir mit dem Zug, aber ruf Roy bitte an. Er soll irgendwohin gehen, wo er unter Menschen ist. Auf keinen Fall soll er allein in seiner Wohnung bleiben.«

Julia wählte Roys Nummer, die sie eben gespeichert hatte. »Da läuft nur die Mailbox.« Julia unterbrach die Verbindung. »Was sollen wir machen?«

»Sprich ihm eine Nachricht auf die Mailbox. Er soll dich auf jeden Fall anrufen.«

Julia wählte erneut.

»Hi, Roy, ich bin's, Julia. Wir sind auf dem Weg zu dir, bitte bleib nicht in deiner Wohnung. Geh raus, unter Menschen, und pass auf. Irgendjemand ist hinter dir her. Ruf mich an, sobald du das hier abgehört hast.«

Sie beendete den Anruf. »Ehrlich, wenn ich so eine Nachricht auf meiner Mailbox hätte, würde ich denken, der Anrufer hätte sie nicht mehr alle.«

George nahm ihre Hand. »Komm, wir beeilen uns. Und deine Warnung war das Beste, was wir zurzeit machen können, egal, wie abwegig sie vielleicht im ersten Moment klingen mag.«

So schnell, wie Julia es angekündigt hatte, ging es dann doch nicht. Der Zug, der von Koblenz über Bonn nach Köln fahren sollte, hatte dreißig Minuten Verspätung. An jedem anderen Tag hätte Julia diese Verspätung mit einer leichten Verärgerung hingenommen. Weil sie täglich mit der Bahn fuhr, gehörten ausgefallene Züge und Wartezeiten zu ihrem Alltag, heute aber machte sie die Warterei nervös. Vielleicht lag es auch daran, dass der sonst so ruhige und ausgeglichene George auf dem Bahnsteig hin und her tigerte.

»Setz dich bitte hin, George, du machst mich ganz kribbelig.«

George kam ihrer Bitte nach. »Entschuldige, ich hab nur

das Gefühl, dass uns die Zeit wegrennt. Kannst du noch mal bei Roy anrufen?«

Julia zog ihr Handy aus der Tasche und wählte Roys Nummer erneut.

»Wieder nur die Mailbox.«

George fluchte leise, dann stieß er langsam die Luft aus und lehnte sich zurück. »Es hilft nichts, wenn wir uns verrückt machen. Vielleicht arbeitet Roy gerade, ich schalte auch mein Handy aus, wenn ich ein Interview führe oder im Videoschnitt bin.«

»Außerdem ist ja gar nicht gesagt, dass Roy in Gefahr ist.«

»Doch, Julia, davon gehe ich fest aus. Es kann gar nicht anders sein. Sieh mal: Zwischen Sue und damit den Reinhards, mir und dir gibt es nur eine Gemeinsamkeit, und das ist unsere Reise in die Antarktis. Auf Roy und Harry trifft das ebenfalls zu.«

»Aber wer hat ein Interesse daran, die Wohnung von ein paar deutschen Journalisten, die in der Antarktis waren, zu durchsuchen? Warum hat man die Reinhards umgebracht? Vor allem aber, warum jetzt? Wir sind doch schon seit Wochen wieder zu Hause, warum hat das Ganze nicht schon vor Weihnachten angefangen?«

George schwieg und dachte nach, mit einem Seufzen zuckte er schließlich die Schultern. »Das sind zwar die richtigen Fragen, aber mir fallen keine Antworten ein. Es ist zum Verrücktwerden. Ich bin mir sicher, wüssten wir eine Antwort, wären wir einen großen Schritt weiter.«

63

Der Doc konnte sein Glück gar nicht fassen. Die Aufnahmen mit der versteckten Kamera erwiesen sich als Volltreffer. Während der Fahrt nach Köln hatte er sich verschiedene Möglichkeiten zurechtgelegt: ein improvisiertes Handyvideo, das man den Behörden oder Medien zuspielte, oder der anonyme Hinweis eines besorgten Bürgers – das hier aber war perfekt.

Das Apartmenthaus, in dem Roy Decker eine Wohnung besaß, war erst kürzlich gebaut worden. Der Komplex beherbergte ein paar Firmen und Privatwohnungen. Offenbar legte man großen Wert darauf, die Sicherheit der Mieter zu gewährleisten. Dazu gehörten eine moderne Schließanlage und eine Videoüberwachung im Eingangsbereich. Wunderbar!

Der Mitarbeiter eines privaten Security-Unternehmens, ein älterer Mann, bei dem die Pseudouniform über dem ausladenden Bauch spannte, machte gerade seinen Rundgang, als der Doc an die Glastür des Nebeneingangs klopfte.

»Bitte, Sie müssen mir helfen!«

Der Doc legte eine Mischung aus Sorge und Ungeduld in seine Stimme. Der Dicke zögerte einen Augenblick.

»Bitte, meine Frau, drüben im Auto. Ihr geht es nicht gut. Können Sie bitte einen Krankenwagen rufen? Mein Handy hat keinen Akku mehr.«

Der Wachmann schloss die Glastür auf.

»Wo steht denn Ihr Auto?«

Der Doc deutete hinter sich und trat dabei ein Stück zur Seite. Wie erwartet machte der Wachmann einen Schritt vorwärts, um in die angedeutete Richtung zu schauen. Mit einem Satz war der Doc hinter dem Mann. Seine Hände umschlossen Hinterkopf und Kinn, und mit einem Ruck riss er den Kopf des Mannes zur Seite, worauf dessen Halswirbel brachen. Ein Geräusch wie von einem morschen Ast, auf den man trat, nicht lauter. Zudem keine Blutspuren, also keine Gefahr, dass andere Hausbewohner frühzeitig Alarm schlugen.

Der Doc zog den toten Wachmann hinter die großen Pflanzkübel, die im hinteren Teil der Eingangshalle standen. Nicht gerade das ideale Versteck, aber für seine Zwecke vollkommen ausreichend. Er nahm den Schlüsselbund vom Gürtel des Toten. Neben der Haupteingangstür stand der Empfangstresen. Die Tür dahinter führte in einen kleinen Raum, offenbar der Aufenthaltsraum für die Wachleute. Er sperrte das komplizierte Sicherheitsschloss auf, ihm stand ja jetzt ein vollständiger Satz Schlüssel zur Verfügung. In einer Ecke stand ein Serverschrank mit dem Computer, der die Überwachungsvideos speicherte. Auch für den gab es einen Schlüssel an dem Bund des Sicherheitsmannes. Aus seiner Umhängetasche holte der Doc ein Notebook und die nötigen Kabel. Er brauchte weniger als zehn Minuten, dann hatte er erledigt, was er wollte.

Der Doc packte alles wieder zusammen, zog seine Pistole und schraubte den Schalldämpfer auf. Über Blut in Roy Deckers Wohnung machte er sich keine Gedanken. Ein Blick aus der Tür – in der Eingangshalle war niemand. Es wurde Zeit, sich um den guten alten Roy zu kümmern.

»Guten Abend, Herr Decker.«

»Wer sind Sie?«

»Das würde ich gern für mich behalten.«

»Aber … was wollen Sie?«

»Oh, das kann ich Ihnen sagen.« Der Doc hob seine Pistole und schoss. Die Kugel traf Roy Decker in die rechte Schulter. Mit einem Aufschrei brach er zusammen. Der Doc ging neben seinem Opfer in die Hocke.

»Jetzt, wo ich Ihre ungeteilte Aufmerksamkeit habe, hätte ich zwei, drei Fragen.«

· ·

Julia und George stiegen aus dem Taxi. Nach der Warterei am Godesberger Bahnhof hatte George darauf bestanden, zu dem Taxistand hinter dem Kölner Hauptbahnhof zu gehen und zu Roys Apartment zu fahren.

Julia schaute sich um. Der Hohenzollernring mit seinen Kneipen und Restaurants war direkt um die Ecke. Jetzt am Abend schienen vor allem Studenten unterwegs zu sein. Partystimmung lag in der Luft. Obwohl es ein kalter Januarabend war, gab es genügend Lokale, die Tische im Freien unter großen Heizpilzen anboten. Julia hörte Johlen und Gelächter und kam sich plötzlich sehr alt und sehr erwachsen vor. So lange lag ihr Studium doch noch gar nicht zurück, trotzdem trennten sie Welten von den Menschen um sie herum.

»Vorsicht, Julia!« George riss sie zurück. Ohne es zu merken, war sie auf den schmalen Radweg getreten, der an der Straße entlangführte. Den Radfahrer hatte sie ebenso wenig bemerkt wie sein hektisches Klingeln.

»Wahnsinn, ist es hier immer so voll?«

Julia nickte. »Ja, das ist normal. Du solltest mal in der Karnevalszeit herkommen, dagegen ist das hier noch gar nichts.« Julia gab George einen Kuss auf die Wange. »Danke für die Rettung eben.« Sie griff nach seiner Hand. »Komm, es ist gerade grün.«

Das muss einer der neuen Apartmentblocks sein, von denen in der Kölnischen Rundschau berichtet wurde, dachte Julia wenig später. Augenscheinlich war Roy als freier Kameramann sehr erfolgreich. Sie erinnerte sich an den bissigen Kommentar in der Zeitung, dass die Neubauten keinen kostengünstigen Wohnraum anboten. Hier gebe es nur Wohnungen für die Reichen und Schönen. Für Menschen, die gerne unter sich blieben, aber trotzdem im Herzen Kölns leben wollten.

»Ganz schön protzig«, sagte George, während er den Komplex musterte.

Die Haupteingangstür war verschlossen. Julia drückte auf den Klingelknopf neben Roys Namen. Sie warteten kurz, dann klingelte Julia ein zweites Mal. George schnaubte ungeduldig und ging ein paar Meter weiter zu einer Nebentür, um dort die Klinke herunterzudrücken.

»Ich werde verrückt, hier ist offen, Julia.«

In der Eingangshalle war es still, beinah zu still, fand Julia. Erst als sie im Aufzug standen, fiel Julia ein, was sie gestört hatte. Der Empfangstresen mit dem zurückgeschobenen Bürostuhl und einem Kaffeebecher am Rand der Theke hatte so ausgesehen, als ob dort jemand arbeiten würde, nur war da kein Mensch gewesen. Die Kälte, die ihr nach dieser Erkenntnis den Rücken emporkroch, ließ sie schaudern.

Roy Deckers Wohnung lag im dritten Stock. Auf dem Flur gab es drei Türen, eine war halb geöffnet. Instinktiv ahnte Julia, dass es Roys Tür war, die offen stand. Ja, dort, auf einem geschmackvollen Metallschild, war Roys Nachname eingraviert. George zog den Ärmel seiner Jacke über die Hand und drückte so die Tür auf, ohne Fingerabdrücke zu hinterlassen. Der Eingangsflur von Roys Wohnung war durch zahlreiche Halogenstrahler bis in den letzten Winkel ausgeleuchtet. Man konnte jedes Detail auf den großen Schwarz-Weiß-Fotos erkennen, die an den Wänden hingen. Jede Einzelheit auf den Fotografien – und an der Leiche, die zusammengekrümmt auf dem hellen Teppichboden lag, inmitten einer dunkelroten Blutlache.

Mit einem Aufschrei wich Julia zurück, drängte sich an George vorbei zum Aufzug. Weg von dem Blut, weg von dem Toten. Zitternd und mit geschlossenen Augen lehnte sie sich an die Wand. Die Augen zu schließen half nichts. Das blutige Bild blieb in ihrem Kopf.

64

»*Zwei Tote in dem Apartmentkomplex ›Am Ring‹ und
nur wenige neue Erkenntnisse. Gestern Abend wurde
in dem Neubau am Hohenzollernring ein Mieter erschossen. Der alleinstehende 42-Jährige hatte als Kameramann für verschiedene Fernsehsender gearbeitet.
Bei dem zweiten Toten handelt es sich um den Mitarbeiter eines privaten Sicherheitsunternehmens. Er wurde
tot in der Eingangshalle des Gebäudes gefunden. Die
Polizei hat für den späten Nachmittag eine Pressekonferenz angekündigt, auf der man weitere Einzelheiten
präsentieren will.
Es bleibt das Gefühl, dass die Polizei hinter den Ver-
öffentlichungen herhinkt, die im Netz kursieren. Schon
gestern gab es ein Video, das offenbar von einer Überwa-
chungskamera des Apartmentkomplexes aufgezeichnet
worden war.
Hat die junge Frau, die man auf diesem Video sieht,
wirklich etwas mit der Tat zu tun? Der oder die Unbe-
kannten, die das Video online gestellt haben, behaupten
genau das. Sollte das zutreffen, dann hatte die Frau auf
jeden Fall noch einen Komplizen. Wie es gerüchteweise
heißt, wurde der Wachmann des Apartmentkomplexes
mit bloßen Händen getötet. Eine Mordmethode, die rein
kräftemäßig einer Frau alleine kaum möglich sein dürfte.
Wir fragen Sie, liebe Zuschauerinnen und Zuschauer,
kennen Sie diese Frau?*«

»Shit! Das bist ja du!« Michael Beller setzte sich mit zwei
Bechern Kaffee in der Hand auf das Sofa zu seiner Kollegin.
»Hier, Kaffee mit Milch und einem Löffel Zucker.«

Julia schaltete mit einem Seufzer den großen Fernseher aus
und nahm den Kaffee entgegen.

»Du weißt, wie ich meinen Kaffee trinke?«

»Na ja, ein paar Sachen muss man sich bei den Kolleginnen und Kollegen schon merken.« Michael lächelte sie über den Tassenrand hinweg an.

Julia trank einen Schluck. George und sie waren nach ihrer schrecklichen Entdeckung in ein Taxi gestiegen und hatten sich auf die andere Rheinseite nach Deutz fahren lassen. Michael Beller wohnte in einer Altbauwohnung. Rechter Hand die Messehallen, geradeaus der Dom.

»Das war sehr nett von dir, dass wir heute Nacht hier schlafen durften.«

»Hör bloß auf. Euch hier schlafen zu lassen ist ja wohl das Mindeste, was ich tun konnte. Ich habe Roy wirklich geschätzt, er ist … war ein toller Kameramann.« Michael lächelte schief. »Na ja, und seit Caro ausgezogen ist, habe ich auch wirklich genug Platz für jeden Überraschungsbesuch.«

»Caro?«, fragte Julia sanft und hoffte, nicht allzu neugierig zu klingen.

»Meine Ex-Frau. Sie hat im letzten Oktober die Scheidung eingereicht. Offiziell habe ich zu viel für Harry gearbeitet, und da ist bestimmt auch etwas Wahres dran. Inoffiziell hat sie einen Kunsthändler aus Düsseldorf kennengelernt, der weit mehr als nur ein Redaktionsleitergehalt und eine Altbauwohnung mit Blick auf den Dom zu bieten hat. Ich schätze, die Wahrheit liegt wie immer dazwischen.«

Julia legte ihrem Kollegen eine Hand auf den Arm. »Das tut mir leid. Und es tut mir leid, dass ich so wenig von alldem weiß, obwohl ich doch schon seit mehr als einem Jahr mit dir und den anderen zusammenarbeite.«

»Liegt ja nicht an dir. Erst mal warst du die Neue.«

Ein Türklingeln unterbrach sie. Michael stand auf und drückte den Türöffner. Kurze Zeit später stand George im Wohnzimmer. Nach dem Frühstück war er losgegangen, um, wie er es genannt hatte, »ein paar Besorgungen zu machen«.

»Okay, ich habe ein wenig telefoniert. Deine Vermieterin ist über den Berg, Julia. Am Bahnhof habe ich meine Reisetasche aus dem Schließfach geholt und uns einen Mietwagen organisiert – so weit die guten Nachrichten. Im Pressekiosk musste ich feststellen, dass du, Julia, der neue Star in den Medien bist.« George warf den Express und den Kölner Stadt-Anzeiger auf den Couchtisch. »Um es kurz zusammenzufassen, du bist die große blonde Unbekannte, und die Polizei würde dich gern als Zeugin befragen. Kann ja sein, dass es in Roys Haus ein Überwachungssystem gab, aber das Foto in den Zeitungen wurde definitiv bei dir in Godesberg aufgenommen.«

»Wir haben gerade den TV-Beitrag gesehen. Michael hat mich sofort erkannt, das heißt auch, dass mich sehr viele Nachbarn und Bekannte ebenfalls wiedererkennen werden. Vielleicht ist es das Beste, so schnell wie möglich zur Polizei zu gehen und mit denen zu reden. Schließlich bin ich unschuldig.«

»Wir haben es mit Gegnern zu tun, die nicht nur deine Wohnung und das Treppenhaus verwanzt haben, sondern auch technisch in der Lage sind, Systeme zu manipulieren. Wir sollen in Panik geraten, uns irgendwo verkriechen. Wenn du jetzt zur Polizei gehst, dann behalten sie dich möglicherweise ein, und unsere Gegner haben ihr Ziel erreicht, dich aus dem Verkehr zu ziehen.«

»Was schlägst du vor?«, fragte Julia.

»Wir werden denen nicht den Gefallen tun.« George griff in seine Reisetasche und holte eine Packung Haarfärbemittel heraus.

»Das habe ich in der Drogerie besorgt. Alle Welt sucht eine lockige Blondine, vielleicht ist es Zeit für einen neuen Look.«

Julia nahm die Packung und las die Beschriftung. »Brillantschwarz«. George hatte recht. Bisher waren ihre Gegner ihnen immer einen Schritt voraus gewesen, dachte sie. Es wurde langsam Zeit, den Spieß umzudrehen. »Sag mal, Michael, hättest du vielleicht eine scharfe Schere?«

Zwei Stunden später blickte ihr eine völlig veränderte Julia aus dem Spiegel entgegen. Auch George riss überrascht die Augen auf, als sie das Wohnzimmer wieder betrat.

Julia deutete auf ihre Haare. »Das hier verschafft uns etwas Bewegungsfreiheit. Wir sollten uns gut überlegen, wie wir sie nutzen.«

»Ich habe mit Harry telefoniert. Er müsste in einer halben Stunde hier sein. Bis dahin sollten wir uns hinsetzen und versuchen, ein paar Antworten zu finden.«

Michael, der mit einem Tablett in der Hand aus der Küche gekommen war, hatte Georges letzten Satz gehört. »Ich habe uns ein paar Nudeln gekocht, das Pesto ist selbst gemacht. Bestimmt können wir auch beim Essen nachdenken.«

Erstaunt stellte Julia fest, dass sie tatsächlich Hunger hatte. War es wirklich schon Essenszeit? Erst jetzt fiel ihr ein, dass weder sie noch Michael zur Arbeit gegangen waren.

»Werden sie uns nicht in der Redaktion vermissen?«

Michael verteilte die Teller auf dem Esstisch. »Keine Sorge, ich hab heute früh angerufen.«

In den nächsten Minuten aßen sie schweigend, bis George anfing, laut nachzudenken. »Die Morde und alles Dazugehörige hat in jedem Fall mit unserer Reise in die Antarktis zu tun. Aller Wahrscheinlichkeit nach steckt diese Terroristentruppe dahinter. Du, Julia, hast gestern Abend am Bahnhof die richtige Frage gestellt: Warum haben die Dinge jetzt begonnen und nicht schon vor Wochen, sofort nach unserer Rückkehr?«

»Eine gute Frage«, bestätigte Michael kauend. »Es hat ja wohl offensichtlich mit Sue zu tun, denn mit dem Mord an den Reinhards fing es ja an. Hat sie sich bei eurem Aufenthalt in Terra Nova II um irgendetwas Besonderes gekümmert? Damit meine ich nicht Harrys Zusatzwünsche.«

Julia überlegte, sie dachte an den Abend vor dem Angriff der Terroristen. »Es gab da eine junge polnische Wissenschaftlerin, Mila. Sue hat sie im Eiskern-Labor besucht, weil wir dort drehen wollten. Nach dem Abendessen haben sich Sue und Mila dann noch ziemlich lange unterhalten, auch weil Sue schon ein paarmal in Warschau gewesen war.«

»Stimmt, das habe ich auch mitbekommen«, bestätigte

George. »Ich hatte mich zu den beiden gesetzt, hatte aber gleich das Gefühl, dass sie lieber wieder alleine sein wollten.«

»Ist das die Mila, die dann von diesem Wahnsinnigen erschossen wurde?«, fragte Michael.

»Ja, genau die«, sagte Julia.

»Also wurde die einzige Person, mit der sich Sue wirklich länger ausgetauscht hat, gleichzeitig mit ihr ermordet.« Michael dachte kurz nach. »Bis vor ein paar Tagen hätte ich das alles für Zufall gehalten, aber jetzt scheint es mir doch … na ja, zumindest merkwürdig. Wie kam es eigentlich, dass Sue und Mila zusammen in diesen Relaisraum gefahren sind?«

»Ich weiß nicht, wir wollten uns alle den Raum in Tiefenzone 4 ansehen. Vermutlich hat irgendwer die einzelnen Gruppen zusammengestellt. Es konnten immer nur vier Personen auf einmal nach unten fahren«, antwortete Julia.

»Und was, wenn die beiden absichtlich der ersten Fahrt zugeteilt wurden? Vielleicht hätte unser mutiger Boss den Plan der Terroristen schon vereiteln können, indem er Sues Angebot angenommen hätte, bei der ersten Fuhre dabei zu sein.« Michaels Bemerkung sorgte für bestürztes Schweigen am Tisch.

»Mir geht gerade ein Punkt durch den Kopf«, sagte George schließlich.

Die beiden anderen sahen ihn fragend an.

»Warum wurden die beiden überhaupt erschossen? Dieser verrückte Yen fährt in die Tiefe, zieht seine Pistole und tötet eine Kollegin, die erst seit zwei Wochen vor Ort ist, und eine ihm völlig unbekannte deutsche Journalistin. Dagegen waren seine WDI-Kumpels beinah schon zurückhaltend. Die haben die Sicherheitsleute ausgeschaltet – aus ihrer Sicht eine sinnvolle Maßnahme – und einen Unbeteiligten getötet, wahrscheinlich, um uns alle einzuschüchtern. Yen hätte doch jederzeit die drei anderen in Schach halten können, um den Relaisraum irreparabel zu demolieren. Ich frage mich, ob Sue vielleicht erschossen wurde, weil sie mit Mila über etwas Spezielles gesprochen hat.«

»Die beiden haben sich über die besten Clubs in Warschau ausgetauscht«, sagte Julia.

»Ja, das weißt du, aber wusste das auch dieser Yen? Musste es nicht für alle so aussehen, als ob sich eine Wissenschaftlerin stundenlang mit einer Journalistin unterhalten hat?«

Georges Einwand ließ Julia verstummen.

Es klingelte an der Wohnungstür.

»Das wird Harry sein.« Michael stand auf und ging in den Flur.

Julia hatte Harry seit einer Woche nicht gesehen. Als er jetzt zusammen mit Michael an den Esstisch trat, bemerkte sie, wie bleich und erschöpft er aussah.

»Julia, George, Gott, bin ich froh, euch gesund und munter zu sehen. Julia, lass dich umarmen. Himmel, was hast du mit deinen Haaren gemacht? Ich hätte dich fast nicht erkannt.«

In dem Moment, in dem sie Harry umarmte, erkannte Julia, dass sie froh und dankbar für seine Anwesenheit war. Etwas in ihrem Miteinander hatte sich seit den Ereignissen in der Antarktis verändert. Vielleicht war es Harrys Verhalten gewesen, sein Mut. Oder sein offenes Eingeständnis, dass er einen Fehler gemacht hatte. Wahrscheinlich lief es auf eine Mischung von beidem hinaus.

Sie musterte George mit einem verstohlenen Seitenblick. Vor dem Rückflug nach Deutschland hatten er und Harry sich lange unterhalten und dabei so etwas wie einen Friedenspakt geschlossen.

George stand ebenfalls auf und reichte Harry die Hand. »Danke, dass du gekommen bist, Harry.«

»Das ist ja wohl das Mindeste, was ich tun kann. Michael hat mir am Telefon schon alles erzählt. Roys Ermordung und diese schrecklichen Nachrichten über Julias angebliche Beteiligung machen mich sprachlos und wütend. Gibt es etwas Neues?«

»Wir haben gerade überlegt, was Sue in Terra Nova II getan haben könnte. Möglicherweise war sie ja gar kein Zufallsopfer, sondern wurde gezielt getötet«, erklärte Michael.

»Das würde ja ein ganz neues Licht auf die Dinge werfen«, sagte Harry. »Womöglich steckt noch mehr hinter dem Überfall der Terroristen. Kein Wunder, dass man sich bei der Antarktis-Konferenz Sorgen um die Sicherheit macht.«

»Antarktis-Konferenz?«, fragte George.

»Mitte nächster Woche. Alle zwei Jahre kommen Wissenschaftler aus den Forschungseinrichtungen, die am Südpol arbeiten, zu einer Tagung zusammen. Vor zwei Jahren war Oslo der Tagungsort, diesmal ist es Köln. Der Ausrichter ist in diesem Jahr das Bundesforschungsministerium. Der Überfall auf Terra Nova II hat dem Treffen eine neue Brisanz gegeben. Ursprünglich als Austausch von Experten gedacht, ist es plötzlich die große Antarktis-Konferenz geworden. Ich soll den Eröffnungsabend am nächsten Dienstag moderieren. Das Thema passt vielleicht sogar ganz gut als Abschluss in mein Buch.«

»Übrigens – Glückwunsch zum Buchvertrag«, sagte George. Julia hörte einen sarkastischen Unterton in seiner Stimme heraus.

Harry winkte ab. »Mir ist das eigentlich peinlich. Aber der Verlag hat – wie sagt man so schön – ein Angebot gemacht, das ich unmöglich ablehnen konnte. Dabei habt ihr beide euch durch den Schneesturm gekämpft, um uns alle zu retten.«

»Na, na, Harry, nicht so bescheiden. Immerhin hast du dafür gesorgt, dass keine weiteren Geiseln erschossen werden konnten«, sagte George. Diesmal meint er es auch so, wie er es sagt, dachte Julia.

»Wie wäre es, wenn wir das Buch zu dritt schreiben?«, schlug Harry vor. »Ich meine, damit hätten wir die ganze Story. Natürlich teilen wir dann auch das Honorar.«

Überrascht schaute George zu Julia. Damit hatte er nicht gerechnet. Eins zu null für Harry, dachte Julia. Sie nickte spontan.

»Abgemacht. Du hast jetzt zwei Mitautoren am Bein«, sagte George.

Harry lächelte zufrieden. »Michael, wir sollten das unbe-

dingt am Montag noch in die nächsten Trailer für den Vierteiler aufnehmen und dann –«

»Oh mein Gott!« Julias Ausruf unterbrach Harry. »Wir
haben es selbst ausgelöst. Die Morde, die Einbrüche – wir
haben das alles in Gang gesetzt.«

Wütend zerknüllte der Doc den Express und warf ihn in den Papierkorb. Das war unerfreulich, ganz und gar unerfreulich. Sie waren ihm entwischt. Julia und ihr Freund waren irgendwo untergekrochen. Gut, die würde er schon wiederfinden.

Harry Gantman hatte sich in seiner Villa in Bayenthal nicht blicken lassen. Wahrscheinlich hatten die anderen ihn gewarnt, das bedeutete aber auch, dass sie eins und eins zusammengezählt hatten. Jetzt würden sie noch vorsichtiger sein. Der Doc atmete tief durch, konzentrierte sich und dachte nach. Gantman war kein Problem. Schon in der nächsten Woche würde er bei der Eröffnungsgala im Mittelpunkt stehen. Aber Gantman war auch nicht das eigentliche Ziel. Seine Partner hatten unmissverständlich klargemacht, von welcher Seite ihrem gemeinsamen Projekt Gefahr drohte. Die Arbeit von Jahren stand auf dem Spiel.

Roy war am Schluss recht auskunftsfreudig gewesen. Nicht dass er sehr viel zur Sache beitragen konnte, aber er hatte das Gesamtbild vervollständigt. Alles in der klitzekleinen Hoffnung, am Leben zu bleiben. Die war dann mit ihm gestorben.

Im Grunde lief alles auf Julia hinaus, sie war die einzige noch verbleibende Möglichkeit. Wenn es einer wusste, dann sie. Sein Überwachungssystem in ihrer Wohnung hatte noch keinen Alarm geschlagen, aber er hatte auch gerade erst begonnen, nach ihr zu suchen. Am Ende würde die Katze die Maus fangen.

»Was willst du damit sagen? Wir sollen das Ganze in Gang gesetzt haben?« Harrys Frage beendete das erstaunte Schweigen am Esstisch.

»Die Trailer für den Vierteiler werden doch jetzt schon seit ein paar Tagen ausgestrahlt. Habt ihr die einzelnen Folgen jemandem vorab geschickt?«

Harry und Michael schauten sich an und überlegten.

»Ich habe am Donnerstagmittag die letzte Folge in der Regie abgenommen, alles auf unseren Server hochgeladen und danach dir den Link geschickt, Harry«, sagte Michael.

»Stimmt, ich erinnere mich. Ich habe Lisa eine kurze Mail diktiert und sie gebeten, den Link weiterzugeben.«

»Das heißt, es gibt Menschen außerhalb eurer Firma, die über den gesamten Inhalt der Antarktis-Sondersendung informiert sind?«

»Genau, George, ich habe im Sekretariat veranlasst, dass der Link an Silvia Pence, die Vorsitzende der Internationalen Terra-Nova-II-Kommission, gemailt wird. Und außerdem hat Anne Bergström eine Mail erhalten. Gut möglich, dass die beiden den Link noch weitergeleitet haben.«

Das ist es – wir haben sie, die erste wichtige Antwort, dachte Julia. Nur so kann es sein.

»Das Sekretariat hat am Donnerstagnachmittag den Link verschickt. Am Freitag war genug Zeit, um sich die vier Folgen der Sondersendung anzusehen. Und irgendjemand hat darin etwas entdeckt, das ihm einen höllischen Schrecken eingejagt hat. Einen so großen Schrecken, dass danach Killer in Bewegung gesetzt wurden, denn am Wochenende nach dem Mailversand starben die Reinhards.«

»Und weil man bei ihnen nicht fündig wurde, sind sie in meine Wohnung eingebrochen«, ergänzte George. »Ich glaube, du hast da ins Schwarze getroffen, Julia.«

»Aber zwischen dem Einbruch bei dir, dem Einbruch in meine Wohnung und dem Mord an Roy lagen wieder Tage.«

»Richtig, aber möglicherweise musste man sich erst über das weitere Vorgehen klar werden. Oder wir haben es mit unterschiedlichen Tätern für denselben Auftraggeber zu tun.«

George holte sein Handy aus der Hosentasche.

»Wen willst du anrufen?«, fragte Julia.

»Anne Bergström. Ihre Nummer habe ich in meinen Kontakten gespeichert. Soll ich?«

»Unbedingt«, antwortete Harry, »auch wenn ich mir nicht vorstellen kann, dass Anne Bergström diejenige ist, die ein Killerkommando losgeschickt hat.«

»Auf der anderen Seite hat sie aber möglicherweise die Gruppen für die Fahrt zur Tiefenzone 4 eingeteilt, vielleicht war sie eine Komplizin von Dr. Yen. Sie kannte alle Sicherheitscodes in der Station und konnte damit auch Terroristen ein Versteck in dem Lagerhangar verschaffen.«

»Ich bitte dich, George, du hast Anne nicht erlebt, wie sie den Terroristen die Stirn geboten hat«, sagte Harry.

»Oder sie ist einfach nur eine gute Schauspielerin, die besonders tough auftreten konnte, weil sie genau wusste, dass ihr keine Gefahr drohte.«

Harry hob beide Hände. »Ich gebe mich geschlagen. Du hast recht, wir kennen weder Anne noch diese Silvia Pence gut genug, um uns ein Urteil zu bilden. Ruf sie an, aber was willst du sie fragen? Ob sie in der letzten Woche mit einem Killer telefoniert hat?«

»Schöner Vorschlag, Harry. Ich versuch's aber mal etwas subtiler.«

George wählte die Nummer. Jemand nahm den Anruf entgegen.

»Ja, guten Tag. Mein Name ist George O'Connor. Ich hätte gerne mit Anne Bergström gesprochen. – Was? Oh! – Ja, sie hat mir diese Nummer gegeben, als wir zusammen in der Antarktis waren. – Ja, genau, in Terra Nova II. – Ach so. Ja gut. – Und richten Sie ihr gute Besserung aus.«

George beendete den Anruf und legte das Handy auf den Tisch.

»Tja, Leute, Anne Bergström fällt wohl aus. Das war ihr Bruder. Sie ist am letzten Donnerstag in ein Krankenhaus in Kopenhagen eingeliefert worden, Blinddarmentzündung. Die Mail mit dem Link zur Sendung hat sie definitiv noch nicht gesehen. Und es ist undenkbar, dass sie am Freitag, wenige Stunden nach ihrer Operation, die wohl nicht ganz ohne Komplikationen verlief, Fernsehfilme angesehen, geschweige denn Killer organisiert hat. Ihr Bruder wird aber gleich zu ihr fahren und sie bitten, mich anzurufen.«

»Eine weniger«, überlegte Michael laut, »bleibt noch Silvia Pence oder alle, die in der Internationalen Kommission unsere Sendungen gesehen haben. So kommen wir nicht weiter. Wir wissen nicht, was in unseren Folgen jemandem – wie hast du das gerade genannt, Julia? – *einen höllischen Schrecken eingejagt hat*. Wir wissen, es hängt mit Sue und ihrer Unterhaltung mit dieser Mila zusammen.«

»Und mit dem, was Mila Sue erzählt haben könnte«, sagte Julia, der gerade eine weitere Idee kam. »Klar ist doch, dass die beiden über Clubs gesprochen haben. Aber im Grunde hätten sie genauso über etwas viel Wichtigeres sprechen können, nämlich über Milas Arbeit.«

»Verdammt, du hast schon wieder recht.« George schlug mit der flachen Hand auf den Tisch. »Mila hat Sue etwas über ihre Forschungsarbeit erzählt.«

»Aber davon ist in unserer Sondersendung nicht die Rede.«

»Egal, Harry, wir müssen herausfinden, woran Mila gearbeitet hat.«

Harry überlegte kurz. »Darf ich mal ein paar Anrufe von deinem Festnetzanschluss aus machen, Michael?«

»Natürlich, drüben im Arbeitszimmer steht ein schnurloses Telefon. Wen willst du anrufen?«

»Ich werde eine alte Schuld einfordern.«

»Warum?«

»Weil wir zurück in die verdammte Antarktis fliegen werden, und zwar so schnell wie möglich.«

Sie teilten die Aufgaben auf, wobei Julia schleierhaft war, wie Harry es schaffen wollte, in kürzester Zeit einen Flug in die Antarktis zu organisieren. Aber ihr Chef hatte nur zuversichtlich gelächelt und war kurz nach seiner geheimnisvollen Ankündigung aufgebrochen, um die Details zu klären, wie er es nannte.

George übernahm es, mit Anne Bergström zu telefonieren, während Julia zu einem großen Outdoor-Laden in der Innenstadt fuhr, um die wärmsten Schneehosen und Daunenjacken zu kaufen, die man dort vorrätig hatte.

Ich weiß nicht, ob Harry es wirklich schafft, aber er ist so optimistisch gewesen, dachte Julia, als sie mit dem großen Stapel Kleidung, den Handschuhen, Schutzbrillen und der Thermounterwäsche an der Kasse stand.

Vor dem Laden in der Fußgängerzone gab es eine Metallbox mit Zeitungen. »Brutaler Mord erschüttert Domstadt«, titelte der Express, darunter ihr Foto. Sie hatte die Zeitung schon bei Michael gesehen, aber hier mitten in der Fußgängerzone, wo jeder Passant das Titelblatt lesen konnte, fühlte sich Julia ausgeliefert und angreifbar. Verstohlen schaute sie nach rechts und links, doch niemand blieb stehen, niemand zeigte mit dem Finger erst auf das Zeitungsfoto und dann auf sie. Aus ihrer Tasche holte Julia ihre Sonnenbrille und setzte sie auf. Eine Sonnenbrille und kurze schwarze Haare, was für eine erbärmliche Verkleidung, dachte sie. Hoffentlich hatte Harry Erfolg, lange würde sie dieses Versteckspiel nicht durchhalten können.

. .

»Unser Verbindungsmann hat soeben gemeldet, dass Silvia Pence kontaktiert wurde.« Die Stimme am Telefon klang unbeteiligt und gelassen, dennoch konnte der Doc eine gewisse Sorge heraushören.

»Und was hat sie denen gesagt?«

»Was zu erwarten war: dass sie den Link erhalten, aber noch keine Zeit gefunden hat, die Sendungen anzusehen.«

Der Doc atmete unmerklich auf. Zeit war jetzt sein größter Feind. Er musste Julia Kern finden. Sie ahnte wahrscheinlich immer noch nicht, welche Macht sie besaß. Sie konnte alles vernichten, alles, wofür er gemordet hatte. Seine Ziele, Erfolge, Fortschritte würden sich in nichts auflösen.

»Sie sollten dafür sorgen, dass man Pence im Auge behält«, sagte der Doc.

»Wollen Sie uns Anweisungen erteilen?«

»Nein, es war der Rat eines Profis.«

Die körperlose Stimme lachte auf. »Eines Profis? Dann verhalten Sie sich auch so. Die Ergebnisse der letzten Tage sind jämmerlich. Wir, und damit spreche ich für das ganze Konsortium, sind besorgt über die derzeitige Entwicklung.«

Der Doc schwieg. Am liebsten hätte er gebrüllt, aber er hatte gelernt, wann es besser war, zu schweigen.

»Haben Sie diese Journalistin endlich gefunden?«

»Ich werde mich um sie kümmern.«

»Das ist keine Antwort auf meine Frage. Sie sollten keine Spielchen mit uns spielen.«

»Ich weiß, wo sie ist, und ich werde mich um sie kümmern.«

Eine glatte Lüge, begleitet von einer Schweißperle, die ihm ins rechte Auge lief. Der Doc blinzelte das Brennen weg.

»Gut, versauen Sie es nicht.«

Der Doc starrte lange auf das Handy in seiner Hand. Dann schmetterte er es mit einem Wutschrei an die Wand.

Er hatte Julia Kern in der Hand gehabt. Er hätte nur aus dem Van steigen müssen, um es zu Ende zu bringen, aber er war zu hochmütig gewesen, hatte sich zu überlegen gefühlt. Die Blondine, ihr Begleiter und Harry Gantman, alle drei waren wie vom Erdboden verschluckt. Aber egal, wo sie jetzt waren, er würde sie finden. Die Stimme am Telefon hatte eines von Anfang an klargemacht: Versagen war keine Option.

67

White Ice Runway/Antarktis

Mit einem Ruck setzte die Gulfstream G 550 auf. Angesichts der Umstände eine Bilderbuchlandung.

Verschlafen rutschte Julia in ihrem Sessel hoch. Die cremefarbenen Ledersitze des Geschäftsflugzeugs waren für sie zu einem wunderbar bequemen Bett umgebaut worden. Sie gähnte herzhaft. Wahnsinn, das alles kam ihr wie ein Traum vor. Harry hatte in ihren Augen das Unmögliche vollbracht, sie waren wirklich wieder in der Antarktis.

»Na, ausgeschlafen?« George strich ihr sanft über die Wange und küsste sie.

»Ja, und ich habe besser geschlafen als in den letzten Wochen zusammen.« Ohne auch nur einen Ansatz von Alptraum, ergänzte Julia im Stillen. Ich hätte es nicht für möglich gehalten, dass der einmal verschwinden würde.

»Oh, guten Morgen, Julia.« Harry beugte sich in seinem Sitz nach vorne und lächelte wie ein kleiner Junge, der ein neues Spielzeug bekommen hatte. »Ich muss Anthony unbedingt noch mal sagen, wie komfortabel diese Sitze in seinem Flugzeug sind.«

Komfortabel, dachte Julia, war die Untertreibung des Jahres. Diese Gulfstream war der pure Luxus.

»Ja, an so eine Art zu reisen könnte ich mich gewöhnen«, fuhr Harry fort.

Anthony, so viel hatte Julia mitbekommen, war ein ehemaliger Schulfreund von Harry und verdiente mit seinem Start-up-Unternehmen Millionen. Doch die hätte er nie gemacht, hätte Harry ihm nicht einen Anschubkredit gegeben. Offenbar war die Dankbarkeit dafür so groß, dass Anthony mehr als einmal vorgeschlagen hatte, Harry solle nur anrufen, wenn er den Firmenjet benötige.

Genau das hatte Harry vor mehr als siebenundzwanzig Stunden getan. Danach war alles sehr schnell gegangen. Bereits zwölf Stunden nach dem ersten Abruf stand die Gulfstream in einem separaten Sektor des Flughafens Köln/Bonn zum Start bereit. Viel schwieriger war es gewesen, Michael davon zu überzeugen, dass er weiter in Köln die Stellung halten musste. Schließlich konnten nicht der Firmenchef, die neue Produktionsleiterin und der Redaktionsleiter gleichzeitig von der Bildfläche verschwinden. Die nächsten Sendungen mussten trotz allem vorbereitet werden, das Tagesgeschäft musste wie immer weiterlaufen. Am Ende siegte bei Michael die Vernunft, er sah ein, dass er in Köln gebraucht wurde.

Sie waren die einzigen Passagiere an Bord, außer der Crew waren da nur Harry, George und Julia.

Die Gulfstream, hatte ihnen der Pilot nach dem Start erklärt, besaß eine Reichweite von mehr als zwölftausend Kilometern. Von Köln aus ging es in einer ersten Etappe nach Kapstadt, dort wurde ein Tankstopp eingelegt, und dann flog die Maschine direkt zum White Ice Runway der Australier.

Die waren übrigens gar nicht so glücklich darüber, dass ein kleines Geschäftsflugzeug landen sollte, aber hier kam zum Glück Anne Bergström ins Spiel.

»Hat Anne gesagt, ob wir direkt zu Terra Nova II weiterfliegen können?«, fragte Julia, während sie sich nun richtig aufsetzte.

George nickte, er hatte mehrmals mit der Sicherheitschefin telefoniert. Danach hatte Anne Bergström alle Hebel, die ihr zur Verfügung standen, in Bewegung gesetzt, um diese Reise möglich zu machen, und es waren offenbar eine Menge Hebel gewesen. »Wir werden erwartet, ein Hubschrauber steht für uns bereit. Im Moment ist Terra Nova II praktisch im Dornröschenschlaf, die Australier überwachen die Station. In einer Woche werden die beteiligten Länder am Rande der Antarktis-Tagung über die weitere Vorgehensweise abstimmen«, erklärte George.

»Ihr solltet eure Schutzanzüge anziehen«, rief Harry, der bereits an einem Schrank im hinteren Teil der Kabine stand. »Wir werden direkt zur Station fliegen, und diesmal wird es dort sicher recht kühl sein.«

Aus dem Cockpit kam Sonja, die Flugbegleiterin. »Guten Morgen zusammen. Normalerweise würde ich Ihnen allen noch ein Frühstück servieren, aber ich habe gehört, dass Sie es eilig haben. Ich habe deshalb Sandwiches für Sie vorbereitet. Unser Pilot wird tanken, damit wir bei Ihrer Rückkehr sofort starten können. Wenn Sie wieder an Bord sind, würde ich eine warme Mahlzeit servieren.«

»Sonja, solange Sie nur diesen herrlichen kalifornischen Weißwein haben, bin ich mit allem einverstanden«, sagte Harry.

»Sicher, Mr. Gantman, über diesen Vorrat müssen Sie sich keine Gedanken machen.« Die Flugbegleiterin bedachte Harry mit einem so strahlenden Lächeln, als hätte sie ihm gerade sein persönliches Weihnachtsgeschenk überreicht. Sie drehte sich um und verschwand in der kleinen Crewkabine.

»Ich weiß, so ein Strahlelächeln gehört wahrscheinlich zu ihrer Arbeitsplatzbeschreibung, aber auch daran könnte ich mich gewöhnen«, sagte Harry zufrieden.

»Vergiss es, Boss«, sagte Julia und erntete dafür ein Seufzen von Harry.

»Ich hoffe, unsere ganze Reise war nicht umsonst, und wir werden in Terra Nova II fündig«, sagte George. Der kurze Moment von ausgelassener Fröhlichkeit verblasste.

»Was auch immer zu diesen Morden geführt hat, der Schlüssel muss hier am Südpol liegen, und wir werden ihn finden«, erwiderte Harry.

»Guten Tag, ich bin Greg Larsson, der neue stellvertretende Stationsleiter der Casey-Forschungsstation. Sagen Sie bitte Greg zu mir, das ist weniger förmlich. Als Sie alle vor Wochen hier waren, hatte ich noch in Perth zu tun, damals haben wir uns nur um zwei Wochen verpasst.«

»Schön, Sie kennenzulernen, Greg«, antwortete Harry und stellte Julia, George und sich selbst vor.

»Unser Hubschrauber wartet schon, wir können sofort starten. Anne Bergström hat mir unmissverständlich klargemacht, dass ich Sie uneingeschränkt unterstützen soll. Und weil Anne meine künftige Chefin sein wird, habe ich nicht widersprochen.« Greg Larsson, ein stämmig gebauter Mittvierziger mit dichtem Vollbart und einer schwarzen Ray-Ban-Hornbrille, lachte.

»Das wusste ich noch gar nicht. Anne Bergström war doch die Sicherheitschefin in Terra Nova II, und jetzt soll sie Stationsleiterin werden?«, fragte George interessiert, während sie zum Hubschrauber liefen.

»Ja, sie hat lange als Physikerin gearbeitet, und sie hat einen Teil des Terra-Nova-Computersystems entwickelt. Ich glaube, nach dem Überfall durch die Terroristen war ihr klar, dass sie den Posten als Sicherheitschefin nicht mehr übernehmen will.«

Julia hätte Greg gern noch mehr gefragt, aber der Lärm der Rotoren machte jede Unterhaltung im Inneren des Hubschraubers anstrengend. Also schwieg sie und nahm sich vor, Greg später zu befragen. Amüsiert sah sie, wie Harry gedankenverloren aus dem Fenster starrte. Wahrscheinlich hätte auch er sich nicht träumen lassen, noch einmal hierherzukommen. Harry Gantman war gar nicht so abgeklärt, wie er gerne vorgab zu sein. Die Rückkehr zu Terra Nova II ließ ihn nicht kalt.

Draußen zog eine gänzlich andere Welt unter ihnen vorbei. Die Eisklippen waren nicht nur weiß, manche schimmerten bläulich, und alle strahlten eine erhabene Schönheit aus. Julia verstand mit einem Mal, warum jemand wie Anne Bergström hierher zurückkommen wollte.

Der Hubschrauber landete wieder an der Stelle, an der sie auch damals bei ihrem ersten Besuch gelandet waren. Der Anblick des großen Hauptgebäudes von Terra Nova II löste bei Julia ein Kribbeln im Bauch aus. Der Himmel über ihr war blassblau und klar, unvorstellbar, dass dies die gleiche Stelle sein sollte, an der sie im Polarsturm fast aufgegeben hatte.

Hinter sich hörte sie das Klicken einer Kamera. George lächelte sie an. »Dieses eine Bild von dir wollte ich immer schon machen. Ich denke, Harry hat recht. Unsere Rückkehr wird gut in unser Buch passen.«

»Kommen Sie, zum Glück haben wir in dieser Woche ruhiges Wetter.«

Greg erinnerte Julia mit seinem Drängen an Anne Bergström, die damals auch darauf bestanden hatte, dass die Journalisten möglichst schnell ins Gebäude gehen sollten. Sie schaute zur Seite. Da war sie, die rote Leine zum Hangar. Sie schüttelte die Erinnerungen ab und beeilte sich, in die Station zu kommen.

»Die Terroristen haben das komplette Computersystem der Station zerstört, dazu noch den Relaisraum in Tiefenzone 4. Das Computersystem haben wir neu programmiert, die Schäden durch den Virus sind weitgehend beseitigt. Anders sieht es bei den physischen Schäden aus. Das Hauptgebäude 2 mit dem Zugang zum Relaisraum ist schon seit Wochen gesperrt. Seit Anfang des Jahres ist eine US-Firma dabei, die Schäden drüben zu reparieren und die Labore wieder einsatzbereit zu machen«, sagte Greg, als sie in der Eingangshalle standen.

Julia fiel auf, dass die Temperatur in der Station allenfalls zehn Grad betrug, wahrscheinlich, um Heizkosten zu sparen, solange hier niemand dauerhaft wohnte.

»Wir sind also ganz alleine hier?«, fragte George.

»Nein, außer den Leuten von der US-Firma sind mehrmals in der Woche ein paar Kolleginnen und Kollegen von unserer Station hier. Sie bereiten Terra Nova II darauf vor, dass die neue Mannschaft wieder ihre Arbeit aufnehmen kann, schließlich ist diese Einrichtung mehr als nur das Gebäude 2 mit seinem Schacht in die Tiefe.«

Das stimmt schon, dachte Julia, aber genau dieser Schacht macht die Station einzigartig. Würde die Internationale Kommission von ihren Plänen zur weiteren Erforschung des unterirdischen Sees abrücken? Letztlich war alles eine Frage des Geldes, des Forschungsbudgets und des Images der Entscheider in der Politik. Tatsächlich hatte der Angriff der WDI-Terroristen in den letzten Wochen eine heftige Diskussion darüber ausgelöst, wie weit Forschung in der Antarktis gehen durfte. Julia hatte mitverfolgen können, wie selbst in den Geldgeber-Ländern kritische Stimmen laut wurden, die von einer Erkundung des Sees abrieten. Auf eine perverse Art und Weise hatten die WDI-Mörder tatsächlich einen Beitrag zum Umweltschutz geleistet.

»Ich schlage vor, wir schauen uns als Erstes den Arbeitsplatz von Mila an«, sagte George und schob für Greg erklärend nach: »Mila Jakobivic war zuletzt im Eiskern-Labor tätig.«

»Ich weiß, wen Sie meinen, George. Mila ist die Kollegin, die erschossen wurde. Kommen Sie, wir schauen uns an, woran sie gearbeitet hat.«

Der Weg durch die Gänge war für Julia auf der einen Seite seltsam vertraut, auf der anderen Seite fühlte er sich ganz fremd an. Diesmal ging nicht automatisch in jedem Flur das Licht an, auch das leise Brummen der Klimaanlage fehlte. Ihre Schritte hallten unnatürlich laut in den Fluren.

Im Eiskern-Labor angekommen, setzte sich Greg gleich an einen Computer, während sich die Übrigen hinter ihn stellten.

»Wir hatten Glück im Unglück«, sagte Greg, während der Rechner hochfuhr, »der Computervirus der Terroristen hat zwar das Stationssystem lahmgelegt, deshalb sind auch viele automatische Funktionen noch außer Kraft, wie zum Beispiel das Lichtmanagement, aber die für uns wichtigsten Daten haben den Angriff überlebt.«

»Sie haben die wissenschaftlichen Daten noch?«, fragte Harry. Julia bemerkte überrascht, dass ihr Chef sich Notizen machte, das hatte sie bisher bei Harry noch nicht ein einziges Mal gesehen.

»Ja, jedes Labor hat einen separaten Datenspeicher. Alle Wissenschaftler haben ihre Tagesdaten dort zusätzlich gesichert, und zwar auf die ganz altmodische Art, indem sie eine Festplatte eingeschoben und die Daten kopiert haben. Diese Mini-Server sind nicht im Gesamtnetzwerk eingebunden. Wonach suchen Sie genau?«

»Mila hat wie gesagt an dem Tag vor dem Überfall hier im Eiskern-Labor gearbeitet. Können Sie nachsehen, was sie genau getan hat, Greg?«, fragte Julia.

Greg überlegte kurz, bevor er zustimmend nickte. »Das ist leicht, weil nach Mila hier niemand mehr Analysen durchgeführt hat. Die letzten Untersuchungen müssen also die von Mila sein.«

Greg tippte ein paar Befehle in die Tastatur, und auf dem großen Wandmonitor erschienen Tabellen mit Zahlen und daneben verschiedene Diagramme.

»Diese Tabellen sind für uns ein Buch mit sieben Siegeln. Verstehen Sie, was sich dahinter verbirgt?«, fragte George.

Greg schaute ihn über die Schulter an und grinste breit. »Heute ist Ihr Glückstag. Seit drei Wochen tue ich fast nichts anderes, als Eiskerne zu analysieren. Dafür bin ich unter anderem hierher an den Südpol gekommen.«

Harry schlug Greg auf die Schulter und sagte: »Dann los, Greg, zeigen Sie uns, was Sie können. Sehen Sie in diesen Werten irgendetwas Außergewöhnliches?«

Statt zu antworten, nahm sich Greg Zeit, die Werte auf dem Monitor zu studieren. Julia hielt die Luft an. Was, wenn sich ihr Verdacht als Sackgasse entpuppte und sie völlig umsonst hergekommen waren? Sie sah, wie Greg weitere Tabellen aufrief und mit der Maus in ein Diagramm zoomte.

Gerade als sie ungeduldig fragen wollte, worum es sich bei diesen Analysen handelte, begann Greg zu sprechen. »Mhm, zunächst einmal muss ich sagen, dass meine Kollegin ausgesprochen gründlich gearbeitet hat. Sie hat den Bohrkern nach den üblichen Vorgaben aufgeteilt und sehr sorgfältig analysiert.« Er markierte mit der Maus eine Tabelle. »Hier sind die Werte für eine Probe aus Tiefenzone 4, also aus mehr als zweitausend Metern Tiefe.«

»Gibt es in dieser Tabelle irgendetwas, was Sie … ich sag mal, ungewöhnlich finden würden?«, fragte George. Julia sah, dass Harry zustimmend nickte. Das war der Punkt, um den sich alles drehte.

»Im Grunde nicht. Nein, hier gibt es keine Ausreißer oder dergleichen. Schauen Sie, Mila ist sogar so weit gegangen, dass sie eine zweite Probe aus Tiefenzone 4 präpariert und analysiert hat, sie wollte sozusagen –«

Greg verstummte. Seine Finger flogen über die Tastatur. Mit einem überraschten Brummen schaute er schließlich wieder hoch.

»Was ist los? Haben Sie etwas gefunden?«

Greg war auf etwas gestoßen, daran gab es für Julia keine Zweifel.

»Mila hat als Sahnehäubchen sogar noch eine DNA-Analyse durchgeführt. Aber das ist seltsam: Während in der einen Probe kaum DNA-Spuren vorhanden sind, wimmelt es in der anderen Probe geradezu von Spuren. Sehen Sie diesen Code? Mila hat ihre Analyse als fehlerhaft markiert.«

In Julias Kopf bildeten sich verschiedene Erklärungen, Einzelheiten aus ihrem Biologiestudium fielen ihr wieder ein. Und dann traf sie die Erkenntnis.

»Mila hat ihre Analyse als fehlerhaft eingestuft, weil sie fest davon ausging, dass beide Eiskerne aus Tiefenzone 4 stammten.« Noch während sie das laut sagte, wurde ihr die Ungeheuerlichkeit ihrer Schlussfolgerung bewusst. »Ein erhöhtes Vorkommen von DNA kann aber nur einen Grund haben: Die zweite Probe stammte nicht aus Tiefenzone 4, sondern von einem Ort, der natürlicherweise mehr DNA aufweist als das Dauereis in zweitausend Metern Tiefe.«

Während Greg zustimmend nickte, schauten sich Harry und George ratlos an. »Julia, wir haben keine Ahnung, wovon du redest«, sagte George.

Julia deutete auf die Diagramme. »Mila glaubte, einen Fehler gemacht zu haben. Tatsächlich hat aber jemand anders einen Fehler gemacht. Er hat einen Eiskern im Labor eingelagert, der ganz bestimmt nicht eingelagert werden sollte, und ihn als T-4-Eiskern klassifiziert. Für diese Werte dort gibt es nur eine vernünftige Erklärung: Terra Nova II hat nicht nur bis zur Relaisstation in zweitausend Metern Tiefe gebohrt. Sie sind viel weiter gekommen, sie hatten eine Position erreicht, in der es Unmengen DNA gibt. Sie haben den unterirdischen Nova-See angebohrt. Terra Nova II ist längst bis zur Tiefenzone 9 vorgedrungen.«

»Heilige Scheiße«, stieß George hervor, »kann dieser verrückte Dr. Yen so etwas getan haben?«

»Natürlich kann er. Erinnerst du dich, wie stolz er auf sein System war? Für ihn war dieser Vorstoß technisch machbar, also hat er es durchgezogen«, erwiderte Harry. »Vielleicht wollte er so den Kritikern den Wind aus den Segeln nehmen. Wer weiß, vielleicht gab es ja bereits Stimmen, die eine Kontaminierung des Sees befürchteten. Dr. Yen hat gewissenlos alle Vorbehalte ignoriert. Greg, können Sie mir sagen, was Mila mit ihren Analysen gemacht hat, nachdem sie fertig war?«

Greg zögerte kurz, bevor er mehrere Befehle eingab. »Sowohl in unserer Forschungsstation als auch hier in Terra Nova II haben wir die Vorgabe, zu dokumentieren, wer was und zu welchem Zeitpunkt erhält. Die eigentlichen Mails von Mila sind eliminiert worden, aber hier im Anhang der Analysen hat Mila die Empfänger aufgeführt. Sehen Sie, Harry, dort stehen die Kürzel ›HY‹ und ›WMC‹. Mila hat also Dr. Yen und dem Stationsleiter die Daten geschickt.«

»Das heißt, Dr. Yen wusste am Abend vor dem Überfall, dass sein kleines Geheimnis aufgeflogen war.«

»Ohne Zweifel, George. Ich frage mich nur, warum man den Vorstoß in Tiefenzone 9 geheim halten wollte.« Nachdenklich malte Harry kleine Kreise auf seinen Notizblock.

»Gibt es denn eine Möglichkeit, zu überprüfen, ob die Tiefenzone 9 wirklich erreicht wurde?«, fragte Julia.

»Dafür müssten wir ins Hauptgebäude 2, aber das ist zurzeit wie gesagt geschlossen. Außerdem ist der Relaisraum in

Tiefenzone 4 zerstört, selbst wenn wir wollten, könnten wir nicht mit der Kapsel hinunterfahren«, antwortete Greg.

»Was ich nicht verstehe, ist diese Geheimniskrämerei«, sagte Julia. »Terra Nova II wurde gebaut, um den unterirdischen Nova-See zu erkunden. Man hat eine internationale Pressegruppe in die Antarktis geflogen, um einen Zwischenschritt auf dem Weg dorthin zu feiern. Genauso gut hätte man uns aber auch sagen können: Seht her, wir werden den Nova-See erkunden, und wir haben es bereits geschafft, bis zu ihm vorzustoßen.«

»Technisch gesehen ist das alles eine Meisterleistung. Ich muss Ihnen recht geben, Julia, das alles zu verschweigen ergibt keinen Sinn.«

»Es sei denn …«, murmelte George, dann sagte er laut: »Greg, können Sie prüfen, wie die Energieverteilung innerhalb des Komplexes zurzeit aussieht?«

»Nichts einfacher als das.« Greg rief eine neue Seite auf und stieß nach wenigen Sekunden ein überraschtes Schnauben aus. »Shit! Da scheint etwas mit den Sensoren nicht zu stimmen.«

»Darf ich raten? Im Hauptgebäude 2 wird derzeit massiv Energie verbraucht, nicht wahr?«

»Sie haben recht. Auch wenn ich dafür keine Erklärung habe.«

George lächelte grimmig. »Ich habe vor meiner Antarktis-Reise eine Menge Hintergründe recherchiert. Ich beginne langsam zu ahnen, was hier vorgeht. Greg, lassen Sie uns zurück zur Casey-Station fliegen. Und dann würde ich gerne noch mit einem Experten sprechen.«

68

Mitten in der Nacht irgendwo über dem Indischen Ozean

»Für meinen Blog hatte ich mir die wichtigsten Daten zur Antarktis zusammengestellt.« George lehnte sich in seinem breiten Ledersessel zurück und nippte an seinem Whisky, der nach dem Abendessen serviert worden war.

»Könntest du jetzt bitte mal zur Sache kommen«, bat Julia. »Diese ganze Ich-weiß-da-was-und-sag-es-nicht-Nummer macht mich fertig.«

George hatte alleine mit einem Wissenschaftler in der Casey-Station gesprochen, bevor sie zu dritt in die Gulfstream gestiegen waren, um nach Hause zu fliegen.

»Ich muss mich entschuldigen, das war nicht böse gemeint, aber ich wollte mir erst Gewissheit verschaffen. Dieser ganze Vorgang ist einfach ungeheuerlich. Also – in aller Kürze: Die friedliche Nutzung der Antarktis wurde im sogenannten Antarktis-Vertrag vereinbart, den haben 1959 zwölf Staaten unterzeichnet, 1961 trat er in Kraft. Mittlerweile ist die Zahl der Unterzeichnerstaaten auf einundfünfzig angewachsen. Die Staaten haben vereinbart, alle Gebietsansprüche ruhen zu lassen. Dazu kommt aber noch das sogenannte Umweltschutzprotokoll, auch Madrid-Protokoll genannt, das unter anderem den Abbau von Rohstoffen in der Antarktis streng verbietet.«

Julia schnaubte empört. »Pah, dass man so etwas überhaupt in Erwägung zieht!«

»Nun, bis zum Jahr 2048 müssen sich die Unterzeichnerstaaten auf jeden Fall an das Umweltschutzprotokoll halten. Allerdings gab es in den letzten Jahren durchaus Stimmen, die laut über einen Rohstoffabbau in der Antarktis nachgedacht haben«, sagte George.

»Wenn ich mir die Umweltbedingungen am Südpol vorstelle, kann ein Rohstoffabbau doch nicht lukrativ sein«, sagte Harry.

»Du hast durchaus recht. Aber ich habe Hochrechnungen gesehen, die davon ausgehen, dass in der Antarktis rund vierundfünfzig Milliarden Barrel Rohöl schlummern sollen, etwa ein Fünftel der Ölreserven Saudi-Arabiens. Dazu Diamanten und möglicherweise Seltenerdmetalle wie das begehrte Yttrium.«

»Yttrium? Das braucht man doch für Elektromotoren und Akkus.«

»Genau, Julia. Und China dominiert hier den Weltmarkt. Aber rechnet euch einmal die Gewinnspanne aus, und zwar nur für das Erdöl. Bei einem durchschnittlichen Preis von sechzig Dollar pro Barrel würde alleine eine Milliarde Barrel sechzig Milliarden Dollar oder knapp fünfundfünfzig Milliarden Euro bringen.«

Harry stieß einen leisen Pfiff aus. »Fünfundfünfzig Milliarden Euro und über fünfzig Milliarden Barrel Öl, da sprechen wir von Umsätzen in Billionenhöhe. Die anderen Kleinigkeiten, die du aufgezählt hast, wie Diamanten oder Seltenerdmetalle noch gar nicht eingerechnet.«

»Dass bei solchen Summen noch niemand schwach geworden ist, hat aber einen einfachen Grund«, sagte George. »Das Umweltschutzprotokoll verbietet jede Form von Rohstoffabbau. Vor allem aber hat die Antarktis selbst der menschlichen Gier einen Riegel vorgeschoben. Sie hat ihre Bodenschätze durch einen mehr als dreitausend Meter dicken Eispanzer vor dem Zugriff durch den Menschen geschützt.«

Julia saß nachdenklich in ihrem Sessel und ließ sich Georges Worte durch den Kopf gehen. Ein Schutzpanzer von mehr als dreitausend Metern Stärke ... Mit einem Ruck setzte sie sich aufrecht hin.

»Himmel, du willst doch nicht etwa damit sagen ...«

»Doch, Julia, genau das. Wir alle drei kennen jetzt einen Ort, wo dieser Schutzpanzer durchbrochen wurde. Und ich gehe jede Wette ein, dass die Aktivitäten im Hauptgebäude 2 nicht dazu dienen, irgendein Computersystem oder die Labore herzurichten. Im Gegenteil, es wird mehr Kritiker geben, die ein weiteres Vordringen bis zum Nova-See verurteilen. Danach wird es offiziell heißen, dass man sich anderen Aufgaben widmet. Unterdessen haben Yens Komplizen alle Möglichkeiten, um unerkannt Raubbau zu betreiben.«

»Mila hat, ohne es zu wissen, ihren eigenen Tod heraufbeschworen, als sie Dr. Yen ihre Entdeckung mitteilte«, sagte Julia. »Der konnte unmöglich riskieren, dass sie irgendwann doch die richtigen Schlüsse zog. Mila hat sich lange mit Sue unterhalten. Damit stand auch Sue auf seiner Abschussliste. Aber warum dann die Morde und die Einbrüche?«

Julia schloss die Augen und dachte nach. Sie sah, wie sie mit Sue vor der Fahrt in die Tiefe das letzte Mal gesprochen hatte. Was hatte Sue damals gesagt? *Ich mache die Fahrt mit, stelle Mila, Winston und unserem Dr. Mabuse ein paar Fragen.* Julia erinnerte sich mit einem Schlag daran, wie Sue mit der flachen Hand auf die Brusttasche ihrer Jacke geklopft hatte. Die Brusttasche, aus der das obere Ende des Kugelschreiber-Rekorders herausgeragt hatte.

Sie sah die Bilder aus dem Trailer für den Vierteiler. Aufnahmen, die Roy gemacht hatte. Aufnahmen, in denen Sue in ihren Mini-Rekorder sprach. Ja, sie hatten es wirklich selbst in Gang gesetzt.

Julia öffnete die Augen und sprang aus ihrem Sessel. Ohne auf die fragenden Gesichter der beiden anderen zu reagieren, lief sie zur Crewkabine und klopfte.

»Sonja, sind Sie noch wach?«

Die Tür öffnete sich Augenblicke später. »Natürlich, was kann ich für Sie tun, Frau Kern?«

»Ich muss telefonieren, sofort – ist das möglich?«

Sonja lächelte. »Selbstverständlich, wir haben hinten in der Hauptkabine Computer und Satellitentelefone. Ich zeige Ihnen, wie Sie die Verbindung aufbauen.«

Julia presste den Hörer ans Ohr. Es knackte, rauschte, dann ertönte ein Rufzeichen.

»Hallo, hier Beller.«

»Michael? Ich bin's, Julia.«

»Mensch, Julia, wo seid ihr? Weißt du eigentlich, wie spät es ist?«

»Wenn ich ehrlich bin: nein. Wir sind irgendwo über dem Ozean noch vor Kapstadt und dem Tankstopp. Michael, es ist dringend. Du musst sofort, und damit meine ich jetzt sofort, in die Firma fahren und an meinen Schreibtisch –«

»Ich soll was?«

»Du sollst an meinen Schreibtisch gehen und dort aus der mittleren Schublade den schwarzen, dicken Kugelschreiber herausholen und ihn am besten in einen Tresor legen.«

»Sag mal, spinnst du? Ich soll einen Kugelschreiber sichern?«

»Es ist Sues Mini-Rekorder. Ich glaube, das ist der Gegenstand, der bei den Einbrüchen gesucht wurde.«

Das Schweigen in der Leitung hatte nichts zu bedeuten. Julia ahnte, dass bei Michael langsam der Groschen fiel.

»Verdammte Kacke. Okay, ich habe verstanden. Ich zieh mir was über und fahr gleich los.«

Julia atmete einmal tief durch. Das wäre erledigt. Jetzt ging es nur noch darum, ein paar Mördern das Handwerk zu legen.

69

*Zwei Tage später: Kongresszentrum an der Kölner Messe,
Köln/Deutschland*

»Eintausendfünfhundert Gäste und Vertreter aus mehr als
fünfundzwanzig Nationen werden hier in Köln in den nächsten Tagen erwartet. Die International Antarctic Conference
2020 – kurz IAC – wird in diesem Jahr vor allem von einem
Thema beherrscht: Welche Auswirkungen haben die schrecklichen Terroranschläge der zurückliegenden Monate auf die
Arbeit der Wissenschaftler in der Arktis und Antarktis? Für
diese abscheulichen Taten gibt es keine Entschuldigung. Und
so verabscheuungswürdig sie auch sind, so haben sie doch
zumindest bei vielen Wissenschaftlern und Politikern die
Aufmerksamkeit auf drängende Fragen gelenkt. Dürfen wir
Menschen beispielsweise die Schiffspassagen im Polarmeer
nutzen, weil die Klimaerwärmung es schlicht möglich macht?
Die Risiken, die ein solcher Schiffsverkehr für dieses Gebiet
birgt, wurden bislang noch gar nicht diskutiert. Ich selbst
hatte Gelegenheit, in der Antarktis die neue Internationale
Forschungsstation Terra Nova II kennenzulernen. Und wie
Sie vielleicht wissen, liebe Zuschauerinnen und Zuschauer,
wurde ich zusammen mit anderen Teilnehmern Opfer eines
Anschlags. Ich kann also mit Fug und Recht behaupten, haut-
nah dabei gewesen zu sein. Mein Leben hing damals an einem
seidenen Faden. Ich bin also der Letzte, der den Angriff von
Terroristen schönreden würde. Aber trotzdem bin ich froh
darüber, dass hier auf der Internationalen Antarktis-Konferenz 2020 auch das Thema der weiteren Erforschung der
Antarktis auf dem Programm steht. Dieser Kontinent birgt
noch eine Menge ungelöster Rätsel, aber – und das ist meine
Frage am heutigen Tag an alle Experten, die hier in Köln zu-
sammengekommen sind – haben wir Menschen das Recht,

jedes Rätsel zu lösen? Mein Name ist Harry Gantman, und ich werde in den nächsten Tagen für Sie live berichten.«

»Und Cut! Alles klar, Harry. Super Einstieg, können wir so lassen.« Michael Beller hob den Daumen, um Harry damit zu signalisieren, dass er seine Kameraposition vor dem Eingang der Messehallen verlassen konnte.

»Was meinst du, Julia? Harry hat doch nichts vergessen, oder?«

Nein, hat er nicht, dachte Julia, im Gegenteil. Harry war enorm glaubwürdig gewesen. Zum ersten Mal hatte er bis auf ein paar Stichworte nichts vorbereitet. Das hier war ein neuer Harry Gantman.

»Harry war klasse. Ich sag im Ü-Wagen gleich Bescheid. Die Bildregie soll den Einstieg schneiden und fertig machen. Wir gehen damit in einer Viertelstunde auf Sendung. Das verschafft uns einen Puffer, damit Kamerateam 2, 3 und 4 im Kongresssaal aufbauen können, um die Eröffnungsgala live zu übernehmen.«

Michael drückte kurz ihren Arm. Er wusste, dass Julia und George noch einen anderen Plan verfolgten. »Seid vorsichtig.«

»Ich glaube kaum, dass uns hier Gefahr droht. Heute werden andere Köpfe rollen.«

Julia traf George am Eingang des Kongresssaals. Beide hatten ihre Presseausweise an Bändern um den Hals hängen.

George küsste sie zur Begrüßung. »Ich finde, du solltest dich mal bezüglich deiner Haarfarbe entscheiden. Mal schwarz, mal blond, das macht mich ganz konfus.«

»Damit kommst du schon klar«, antwortete Julia und zwinkerte ihm zu. Weil sie keine Diskussionen über ihr Foto auf dem Presseausweis führen wollte, schmückte jetzt eine blonde Perücke ihren Kopf. Karin, die Visagistin bei Gantman-TV-Produktion, hatte Julia heute früh geholfen.

»Du weißt, was du zu tun hast?«, fragte Julia.

»Klar, ich geh in den Saal und stelle Fragen, und zwar bis um genau achtzehn Uhr dreißig.«

»Guten Tag, darf ich kurz Ihre Ausweise sehen?« Ein Mitarbeiter der Security trat ihnen in den Weg. Julia und George hielten gleichzeitig ihre Presseausweise hoch, die der Mann kurz in Augenschein nahm.

»Herzlichen Dank.«

»Können Sie mir noch sagen, wie ich zur Kongresstechnik komme?«, fragte Julia.

»Das ist leicht, Sie gehen einfach diese Treppe hinauf, nehmen den Aufgang C und dann immer den Flur entlang. Am Ende des Flurs finden Sie den Technikraum.«

»Danke schön.«

»Gerne. Viel Spaß auf der IAC 2020, und lassen Sie sich überraschen.«

Julia und George gingen die breite Treppe nach oben. Plötzlich blieb Julia abrupt stehen und drehte sich um. Der Wachmann war irgendwo in der Menge verschwunden. Sie hatte sein schmales bartloses Gesicht noch im Kopf. Es waren seine Augen gewesen, der kalte Blick und diese vier Worte: »Lassen Sie sich überraschen.«

»Julia, was ist denn los?«

»Ich glaube, das war er.«

»Das war wer?«

»Der Wachmann, der unsere Ausweise gerade kontrolliert hat. Ich hab seine Stimme erkannt. Das war der Doc.«

»Bist du sicher?«

Julia zögerte, dachte nach. Unwillkürlich schüttelte sie den Kopf. »Vielleicht habe ich mich auch geirrt. Komm, wir dürfen keine Zeit verlieren.«

· ·

Der Doc beeilte sich. Er hatte Julia nicht den direkten Weg beschrieben. Ein schmales Treppenhaus, das nur für Personal zugänglich war, führte deutlich schneller ans Ziel. Was für ein Glück, dachte er. Seine Tarnung als Wachmann hatte es ihm ermöglicht, die eintreffenden Gäste unter die Lupe zu nehmen, ohne dass jemand Verdacht schöpfte. Aber dass die blonde Schlampe und ihr Helfer ihm direkt in die Arme laufen würden, hätte er nicht für möglich gehalten. Und jetzt wusste er sogar, wo sie gleich sein würde. Er würde seinen Auftrag erledigen, und das mit großem Vergnügen. Im Technikraum würde niemand ihre Schreie hören.

··

Julia schaute zurück über die Schulter. Nein, hier war niemand, und sie wurde auch nicht verfolgt. Sie sah auf ihre Armbanduhr. Ihr blieben noch zehn Minuten. Die Zeit sollte reichen. Entschlossen ging sie zu der Tür und klopfte.

»Herein, ist offen.«

Sie hatte sich genau überlegt, was sie dem Tontechniker sagen wollte. Das musste einfach klappen. Julia betrat den Raum. An einer Wandseite gab es eine große Fensterscheibe, durch die man den Kongresssaal überblicken konnte. Im Moment war diese Scheibe durch eine Jalousie verschlossen. Die andere Wand des Raums war mit Monitoren und einem großen Mischpult belegt. Von hier aus wurden die Mikrofonanlage und die großen Beamer im Saal gesteuert. Vor dem Mischpult saß der Tontechniker. Durch die hohe Rückenlehne des Bürostuhls sah Julia nicht viel von ihm, lediglich einen Teil des Kopfes.

»Guten Tag, mein Name ist Julia Kern. Ich bin Produktionsleiterin bei Gantman-TV-Produktion. Mein Chef, Harry Gantman, wird die Eröffnungsgala moderieren.«

Keine Reaktion. Julia trat zu dem Tontechniker. »Entschuldigen Sie …«

Als sie den Stuhl berührte, kippte der Kopf zur Seite. Erschrocken wich Julia zurück. Das T-Shirt des Mannes glänzte feucht vor Blut. Jemand hatte ihm die Kehle durchgeschnitten.

Julia wollte aus dem Raum fliehen, als sie im Augenwinkel eine Bewegung wahrnahm. Instinktiv zuckte sie zur Seite.

Der heftige Schlag traf ihre Schulter und ließ sie nach vorne taumeln.

»Hallo, Julia, so sieht man sich wieder.«

• •

»Ich freue mich, Ihnen in der nächsten halben Stunde ein hochkarätiges Podium vorstellen zu dürfen. Zu meiner Linken darf ich Silvia Pence begrüßen. Sie ist die Kommissionsvorsitzende, die als Kontrollgremium im Auftrag der Geberländer die Internationale Antarktis-Station Terra Nova II betreut. Neben ihr, und ich bin froh, dass er wieder gesund und munter unter uns weilt, sitzt Dr. Winston MacCullum, Leiter von Terra Nova II. Außerdem darf ich ganz herzlich Professor Klaus Dieter Werbenhaupt begrüßen. Er ist einer der führenden deutschen Klimaexperten und berät unter anderem das Bundesumweltministerium. Und last, but not least: Dr. Ina Gröne-Rentmann, sie hat viele Jahre in der Arktis geforscht und engagiert sich seit zwei Jahren unter anderem bei Greenpeace.«

George konnte Harry nur bewundern, er machte als Moderator auf der Bühne eine wirklich gute Figur.

»Sicher haben Sie alle eine Menge Fragen, die unsere Experten hier auf der Bühne beantworten werden. Ich bitte Sie lediglich um ein kurzes Handzeichen, damit unsere Helfer im Saal Ihnen ein Mikrofon zur Verfügung stellen können. Und wenn Sie vielleicht sich selbst kurz vorstellen würden und sagen könnten, für welche Redaktion Sie tätig sind.«

George schaute auf seine Uhr. Ihm blieben noch knapp acht Minuten. Eine Journalistin hob sofort die Hand.

»Claudia Fahrenbeck, Süddeutsche Zeitung. Frau Pence, wie wird es mit der Forschungsstation Terra Nova II weitergehen? Halten Sie es wirklich für klug, den Nova-See zu erkunden?«

Silvia Pence zog das Mikrofon ein wenig näher an sich heran. »Grundsätzlich haben alle beteiligten Länder der Erforschung des unterirdischen Nova-Sees zugestimmt. Und das haben sie in einem engen Schulterschluss mit den Wissenschaftlern in diesen Ländern getan. Wie Sie wissen, wird am Rande der diesjährigen Konferenz hier in Köln auch ein Treffen der Geberländer stattfinden. Es liegt nicht in meiner Hand, darüber zu entscheiden, welche Forschungsschwerpunkte in den kommenden Jahren unsere Arbeit in der Antarktis bestimmen werden. Ob es klug ist, den Nova-See zu erkunden – nun, in dieser Frage war man sich lange Zeit einig. Aber auch hier unterliegen wir als Kommission den Mehrheitsentscheidungen der beteiligten Länder, die Terra Nova II finanzieren.«

Harry schaute sich im Saal um. George prüfte ein letztes Mal die Uhrzeit. Showtime! Er hob die Hand.

»Ja, die Wortmeldung dort drüben«, sagte Harry und zeigte auf ihn.

»George O'Connor, Fotograf und Freelancer. Ich arbeite unter anderem für das Portal Newstime. Mr. MacCullum, Sie erinnern sich sicher, ich war Mitglied der Journalistengruppe, die in Ihrer Station überfallen wurde. Wissen Sie mittlerweile, wie die Terroristen zu Ihrer Station gelangt sind?«

..

Der Schmerz trieb Julia die Tränen in die Augen, sie machte einen Schritt vorwärts, weg von ihrem Angreifer. Ein brutaler Tritt traf sie in die Seite, sie knickte ein, fiel auf die Knie. Der stechende Schmerz der gebrochenen Rippen ließ sie keuchend nach Luft schnappen. Der Mann, der sich Doc nannte, baute sich vor ihr auf.

»Los, schau mich an!«

Julia hob trotzig den Kopf. Der Doc schlug mit der flachen Hand zu. Hart, unbarmherzig. Rechts, links. Ihre Lippe platzte auf. Julia schmeckte Blut. Langsam und mit einem Lächeln griff er in seine Hosentasche. Mit einem kurzen Schwung seines Handgelenks ließ er die Klinge des Messers aufschnappen. Als er zu ihr trat, sah Julia überdeutlich, dass die Klinge noch blutig war.

．．

»Herr O'Connor, ich freue mich, Sie hier gesund und munter zu sehen. Aber offen gestanden verstehe ich Ihre Frage nicht.« Winston MacCullum lächelte in den Saal.

»Dann lassen Sie mich diese Frage anders stellen. Es gab bei unserem Flug zur Station drei Hubschrauber, aber die Journalistengruppe hätte auch in einer Maschine Platz gehabt. Zwei waren schon Luxus. Meiner Meinung nach sind die Terroristen, die Terra Nova II überfallen haben, in der dritten Maschine geflogen. Ich frage mich jetzt, wer die Möglichkeit hatte, den Flug von drei Hubschraubern zu veranlassen.«

»Ich empfinde diese Frage als empörend. Wahrscheinlich wissen Sie genau, dass ich es war, der drei Hubschrauber angefordert hatte. Was Sie hier unterstellen, ist absolut inakzeptabel. Anscheinend haben Sie vergessen, dass ich selbst zu den Opfern des Anschlags gehört habe. Ich bin nicht bereit, mit Ihnen weiter zu diskutieren. Ich –«

»Mr. MacCullum, warum ist Terra Nova II entgegen allen offiziellen Verlautbarungen schon vor Monaten zum Nova-See vorgestoßen? Und was ist tatsächlich in Tiefenzone 4 passiert?«

Zu Beginn hatte der Wortwechsel zu einem aufgeregten Tuscheln im Kongresssaal geführt. Die letzten beiden Fragen sorgten dafür, dass es schlagartig still wurde.

．．

Mit schreckensweiten Augen sah Julia, wie der Doc ihr ganz nah kam. Mit dem Messer in der einen Hand griff er mit der anderen in ihre Haare und riss ihren Kopf zurück. In diesem Moment löste sich die Perücke. Verwirrt blickte der Doc auf den blonden Haarschopf in seiner Hand. Mit einem lauten Aufschrei warf sich Julia nach vorne gegen die Knie des Docs.

Die Messerklinge streifte Julias Hals, sie spürte den brennenden Schnitt in ihrer Haut. Der Doc strauchelte, fiel auf den Rücken. Julia sprang auf die Füße. Sie stürzte zum Tisch. Ein Tritt traf sie in die Kniekehlen. Julia schrie vor Schmerzen, ihre Beine knickten ein, verzweifelt klammerte sie sich an der Tischplatte fest.

»Du Miststück!« Die Stimme hinter ihr war nur noch ein wütendes Knurren. Hektisch, voller Panik tastete sie auf der Tischplatte herum, griff die Schreibtischlampe, riss sie aus der Steckdose. Dann wirbelte sie herum und schmetterte den schweren Fuß der Lampe gegen den Kopf ihres Angreifers. Das Messer fiel zu Boden, der Mann taumelte zur Seite. Julia holte aus und schlug erneut zu. Dann noch einmal. Als der Mann regungslos am Boden lag, ließ sie weinend die Lampe fallen.

Sie schaute auf die Wanduhr. Genau achtzehn Uhr dreißig. Schluchzend wischte sie sich die Tränen aus den Augen, Blut lief ihr warm am Hals herunter. Sie wankte zum Mischpult. Das grelle Stechen in ihrer Seite nahm ihr die Luft. Mit zitternden Händen zog sie Sues Kugelschreiber aus ihrer Jackentasche. Der Computer für die Beamer war bereits eingeschaltet. Julia steckte den USB-Anschluss des Mini-Rekorders in die Buchse des Rechners. Mit zwei Mausklicks startete sie die gespeicherte Videodatei. Die kleine Kontrollleuchte unter der Aufschrift »Übertragung starten« begann grün zu leuchten. Doch das grüne Licht wurde immer undeutlicher. Vor ihren Augen verschwamm das Mischpult, dann brach sie zusammen.

· ·

»Das muss ich mir nicht gefallen lassen«, empörte sich Mac-Cullum und warf einen hilfesuchenden Seitenblick auf Silvia Pence, die keine Miene verzog.

In diesem Moment begann auf der großen Leinwand der Bühne die Projektion.

Die Bilder waren erstaunlich scharf. George und alle im Saal sahen einen Raum, Messgeräte, ein Kontrollpult.

Winston MacCullum trat ins Bild, er drückte einen Knopf, schaute lächelnd zu der Videokamera an der Decke, deren rotes Blinklicht erlosch. Offenbar hatte er gerade die Videoübertragung ausgeschaltet. Unter seiner Jacke zog er eine Pistole hervor. Seine nächsten Worte passten nicht zu dem, was er tat. Laut sagte er: »Huan, was wollen Sie mit der Pistole?«

Der Angesprochene drehte sich überrascht um. Ohne zu zögern, drückte MacCullum ab. Huan Yen stürzte getroffen zu Boden. MacCullum drehte sich in Richtung Kamera um, gleichzeitig schrie er: »Huan, nein!«

Jetzt war deutlich eine Frauenstimme zu hören. »Winston, sind Sie wahnsinnig?«

Statt einer Antwort hob Winston die Pistole. »Lassen Sie mich, ich muss ihn aufhalten.«

Er drückte ab, zwei weitere Schüsse. Die Kameraperspektive änderte sich dramatisch. Jetzt war MacCullum von schräg unten zu sehen.

Er schrie laut, fegte mit der freien Hand Stifte und einen Kaffeebecher vom Kontrollpult. Mit einem Grinsen ahmte er ein ersticktes, fast unmenschliches Röcheln nach. »Huan!«

MacCullum ergriff einen Stuhl, wirbelte herum und warf ihn krachend gegen die Wand. Laut keuchte er: »Lass die Waffe fallen. Lass …«

Seelenruhig setzte Winston MacCullum den Lauf der Pistole an seine eigene Schulter, schloss die Augen und drückte ab. Mit dem Schuss verschwand er aus dem Kamerabild. Danach Stille.

»Ich … das ist eine üble Fälschung. Das …«

»Winston MacCullum, Sie sind ein Mörder und dafür verantwortlich, dass in Terra Nova II seit Wochen illegal Erdöl aus Tiefenzone 9 gefördert wird.«

Georges nächster Satz ging in den aufgebrachten Schreien der Journalisten unter. Aber das war egal.

Sie hatten es zu Ende gebracht.

70

Zwei Wochen später: Nortorf/Deutschland

»Ich habe es versprochen, und ich habe mein Versprechen gehalten, Sue. Du hast es verdient. Deine Familie hat es verdient, deine Freunde und deine Kollegen. Sie alle sollten erfahren, warum du gestorben bist.«

Julia stand am Grab und wischte sich die Tränen aus den Augen.

»Alle wissen jetzt, warum es passiert ist. Dein kleiner Rekorder hat es aufgezeichnet. MacCullum hat gestanden. Er hat auch den Mord an Ben Foster gestanden, der drauf und dran war, die Terroristen in ihrem Versteck zu entdecken. MacCullum hat ihm eiskalt den Schädel eingeschlagen und das Armband des Toten an die Terroristen weitergegeben. Der arme Dr. Yen hat nicht geahnt, dass seine Technik missbraucht worden war, um bis zum See vorzustoßen. George hat erfahren, dass Yen ein paar Wochen in Japan gewesen war. In dieser Zeit muss der Vorstoß erfolgt sein. Bevor Yen etwas bemerken konnte, wurde er getötet. Weißt du, über all das hätten wir einfach mit der Polizei sprechen können, aber dann hätten möglicherweise nicht alle die ganze Geschichte erfahren. Ich habe mein Versprechen gehalten. In der Antarktis hat man Terra Nova II vorerst dichtgemacht. Irgendwann wird man auch die Hintermänner kriegen. Und um George und mich musst du dir keine Gedanken machen. Harry will ihn in Köln behalten, er soll die neue Rechercheabteilung leiten. So wie es aussieht, werde ich Georges Chefin werden. Ich komm bald wieder. Dann erzähle ich dir den Rest.«

Julia legte eine einzelne gelbe Rose auf das Grab ihrer Freundin. Am Ausgang des kleinen Friedhofs wartete George auf sie.

»Sie fehlt mir schrecklich.«

Er legte seinen Arm um ihre Schultern, vorsichtig, damit er nicht ihre angebrochenen Rippen berührte.

»Ich weiß, Julia. Und der Schmerz wird erst langsam nachlassen. Ich habe mal einen Satz gelesen: ›Erinnerungen sind die vielen kleinen Lichter, die den dunklen Pfad der Trauer beleuchten.‹ Behalte Sue einfach in Erinnerung.«

Julia schmiegte sich an ihn. Arm in Arm gingen sie den gepflasterten Weg entlang.

Julia schaute in den grauen Himmel. Ein trüber Tag, aber der Wind war beinahe mild. Der Wind barg ein Versprechen. Ein Versprechen, dass alles besser werden würde.

Der Hintergrund

Vieles von dem, was in diesem Roman beschrieben wird, gibt es wirklich. Tatsächlich haben russische Wissenschaftler den unterirdischen See unter der Wostock-Station angebohrt und im Eiskern Hunderte von DNA-Spuren nachgewiesen. Man vermutet auch zahlreiche weitere Seen tief unter dem Eis.

Die meisten technischen Geräte wie die Schneemobile oder das Kurzwellen-System existieren real, und auch die Baumaterialen, die ich für die Station Terra Nova II »verwendet« habe, wurden bereits vor Jahren von der NASA entwickelt.

Was den Reichtum an Bodenschätzen betrifft, habe ich mich auf verschiedene Quellen verlassen, die das Ganze eher konservativ schätzen. Als ich las, dass der kilometerstarke Eispanzer der beste Schutz vor Raubbau sei, kam mir die Idee zum Plot für dieses Buch.

Hoffen wir, dass die Vernunft, sich an den Antarktis-Vertrag zu halten, größer ist als die Gier nach neuen Rohstoff-Quellen.

Danksagung

Auch bei diesem Buch erhielt ich Hilfe. Meiner Agentin Anna Mechler danke ich für ihr unerschütterliches Vertrauen in unsere gemeinsamen Buchprojekte. Dem ganzen Emons-Team gilt mein Dank für die Unterstützung und Begleitung. Lothar Strüh hat als Lektor eine besondere Erwähnung verdient: Lieber Lothar, herzlichen Dank für die großartige Arbeit.

Ich war noch nie in der Antarktis, aber ich durfte mich mit jemandem unterhalten, der dort war. Meine Radiokollegin Martina Gonser vermittelte mir den Kontakt zu ihrem Sohn. Matthias Gonser, TV-Redakteur, besuchte für eine Reportage die deutsche Neumayer-III-Station. Seine Eindrücke und Erfahrungen haben mir beim Schreiben sehr geholfen – ganz lieben Dank für alle Antworten auf meine laienhaften Fragen.

Es gibt noch Ansprechpartner in verschiedenen Instituten, die an dieser Stelle nicht namentlich genannt werden wollten. Das akzeptiere ich natürlich, aber auch ihnen gebührt mein Dank. Und wenn es Fehler in der Beschreibung der Bodenschätze und der Eiskern-Erforschung gibt, dann habe ich diese ganz allein zu verantworten.

Wie bei jedem meiner Romane ist meine Frau Christine Schulte diejenige, die alle Texte zuerst liest und korrigiert. Ohne sie würde ich keine Bücher schreiben – so viel steht fest.